# 李後主詞
# 的通感
# 意象

李心銘 著

# 序

　　能夠浸淫在心愛的古典詩詞中，加以研究，並付梓出版，這一路上相知相助的人實在不少。感謝最敬愛的恩師——王萬象教授以及周慶華教授。王教授有如慈父，總是諄諄教誨，細心指導；周教授是我的及時雨，當我迷惘時為我解除困惑。兩位學識淵博的教授作我的明燈，指引我的方向，我何其有幸。

　　詞中之帝李後主——文學史上一顆耀眼的鑽石，他的作詞是生命的自白，其中充滿豐富多樣的感官意象；然而，各種感官意象並非獨立存在，而是互相交錯，呈現出詞作的美感及意境。人類和大千世界溝通靠的是眼、耳、鼻、口、膚和心；而人生的際遇影響其心境，心境影響感官的傾向，感官的傾向則由詞作所呈現。李後主用整個身心靈以及全部的感官系統去體驗世界，以情意溝通各種感官，本論文將李後主三十七闋詞中的意象歸納為視覺、聽覺、嗅覺、味覺和觸覺，並分析各種感官意象所派生出來的感覺，其中視覺意象又分為自然風景、人文物貌和女性態貌三類；聽覺意象則分為天籟、地籟和人籟三類。

　　賞析李後主詞作意象的文獻為數不少，然而並未曾提及其通感意象，本論文以意象理論、修辭學和美學等為依據，並參酌相關傳記及宋人的筆記小說，掌握其生平脈絡，從其感官出發，探析其詞作，然而各種感官互相移轉只是藝術創作的手段，最終的價值還是詞的精神意涵。另外，通感意象以生理學及心理學為認知基礎，是一種複雜的生理、心理及語言現象，涉及生理學、心理學、語意學、修辭學、意象理論與美學等；同時具有很高的審美價值，是藝術創作的重要泉

源，值得進行更深入的探究和發掘，也期盼往後更多研究者以通感理論為基礎，賞析更多的文學作品。

李心銘

2011 仲夏之夜於台東

# 目次

# 第一章　緒論

## 第一節　研究動機

　　乘著畫舫任憑東西，秦淮河畔綠楊如髮雨如絲，畫舫擺蕩，蕩入
了千年前的金陵古都，不禁令人吟詠：「往事只堪哀，對景難排，秋
風庭院蘚侵階。一行珠簾閒不捲，終日誰來？金劍已沈埋，壯氣蒿萊。
晚涼天靜月華開，想得玉樓瑤殿影，空照秦淮。」（蔣勵材，1978：
136）今昔對照，秦淮河不變的除了千古明月，還留下些什麼？大概
只迴盪著幾許李後主的喜、笑、悲、泣吧！

　　詞中之帝李後主——文學史上一顆耀眼的鑽石，王國維《人間詞
話》：「李重光之詞，神秀也。」（滕咸惠校注，1994：111～112）王
世貞《藝苑卮語・弇州山人四部稿》：「花間猶傷促碎，至南唐李王父
子而妙矣。」（王世貞，1988：387）同時，他也是政治史上的階下囚，
毛先舒《南唐拾遺記》：「藝祖云：『李煜若以詩詞功夫治國，豈為吾
虜耶！』」（毛先舒，1985：349）大起大落的人生軌跡融入文學創作，
極大的反差讓他身後無法寂寞。他的詞清麗俊逸，情意真摯，超越浮
豔綺靡的藻飾堆砌，因此永垂不朽；他的詞感慨深沉，意境擴大，勝
過晚唐五代詞，成為宋初婉約派的開山祖，他將花間尊前曼聲吟唱的
伶工歌詞，提升為文人言懷述志的文學體式。

　　李後主繼承了晚唐花間派的傳統，卻突破才子佳人、遊子思婦，
閨怨綺情的香軟窠臼。李後主自我抒情，不矯揉造作，對此學者認為：
「李煜也是靠用白描的手法，明白如話的語言，描寫他的生活感受，
塑造了一系列生動感人的藝術形象。」（章可敦，2003：46）早期縱
情於宮廷，這時期的名作如〈玉樓春〉：「晚妝初了明肌雪，春殿嬪娥

魚貫列。鳳簫吹斷水雲閒，重按霓裳歌遍徹。臨春誰更飄香屑，醉拍
闌干情味切。歸時休照燭花紅，待放馬蹄清夜月。」（蔣勵材，1978：
106）當他歡樂時，便把歡樂無所保留地表達出來，展現暢快淋漓的
神韻，瀟灑不羈的意趣；晚期臣虜於北地，是痛苦的，這時期的名
作如〈虞美人〉：「春花秋月何時了？往事知多少！小樓昨夜又東風，
故國不堪回首月明中。雕闌玉砌應猶在，只是朱顏改。問君能有幾
多愁？恰似一江春水向東流。」（蔣勵材，1978：138）當他痛苦時，
便把傷痛毫無掩飾地宣洩出來，難以言說的亡國之痛，日夜不息，
氣勢奔放又情致無盡。諸如「明肌雪」、「鳳簫」、「春花秋月」、「小
樓」、「東風」、「春水」等，總是善於把抽象的思維與無形的情意賦
予可感、可觀的具體形象；或是通過視、聽等感官知覺，引發內心
豐富的情感。不論寓情於景或是觸景生情，字裡行間包藏著靈動新
穎的感官形象，飽含具體真切的情意，引發讀者身如其境的共鳴，
具有強烈的滲透力。

　　李後主的詞作距今已一千多年，這顆中國文學史上的璀璨鑽石，
已經被研究者作過不同角度的切割，不同剖面各自散發奪目的光彩，
尤其在意象的研究，著墨甚多，本研究特別從通感意象與審美特徵研
究李後主詞作。李後主自然、真誠而不加矯飾的人生態度，與道家逍
遙的精神、禪宗心即佛的思想存在著有機的聯繫。（李中華，1996：
128）他情感純真，坦率自然，作詞直抒胸臆，是生命的真實告白，
他看透自然風景與人文物貌，「花明月黯飛輕霧，今朝好向郎邊
去……」（蔣勵材，1978：108）又「故國不堪回首月明中……」（同
上，1978：138），千古不變的是月，景物依舊，心境卻不可同日而語；
他聽遍天籟、地籟、與人籟，「鳳簫吹斷水雲閒，重按霓裳歌遍徹……」
（同上，1978：106）又「鳳笙休向淚時吹，腸斷更無疑……」（同上，
1978：133）音樂是美妙的，卻又如此令人斷腸；他更嘗盡人生的酸
甜、苦辣與鹹澀；聞遍香臭、潮霉與酸腐；當然他也體驗冷熱、軟硬
與乾濕。他全心全意享受歡樂，才能全心全意去感覺哀愁。李後主就

是有特別的悟性、特別的感知力,他的通感意象隨著生活閱歷不斷變化,感官、意念和物象相交相容,締造出令人著迷的詞境。

通感是一種心理活動,存在人們日常生活中,是審美和藝術活動的重要表現方式。李後主以特別的感知力,對客觀事物作有機聯繫與統一,以他敏銳的悟性與藝術天份,將諸多感官意象進行加工、再製和統合,以致外感內通,產生通感。李後主的感官意象自由活潑,變化無窮,靈心妙悟,感而遂通。通感是多種感覺綜合的心理活動,實質上的一種審美知覺,李後主突破了個別感覺的侷限性和機械性,豐厚且深化感覺經驗的內容,具有很強的藝術表現力。(陳育德,2000:386)藝術是現實生活審美的觀照,李後主的現實生活如此豐富、多采多姿,他全心感受,體驗生活,以全面的方式佔有,造就了他篇篇藝術價值極高的詞作,是審美創造。他的詞貴在創新,妙在神會,打動了千年來的無數讀者,希望透過本論述,對李後主的詞作有一番別於以往的賞析,在欣賞的同時也能聽聲、見色;嗅氣、嘗味;外加全身皮膚毛孔擴張。六根互用,五感暢通,心領神會。

## 第二節　研究目的與研究方法

晚唐五代詞人填詞,大多無意流露或刻意曲折表達自己的心情,而且刻畫物象的方式為濃筆復勾,例如花間詞代表人物溫庭筠〈菩薩蠻〉:「小山重疊金明滅,雲鬢欲度香腮雪」,他是在旁觀一名女子的態貌,其中缺乏作者的思想和感情;另一代表人物韋莊表現態度則有所不同,是直接表達自己的感情,例如〈菩薩蠻〉:「珍重主人心,酒深情亦深。須愁春漏短,莫訴金杯滿」。(葉嘉瑩:2007:21)溫詞有「雲鬢」,「雲」能喚起觸覺感知,用它來形容鬢髮,視覺混合了觸覺;韋詞有「春漏短」,則是將更漏聲賦予長短。由此可知填詞的手法直接與否和通感意象的有無,並無相對關係。本論文探析李後主詞通感

3

意象，雖然是基於其填詞手法白描，善於抒發生活感受，感官意象較為豐富；另外一個重要的因素，在於他的詞作風格前後殊異，頗能展現美感特徵的不同面貌，而透過通感意象觀之，則是為了另闢新的賞析途徑，不囿於傳統的意象理論。

　　李後主詞作，已經有許多學者鑽研探究，但是在眾多研究當中，大多遵照宋朝至民國初年名家的評論及見解，從名家評析李後主詞作的話語來推敲闡述；並運用各名家的評論一一對照、印證李後主的詞作。探究的結果或同意名家的觀點，再進行評述申論；或不同意名家的看法，而為李後主詞作提出辯白；或是對各名家批評矛盾之處提出解釋。當然，其中不乏對李後主詞作的藝術手法、語言特色、意象的浮現，及意境的營造，有一番獨到的見解與論述。前人的研究是一把把開啟李後主詞作的重要鎖匙，讓我們在接觸這些千年前的藝術作品不會感到陌生與無所適從，可謂功不可沒。這些千古不朽的經典詞作，是那麼令人著迷而沉醉其中，不忍釋手，浸淫在李後主的詞作，真切的感受李後主的感受，通過他的眼，瞧見千年前金陵的宮闕樓閣、歌臺舞榭；藉由他的耳，彷彿傳來大周后重按霓裳羽衣曲；經由他的鼻，嗅到梅花的幽幽暗香；透過他的口，嘗到杜康的苦澀；隨著他，我們被南國的楊柳風吹拂，也遭受北朝的冰雪包覆；跟著他，我們日夜笙歌的狂歡，我們也承受禁錮的哀苦。這些經驗都是透過李後主的感覺器官所完成的，並傳達給我們。經由人的感覺器官，能產生美感經驗，感覺能力是審美不可或缺的因素。（姚一葦，1993：1）李後主填詞，總是直接將心中的感覺毫無保留地宣洩，他的詞作充滿豐富的美感特徵，本身就蘊藏一種魅力，此種魅力不是來自理性的判斷，而是出自情感的對應。例如〈菩薩蠻〉：「花明月黯飛輕霧，今朝好向郎邊去。衩襪步香階，手提金縷鞋。畫堂南畔見，一向偎人顫！奴為出來難，教君恣意憐。」以理性的道德之尺來衡量，這是闋偷歡幽會之作，以士大夫文以載道，詩以言志的傳統而言，這闋詞描述男女愛情慾望，題材通俗；然而，

它看似空泛卻蘊含活躍振動的生命力，角色、時間、動作、場景、表情和對白一一具備，所呈現的戲劇氛圍深具誘惑力，讓人很快地進入李後主的時空，領略他的真，他的多情。欣賞李後主的詞作要先被它的魅力所吸引，便能從中產生美感，彷彿抓到了什麼，又彷彿感覺到了什麼，要對詞心神領會，才能和李後主默契相通。這就是所謂「感覺」的了解，至於使用逐字推敲、尋章覓句，苦思冥想的方式來解析李後主的詞作，是一種純知性的活動，那便是箋釋家的工作，也就不是單純的審美了。（同上：172）

感覺是純粹個人經驗，不是語言能傳達的，然而李後主企圖將他個人的經驗世界傳達出來，這就是藝術家和一般人的不同之處。（同上：41）李後主填詞的手法為白描，詞作中充滿各種感官意象，然而，各種感官意象並非獨立存在，而是互相交錯，呈現出詞作的美感及意境。本論文欲探析李後主詞的通感意象，為了達到研究目的，所以以美學理論為研究方法。佛勒德蘭得（Max Friedlander）說過一句巧妙的話：「每個時代需要不同的眼睛。」事實上，不是人的眼睛有所改變，而是處境不同，各種物象透過感官所引起的感覺也跟著改變。（同上：36）。因此探析李後主詞的通感意象，必須掌握其生平脈絡，才不會對李後主所要傳達的感覺造成誤解。本研究主張先了解李後主的生平及其時代背景，因此運用杜維運《史學方法論》中傳記的特質與撰寫方法，並參酌宋人的筆記小說。

在進行研究之前，必須先設定相關概念，才能達到研究目的，並確認欲研究的問題。試將欲研究的問題及其之間的關連性，圖示如下：（見圖 1-2-1 研究架構圖）由於所處理的問題性質不同，適合的研究方法各異，茲整理並敘述如下：

## 一、美學方法

　　美學方法是評估語文現象或以語文形式存在的事物，具有哪些美感成分（價值）的方法。這種方法的形成，大體上是起源於認知取向和規範取向兩種方法。認知取向方法是從理性的基礎來進行討論；它的目的在求「真」，找出作者所依據的是什麼，經由邏輯架構找出它的意義。規範取向方法是從倫理、道德和宗教的立場來進行討論，語文是約束社會成員思想、維繫社會存在的一種形式，所以必須合法化，目的在求「善」。至於審美取向方法，則是從某些特定的形式結構來進行討論，語文可以成就一個美的形式，所以必須合情化，它的目的在求「美」（周慶華，2004：132～133）。

　　文學作品藝術化後都具備美的形式，探究美的形式便屬於美學的範圍。文學作品的美表露於形式中某些特殊風格或技巧，而這些風格或技巧關涉文學作品的形式和意義。凡是基於求「美」的前提而探究語文現象，都可以歸納到審美取向方法來理解（同上：143）。

　　審美的機趣是人類永遠不斷絕的需求，它滿足人的渴望、紓解人的情緒，甚至激勵人的鬥志，所以美的欣賞對人類來說十分重要。以文學為例，只要構設得高明就容易顯出這種審美效果，欣賞者能從中經驗到一種異於現實感受的情緒。這種情緒，不是現實的喜怒哀樂，而是從現實的喜怒哀樂混合釀成的一種更純粹的感情品質。詩人或文學家在作品中構造種種意象，就是在構造人人所能夠體驗的可喜、可怒、可哀、可樂的意象，來寄託那純粹的感情品質。凡是表現得完全的作品，欣賞者就能從作品中的意象體味出一種純粹的情感。文學作品在欣賞者的心目中發生作用，也呈現了極致價值於欣賞者的心目中。作者把它的美感隱寓於意象中，用語言或其他符號來表達；欣賞者從那些記號中用心還原意象，也就在還原意象中體味、享受美感（王夢鷗 1976：249～251）。

　　一篇文學作品即使同時具有認知、規範和審美等作用，也很可能會以審美作用為最突出。到後現代為止所被規模出來的「秀美」、「崇高」、「悲壯」、「滑稽」、「怪誕」、「諧擬」、「拼貼」等七大美感類型，其中「秀美」、「崇高」、「悲壯」為前現代的美感類型：一、秀美，指形式結構和諧、圓滿，可以使人產生純淨的快感；二、崇高，指形式結構龐大、變化劇烈，可以使人的情緒振奮高揚；三、悲壯，指形式結構包含有正面或英雄性格的人物，遭到不應有卻又無法擺脫的失敗、死亡或痛苦，可以激起人的憐憫和恐懼等情緒。（周慶華，2004：138）李後主的詞作屬於前現代的作品，因此，本論文首先將李後主三十七闋詞的通感意象予以分類，並對其審美特徵以美學方法的美感特徵加以探析。

　　「文學美」的創造過程中，最直接可觀察到的是文字之美，也是文學的重要特質。文字之美其實是一種雙重自由的反映，一方面反映作者駕馭語言的自由；另一方面則將駕馭語言的自由，加諸題材而處理成作品「內容」之際，作者超越題材所代表「情境」的心靈自由。因此，將題材創作為具有美的「形式」的作品，正意謂心靈上以美感的玩味將它征服，特別當題材是痛苦或醜惡時，以一己心靈的自由將它克服。因此，美的「形式」反映一種意識上對「現實」的超越，一種心靈的提升。文字的優美，是一種面對生活的態度，以「美感的玩味」去領會人生，文學不逃避人生真相，但卻必須以一種「美感觀照」的心靈自由加臨於它們。例如李後主〈清平樂〉：「別來春半，觸目愁腸斷。*砌下落梅如雪亂，拂了一身還滿*。雁來音信無憑，路遙歸夢難成。*離恨恰如春草，更行更遠更生*。」這闋詞，表面上所要表達的是，一種不自由的情境所帶來無法消除的痛苦。但是透過「*離恨恰如春草，更行更遠更生*」的譬喻，以及「*砌下落梅如雪亂，拂了一身還滿*」的象徵，這份痛苦轉化成一種外在化可觀照的客體，並且當心靈對外在化了的愁恨加以觀照之際，自然從不自由的情境中得到解脫。所用來譬喻與象徵的，本身都是極為優美的意象，愁恨與這些優美景象疊

合，成為可以玩味品賞的美感經驗。作者面臨痛苦之際，仍然堅持人性的尊嚴與真實，透過創作將它們轉化為藝術性的美感。（柯慶明，2000：29～38）

詞作的本身就是一門藝術，文學創作的歷程發展是「隨物宛轉，與心徘徊」，創作者自己的思想感情，會隨著景物的聲色變化而宛轉起伏。繪寫景物色彩、臨摹景物聲律，又使外界的景物聲色，隨著自己的思想情感而迷宕徘徊。「隨物宛轉」是創作者對客觀世界的追隨與順從，原本就存在的物理境是創作的起點與基礎，創作者的來源就是客觀的世界。「物理境」就是生活，是文學創作鏈的第一鏈。隨物以宛轉是長久而悉心的在物理境中體察，而非零散的拼湊。童慶炳引用《禮記・樂記》：「凡音之起，由人心生也，人心之動，物使之然，感物而動，故形於聲。」和南宋楊萬里的〈答建康府大軍庫監門徐達書〉：「我初無意於作是詩，而是物，是事適然觸出乎我；我之意亦適然感乎是物、是事。觸先焉，感先焉，而後詩出焉。」說明感官經驗和創作者的關係。「與心徘徊」就是要從物理境轉入心理場，創作者如果只是「隨物宛轉」永遠只能當感覺器官的奴隸，眼中便只有物貌，而不會有詩情。所謂「與心徘徊」，就是創作者以心去擁抱萬物，使「物」服於「心」，心物交融，獲得「心理場」效應。（童慶炳，1994：306）李後主透過敏銳的感官去經驗「物理境」，將一切的感覺登錄於心；隨著心境的改變對外在物象作不同反應，心境又是隨著遭遇而變化，「心理場」和「物理境」二者相迎接、相融合，互為靈肉，無法分割。

## 二、意象理論

### （一）意象的定義

在英文中「image」（意象）有隱喻的意思，還有喚起心象或者感官知覺的意思。（劉若愚，1977：151）意象是中國古典詩歌的一個重

要範疇，它不同於客觀的物象，也不是主觀的心態，而是客觀物象和主觀情志相統一的產物，把情感化為可感知的符號，為情感找到一個客觀對應物，使情成體，便於觀照玩味，寄意於象，以象盡意。（吳戰壘，1993：27）意象必須是呈現為象，純概念性的說理，直抒胸臆的抒情，都不能構成意象，意象賴以存在的要素是物象。物象是客觀的，不因人的喜怒哀樂而發生變化，但是物象一旦進入詩人的構思，就帶上了主觀的色彩，並經過詩人審美經驗的篩選，以符合詩人的美學理想；且經過詩人思想情感的化合與點染，滲入詩人的人格與情緒，這就是意象中意的內容。意象是融入主觀情意的客觀物象，也可以是藉由客觀物象表現出來的主觀情意。（袁行霈，1989：61）按照能動認識論的觀點，人作為認識主體反映客體時，一方面是客體規定、制約和影響主體，並改變和發展主體；同時，主體也無時不在改造客體，主體在認識過程中通過改造，使客體形象主體化。所謂的意象，是一種主體化了的客體形象。但是，意象的形成不是科學的認識過程，而是審美過程，這個過程離不開感官的勞動，但更來自心靈的創造。（陳慶輝，1994：62～63）王師萬象綜合各家說法，為「意象」下的定義為：「它可以說是抒情文學的第一構成要素，捨棄了它，一切的情感便無予以法客觀化、具象化，故文學作品表情達意之所以成功，端賴鮮明的意象語言，刻畫出栩栩如生的情境，引發讀者無盡的審美聯想。」（王萬象，2009：427）

## （二）意象的浮現

　　黃永武就古典詩歌意象的浮現，提及八種方法：第一、將抽象的理論觀念，改作具體圖畫的視覺意象；第二、將靜態敘述的形象，改為動態演示的動作意象；第三、加強各種感官意象的輔助，使意象鮮明逼真；第四、故意接納感官交綜運用，造成印象與感官間的錯綜移屬，使意象活潑生新；第五、將兩個以上時空不同的獨立意象，用縮合、疊映和轉位等手法，連鎖起來，誕生新風韻；第六、集中心力凝

9

視細小的景物，予以極大特寫，使景物因純淨孤立而變成突出的意象；第六、把握物象的特徵，窮形盡相誇大特徵，使意象躍現而出；第八、用各種陪襯手法，烘托出懸殊比例，使意象交相映發。（黃永武，1976：4～42）

## （三）意象的類型

　　陳慶輝分析古典詩歌意象，將其分為三類八項：第一、從意象形成的角度而言，有直覺意象、現成意象和典故意象。所謂直覺意象，就是詩人在審美觀照中心物相感、情與景會，全憑詩人「直致所得」；所謂現成意象，也叫習慣意象，是由前人所創造，感染力和表現力很強，而被後來不同時期的詩人所運用；所謂典故意象，是通過典故本身所含的意義，來表達情思。第二，從意象的形態看，有靜態意象和動態意象。所謂靜態意象，是由名詞和名詞詞組疊加而構成的意象，這種意象不含語法的習慣與規範，他們的組合靠的是詩人感情的紐帶；所謂動態意象，通常名詞與動詞相伴，語法結構完整，而產生敘述性動作傾向。第三、從意象的功能看，有比喻意象、象徵意象和描述意象。比喻與象徵本質上都是借此言彼，所不同的是，象徵的形象與被象徵的內容，不如比喻那樣直接的寫出來，而是隱去被象徵的內容只留下喻象；所謂描述意象，是一種以描寫景物和敘述事實為主的意象，只是直寫詩人所感受到的景物。（陳慶輝，1994：74～85）

## （四）意象的組合

　　意象的組合，有許多方法，不能盡述，但是中國古典詩歌較常使用的可分為三種。第一、相反相成。選取若干內涵相近或相似的意象，組織於詩中，呈現內在因果關係，形成一種綜合美，此為一類；另外一類則是選取相反的意象組合於詩中，以相反的意蘊，傳達更強烈的感情。第二、時空跳躍。詩歌不能按時間順序和地點順序，細細記錄，意象與意象間的銜接，是跳躍性的，使幾個畫面在相互銜接間中，組

合出一種意境，感動讀者，此種組合近似電影的「蒙太奇」。有些作品重在時間的跳躍，有些則重在空間的跳躍，時空的跳躍，能夠體現中國古典詩詞以少勝多的技巧，啟發讀者審美的再創造。第三、虛實結合。一首詩歌往往將實景的意象與虛景的意象組合起來，實象要依託現實可感觸的事物，虛象則可塑造想像中的事物，虛與實的組合使古典詩歌有一股穿透常境的力量，也就是美感的觀照。（陳銘，2004：57～72）

## （五）意象的審美特徵

意象讓中國古典詩歌「神形兼備」、「情景交融」、「透剔玲瓏」和「多重意味」等審美特徵得以體現。單純描寫形貌，無法達到真正的美感，沒有「形」，「神」將無所附著，形與神二者無法分離，而意象則是「神形兼備」。另外，古典詩歌，不論寫山川花草、日月風雪，無不是詩人真情的體現；反之，寫喜怒哀樂，無不蘊含在一景一物的描繪中，情景交融是詩歌意象最基本的特徵。其次，意象是感情的物化，是化虛為實；意象也是客體的主體化，是化實為虛。景中有情則虛，虛則活，活則剔透玲瓏，給人審美創造的自由。而意象的多重意味，包含兩個方面：其一具有層次性，表現層層深入的縱向特徵；其二意象具有多重理解，表現為橫向特徵，按欣賞者的心境，能產生多種的意義和理解。（陳慶輝，1994：85～97）

意象具有概括性，它暗示情感意向和渲染特定的氛圍，不作詳細的刻劃，也不充分地展開；而以一種特徵性的情感象徵物，喚起讀者相似的情感經驗，從整體上去浸染；相反的，若是具體的描述事實，描述得愈仔細，愈帶有個人獨特的生活色彩，反而會與一般讀者拉開距離，對不上口徑，而減損了感染的力量。意象的概括性，使它具有較廣泛的涵容量，言愁而不具體言愁，言喜而不具體言喜。（吳戰壘，1993：28）因此，對於情感，也就是意的範疇，不作造成情緒具體事實的描述，描述愈具體便失去了意象的概括性；對於物象，也就是象的範疇，則須作細緻真切的描繪，才能喚起讀者的感官經驗，藉由對

物象產生的共鳴，進而浸染於詩人的情感思想。一般讀者無李後主縱情的享受，也沒有亡國之痛，但對他所抒寫的情意卻能夠感知，李後主所以能以一己之悲道盡全天下人之悲，關鍵便在於他將抽象的情思藉由可視、可聽、可聞、可嘗、可觸的物象傳達出來，藉由物象引發讀者情思，而心有戚戚焉。李後主詞創作方式為直抒胸臆，但並非純粹宣洩抽象的情緒，他將真摯的情意和真切的生活體驗融為一體，而生活體驗是感官和客觀物象的結晶，並受美感經驗的過濾。在感官與情感不斷地交融下，詞作中通感意象十分豐富。

## 三、傳記理論

歷史的巨輪不停的流轉，而人在歷史中的地位，則永恆不變。人在歷史中的地位不變，傳記於是成為歷史不能缺少的一頁。中國綿延數千年的一部正史，傳記占了絕大篇幅，從顯赫的帝王將相，到寂寞山林的隱逸之士都有專傳或類傳的設立。傳記學家密切注意人物，人物是重心，細膩描繪人物的性格，並將人物放在大時代的潮流中。探究李後主的生平，以長傳為主，長傳以詳盡為原則，旁徵博引，巨細靡遺，而且瑕不掩瑜，善惡美醜，一一托出，絲毫不掩的將真人物活現。人物所處的時代，長傳也有細緻的敘述，寫一人而及於無數人；寫一事而及於一代大事，人物不虛置，事件不孤立。長傳也從時間上的變化，對人物的性格作細膩的分析與描繪。（杜維運，2008：292～298）然而，整理李後主傳記時應該注意，辨別偽書、傳記產生時代、傳記產生地點，以及作者為何人；另外，不同版本間需互相比較，並確定記載的真實度。（杜維運，2008：171～190）整理李後主的傳記尤其著重和文學相關的範疇，包括他受的文學教育、家學淵源、時代的文學風格、其創作背景、詞作風格的繼承與創新，以及李後主詞作意境的轉變，及各時期重要作品或典型作品；除了詞以外並探究其詩、文、繪畫、書法、音律，全面性的、完整呈現出李後主的文學生命史。

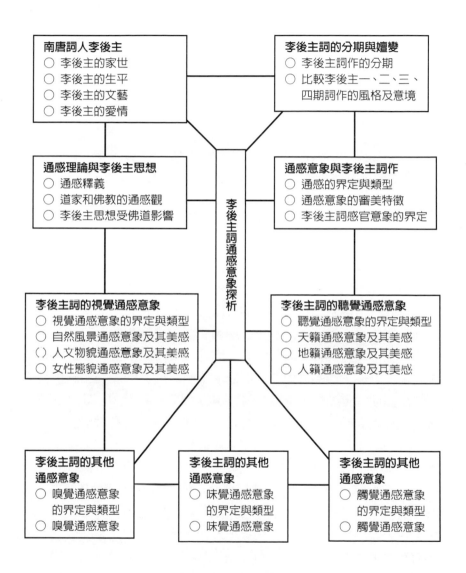

圖 1-2-1　研究架構圖

## 第三節　研究範圍及其限制

### 一、研究範圍

　　李後主短短的一生，留下的詞作不多，版本卻是不少，例如：蔣
勵材《李後主詞傳總集》收錄三十八闋。（蔣勵材，1978）唐文德《李
後主詞創作藝術的研究》收錄三十六闋。（唐文德，1981）范純甫《帝
王詞人李後主》收錄二十九闋。（范純甫，1983）詹安泰《南唐二主
詞》收錄三十四闋。（詹安泰，1991）謝世涯《南唐李後主詞研究》
收錄三十九闋。（謝世涯，1994）陳錦榮《李煜李清照詞注》收錄三
十九闋。（陳錦榮，2000）

　　一般將李後主詞作分為兩期，即亡國前的享樂與愛情、亡國後
的幽囚與愁恨。然而，於前、後期過渡間，李後主的弟弟從善被宋
扣留、愛子仲宣夭折、妻子大周后病逝，及母親辭世，加上宋的虎
視眈眈。李後主面臨生離死別與家國風雨，此時的際遇和詞作有別
於前後兩期，蔣勵材《李後主詞傳總集》將之定為「中期」；另外，
李後主和大周后成婚前，覃思經籍，不問政事，蔣勵材稱之為「少
年優游期」。（蔣勵材，1978：86）蔣勵材以生平紀事和詞作互為參
照，將李後主的一生及其詞作細分為四期，與本論文所採取的看法
相同，此外，《李後主詞傳總集》校勘詳細，詞中互用別家詞或另作
別人詞者，均予以注明，以茲辨正；詞牌或字句如有異文，均分別
詳注各版本，以便比較。基於以上理由，本論文以此書為依據，並
參酌詹安泰《南唐二主詞》，最後配合謝世涯《南唐李後主詞研究》
提出〈阮郎歸〉一詞非李後主所作。（謝世涯，1994：252）得李後
主詞共計三十七闋：

表 1-3-1　李後主詞作三十七闋

| 序號 | 詞牌名 | 起句 |
|---|---|---|
| 一 | 〈漁父〉 | 浪花有意千重雪，桃李無言一隊春。 |
| 二 | 〈漁父〉 | 一櫂春風一葉舟，一綸繭縷一輕鉤。 |
| 三 | 〈一斛珠〉 | 晚妝初過，沈檀輕注些兒箇。 |
| 四 | 〈浣溪沙〉 | 紅日已高三丈透，金爐次第添香獸。 |
| 五 | 〈玉樓春〉 | 晚妝初了明肌雪，春殿嬪娥魚貫列。 |
| 六 | 〈菩薩蠻〉 | 花明月黯飛輕霧，今朝好向郎邊去。 |
| 七 | 〈菩薩蠻〉 | 蓬萊院閉天臺女，畫堂晝寢人無語。 |
| 八 | 〈菩薩蠻〉 | 銅簧韵脆鏘寒竹，新聲慢奏移纖玉。 |
| 九 | 〈子夜歌〉 | 尋春須是先春早，看花莫待花枝老。 |
| 十 | 〈長相思〉 | 雲一緺，玉一梭。 |
| 十一 | 〈喜遷鶯〉 | 曉月墜，宿雲微，無語枕頻攲。 |
| 十二 | 〈采桑子〉 | 亭前春逐紅英盡，舞態徘徊。 |
| 十三 | 〈采桑子〉 | 轆轤金井梧桐晚，幾樹驚秋。 |
| 十四 | 〈搗練子令〉 | 深院靜，小庭空，斷續寒砧斷續風。 |
| 十五 | 〈搗練子〉 | 雲鬢亂、晚妝殘，帶恨眉兒遠岫攢。 |
| 十六 | 〈楊柳枝〉 | 風情漸老見春羞，到處芳魂感舊遊。 |
| 十七 | 〈謝新恩〉 | 金牕力困起還慵（僅一句，其餘均缺）。 |
| 十八 | 〈謝新恩〉 | 秦樓不見吹簫女，空餘上苑風光。（缺字） |
| 十九 | 〈謝新恩〉 | 櫻花落盡階前月，象床愁倚熏籠。 |
| 二十 | 〈謝新恩〉 | 庭空客散人歸後，畫堂半掩珠簾。（缺字） |
| 二十一 | 〈謝新恩〉 | 櫻桃落盡春將困，秋千架下歸時。 |
| 二十二 | 〈謝新恩〉 | 冉冉秋光留不住，滿階紅葉暮。 |
| 二十三 | 〈臨江仙〉 | 櫻桃落盡春歸去，蝶翻輕粉雙飛。 |
| 二十四 | 〈破陣子〉 | 四十年來家國，三千里地山河。 |
| 二十五 | 〈清平樂〉 | 別來春半，觸目愁腸斷。 |
| 二十六 | 〈烏夜啼〉 | 昨夜風兼雨，簾幃颯颯秋聲。 |
| 二十七 | 〈相見歡〉 | 林花謝了春紅，太怱怱，無奈朝來寒雨晚來風。 |
| 二十八 | 〈相見歡〉 | 無言獨上西樓，月如鉤。 |
| 二十九 | 〈望江南〉 | 閒夢遠，南國正芳春。 |
| 三十 | 〈望江南〉 | 閒夢遠，南國正清秋。 |

| 序號 | 詞牌名 | 起句 |
|------|--------|------|
| 三十一 | 〈望江梅〉 | 多少恨，昨夜夢魂中。 |
| 三十二 | 〈望江梅〉 | 多少淚，斷臉復橫頤。 |
| 三十三 | 〈子夜歌〉 | 人生愁恨何能免，銷魂獨我情何限。 |
| 三十四 | 〈浪淘沙〉 | 往事只堪哀，對景難排。 |
| 三十五 | 〈浪淘沙令〉 | 簾外雨潺潺，春意闌珊，羅衾不耐五更寒。 |
| 三十六 | 〈虞美人〉 | 風回小院庭蕪綠，柳眼春香續。 |
| 三十七 | 〈虞美人〉 | 春花秋月何時了，往事知多少？ |

（資料來源：蔣勵材，1978；謝世涯，1994）

　　本論文第二章李後主詞作的分期、詞風的嬗變；第四章李後主詞通感意象的界定、通感意象的類型、通感意象的美感概況；第五、六、七章五官的通感意象與審美特徵等，均以此表三十七闋詞為依據。

　　本論文共八章。首先介紹李後主生平背景，再比較李後主詞作第一期、第二期、第三期和第四期的差異與風格，然後分析李後主詞中的通感意象，並歸納整理出通感意象的類型，最後一一探究各類通感意象的美感特徵。

　　第一章緒論。簡述研究動機、研究目的與研究方法、研究範圍及其限制，探究前人的研究成果，並予以歸納、整理和檢討。本論文藉由以上的基礎探析李後主詞通感意象的美感特徵。

　　第二章南唐詞人李後主。介紹李後主的家世與生平，略述祖父李昇、父親李璟，與當時的政治環境，以及李後主的君王生涯、臣虜北遷；還有李後主的愛情、性格、思想以及藝術造詣，儘量從全方位的面向還原李後主享盡榮華卻也嘗盡悲愁的一生。李後主的詞作緊緊扣住其生平，探究李後主詞作無法不觸及其身世背景，畢竟作品與作家如靈與肉般不能分割。探究李後主家世生平，也能藉以瞭解時代背景對李後主人格和作品所產生的影響。李後主詞風隨著際遇嬗變，關於李後主詞作各家版本的分期方式不一，首先整理出李後主詞作的分期標準和詞作風格，再介紹各時期的作品，以及作品的思想反映。第一

期詞作風格閒淡曠遠，超凡脫俗；第二期則描寫男歡女愛、歌舞歡宴，但是情高意真，能於花間詞派自樹一幟；第三期作品多抒發憂國思人的惆悵；第四期血淚交織，幽囚的悲哀與亡國的淒楚綿綿無絕，澎湃洶湧。

　　第三章通感理論與李後主思想。首先分別從心理學、認知語言學、文藝理論、意象理論、修辭學和美學等角度探究專家學者對於通感意象的闡釋，並作一番整理；接著比較道家及佛教關於通感的看法；最後針對李後主的生活背景，分析他的思想深受道家及佛教的影響。

　　第四章通感意象與李後主詞作。首先綜合整理學者關於通感表現形態的分類，界定出本論文所採取的三種通感類型，其一為一個感覺被另一個感覺所取代，或是一個感覺向另一個感覺挪移；其二為一種客觀對象引起多種感覺；其三為綜合多種感覺的描寫直指心覺或某一種感覺。其次探究通感意象美感特徵的相關論述，將通感意象的美學效果歸納出四大範疇，分別為新奇之美、深曲之美、虛實之美以及整體之美。最後找出李後主三十七闋詞關於視覺、聽覺、嗅覺、味覺及觸覺的摹寫；並將以上五種感覺表象整理成表格，作為分析李後主詞作通感意象的起點。

　　第五章李後主詞的視覺通感意象。首先界定李後主詞的視覺通感意象；再將其分類，歸納出自然風景、人文物貌和女性態貌三類；然後分節逐一分析、探析其美感特徵。

　　第六章李後主詞的聽覺通感意象。首先界定李後主詞的聽覺通感意象；再將其分類，歸納出天籟、地籟和人籟三類；然後分節逐一分析、探析其美感特徵。

　　第七章李後主詞的其他通感意象。首先界定李後主詞的嗅覺、味覺和觸覺通感意象；另外嗅覺部份整理出體香和花香；味覺部分是酒，和美學上的「滋味說」；至於觸覺則是蹙眉和眼淚，並逐節探析其美感特徵。

　　第八章結論。李後主波瀾壯闊的一生美麗而淒涼，不尋常的生活經驗豐富了詞作的通感意象，他用整個身心靈以及全部的感官系統去

體驗，以思維、意志和情感溝通各種感官，造成豐富的美學效果，然而各種感官互相移轉只是藝術創作的手段，最終的價值還是詞的精神意涵。通感具有很高的審美價值，是藝術創作的重要泉源，但卻也是一種複雜的生理、心理及語言現象，涉及生理學、心理學、語意學、修辭學、意象理論與美學等，值得進行更深入的探究和發掘。筆者願扮演拋磚引玉的角色，期盼往後更多研究者以通感理論為基礎，賞析更多的文學作品。

## 二、研究限制

　　本論文的研究對象是南唐李後主的詞作，研究詞作無法將其個人背景與生平置外，所以第二章將李後主的一生作一番介紹，然而研究者並非歷史學系出身，只能就有限的資料作一番整理，無法以考據學與史學的方式來比對或參照。李後主詞作距今已一千多年，或失傳、或誤傳，傳至今日版本眾多，各版本之間時而發現異文，例如：〈玉樓春〉：「『晚』妝初了明肌雪」《續選草堂詩餘》、《全唐詩》俱作「『曉』妝初了明肌雪」；「臨『春』誰更飄香屑」《歷代詩餘》、《全唐詩》、《詞譜》、《詞林紀事》俱作「臨『風』誰更飄香屑」；「待『放』馬蹄清夜月」《沈本弇州山人詞評》、《詞譜》俱作「待『踏』馬蹄清夜月」。（蔣勵材，1978：106）囿於時間和精力，無法以訓詁學、文獻學或是聲韻學的方式來對照或校勘。

　　另外，本論文運用通感探析李後主詞作，難免讓詞作的賞析在眼、耳、鼻、舌、膚等感官中打轉，看似落入套用公式的框架中。然而，既然本論文旨在通感意象的探析，就應該細緻且深入地作縱向的探究，至於橫向的部份，諸如詞作的章法、修辭、格律等，前人已有豐碩的研究成果，而且它們並不屬於本論文研究範圍，因此本論文著重於點的深入，而非面的擴充。

# 第四節　文獻探究

　　李後主的年代距離今天已經一千多年，自宋朝以來，歷代不乏名家著傳或蒐集李後主的生平背景及其詞作。宋人有馬令《南唐書》、陸游《南唐書》為李後主立傳；今人有夏承燾《唐宋詞人年譜》、任爽《南唐史》、陳葆真《李後主和他的時代——南唐藝術與歷史》等論述李後主生平。李後主詞集也有眾多版本：宋代李後主詞集首見於宋人尤袤《遂初堂書目》樂曲類錄有《李後主詞》、南宋末陳振孫《直齋書錄解題》收錄南唐二主詞一卷；明代有吳訥《唐宋明賢百家詞》收錄《南唐二主詞》、呂遠《墨華齋本》等版本；清代侯文燦《十名家詞集》、清聖祖敕編《全唐詩》收錄李後主詞三十五闋，還有清末朱景行編《南唐二主詞集》；近代則有劉毓盤《南唐二主詞校》、戴景素《李後主詞》、管效先《南唐二主詞》、林大椿《唐五代詞本》等。箋注的部分有唐圭章《南唐二主詞匯箋》、胡雲翼《李後主詞》、佘雪曼《李後主詞校箋》、王仲聞《南唐二主詞校訂》、詹安泰《李璟李煜詞》、蔣勵材校《後主詞校注》等。（謝世涯，1994：44～51）本論文的研究目的在於探析李後主詞的通感意象，關於李後主的生平及其詞作的賞析是本論文蒐集資料的重點，探究的文獻焦點集中在一九七零年以後的專書、學位論文以及期刊。專書部分以生平兼融詞作賞析的文獻為探究重點，並以評析李後主詞作藝術手法、美感特徵及其詞作分期的文獻為輔。

## 一、專書

　　專書的部分，探究的重點在於生平背景及詞作的分期、創作手法、藝術價值和對於名家詞話的辨析三大範疇。

## （一）生平背景及詞作的分期

　　富庶的江南，處處歌吹舞榭，這樣的環境下滋長了倚紅偎翠的言情詞體，尤其在南唐，相繼誕生了兩位中國文學史上占有一席之地的詞人——中主李璟和後主李煜。（范純甫，1983：6）謝世涯從詞的起源與發展論述李後主詞，並兼論中主李璟的詞作。（謝世涯，1994：1～12）由此可知李後主的家學淵源及其在文學史上的地位。蔣勵材認為李後主雖未能以身殉國，卻落得以身殉詞，殉詞的原因是為了苦懷故國的關係。（蔣勵材，1978：1～2）范純甫以李後主生平紀事和詞作內容互為參照，和蔣勵材看法相同：李後主作〈虞美人〉：「小樓昨夜又東風……一江春水向東流。」宋太宗認為李後主有叛心，而賜牽機藥。（范純甫，1983：89）關於李後主以身殉詞一事，謝世涯不以為然，指出李後主懦弱無能，宋太宗無須對一個等同廢物的亡國君王下毒手；況且牽機藥之說不見於正史，正史多謂李後主因疾而卒。（謝世涯，1994：26～27）

　　李後主早期生長於宮廷，沉醉在美和愛的甜蜜中；後期因國破北上，使他寫出了衷心的悲歌、亡國的哀音。（唐文德，1981：5～8）范純甫和唐文德看法相同，提出李後主詞作內容與風格，因遭遇而形成前後兩個迥異的時期。前期是在南唐滅亡前；後期則是南唐滅亡後。（范純甫，1983：90～93）。將李後主一生及期詞作分為亡國前和亡國後，是比較籠統的分法，蔣勵材按照李後主一生遭遇及其詞意將詞作分為前、中、後三期，並另外提出其與大周后成婚前，覃思經籍，不問政事的「少年優游期」，李後主自號「鍾山隱士」、「蓮峰隱士」、「蓮峰居士」等，展現了隱遁思想。此時的詞作不見歌聲舞影，風格閒淡曠遠，例如〈漁父〉二闋：「浪花有意千重雪，桃李無言一隊春。一壺酒、一竿綸，世上如儂有幾人？」「一櫂春風一葉舟，一綸繭縷一輕鉤。花滿渚，酒滿甌，萬頃波中得自由。」這兩闋詞，蔣勵材將之歸為前期的作品，又說其為少年優游期的代表作。（蔣勵材，1978：

86～87）〈漁父〉二闋實在有劃分開來的必要，本論文特將其獨立，稱「第一期」。李中華將李後主的一生分為三個時期：分別為前期，即二十五歲繼承君位以前；中期，即二十五歲至三十九歲；晚期，即三十九歲至四十二歲暴卒。（李中華，1996：8）詹幼馨則以第一期李後主十八歲到二十八歲，少年及剛當皇帝時；第二期李後主二十九歲到三十九歲，當上皇帝到國家將破；第三期李後主四十歲到四十二歲，被俘歸宋到逝世，此三期作為架構，時間為經，並以詞作內容、風格為緯，把李後主詞作分為六組。第一組為李後主十八歲前後數年；第二組為小周后入宮，大周后逝世前，大約二十八歲時；第三組為供奉衛賢〈春江圖〉之時，但未知何時供奉；第四組以詞作內容風格雍容不迫、優游自在為依據，把〈憶江南〉：「閑夢遠」等兩闋前人均歸為亡國後之作，特地將其劃分為亡國前的作品；第五組為亡國前閨情之作；第六組為亡國後的作品。（詹幼馨，1992）葉嘉瑩認為李後主詞外表看來雖然可以分成前後期，但是，關鍵在於考察作品精神內涵。儘管李後主詞作前後內容不同，卻有一個共同的內在核心，就是一片真純的詞心。葉嘉瑩舉李後主前期作品〈玉樓春〉，這闋詞的內容雖然空泛，卻是他對生活敏銳而真切的體驗，值得體會的是他全身心投注的精神；亡國後的〈相見歡〉、〈虞美人〉也是全心沉入哀痛的一闋小詞。（葉嘉瑩，1970：125）蔣勵材也認為李後主苟安一隅卻盡情歡唱，徒留「不愛江山愛美人」之遺恨，但就詞作而言，卻比花間之流自然充實。（蔣勵材，1978：30）范純甫也持相同意見。（范純甫，1983：122）

## （二）創作手法及藝術價值

唐文德評述李後主填詞手法是：真情流露，沒有一點虛偽；深入淺出的描寫，白描手法融合美好韻律，表達至深的感情，有理想所以境界非常深遠。（唐文德，1981：11～12）謝世涯持相同看法。（謝世涯，1994：74）葉嘉瑩也認為如此。（葉嘉瑩，1992：139～144）至

於語言特色，唐文德則認為李後主詞語言洗練貼切、字字珠璣。（唐文德，1981：9）謝世涯持相同看法。（謝世涯，1994：134）范純甫論李後主用白描手法，創造出人人懂得的通俗語言，同時又是藝術語言。（范純甫，1983：98）

　　將歌筵酒席間的「歌辭之詞」，提升為文人抒情寫意的「詩化之詞」，氣象開闊博大，這是李後主一個重要的拓展，詞不再限於綺情的狹窄範疇。（葉嘉瑩，2007：67～76）詞，是詩整齊五、七言形式下的變化，而依照聲音繁變的樂調，創作出來句法參差的作品，所以詞不但求音樂美，也求文學美。唐文德解析不分段的詞叫作「單調」，而較長的詞多分為兩段，成為前後兩闋，叫作「雙疊」，又叫作「雙調」。「雙疊」的詞在情感的發展上一層緊連著一層，情感綿連，令人感動，藉由詞韻式的分析，領略李後主神妙的音韻、體會詞作的情感。（唐文德，1981：20、29）

## （三）對於名家詞話的辨析

　　蔣勵材引王國維《人間詞話》「儼有釋迦、基督擔荷人類罪惡之意」，評李後主中後期詞作充滿悲天憫人的宗教情緒。（蔣勵材，1978：101）葉嘉瑩為這段話作解釋，所謂「擔荷人類罪惡」是喻言李後主詞中所表現者雖為其一己之悲哀，卻包容所有人類的悲哀，並非真的在說李後主有擔荷世人罪惡之意。（葉嘉瑩，1970：117～118）謝世涯認為李後主平生無具體愛國行動，詞作也無憂民濟世之感，舉凡愛國感時之作基本情調都是悲壯激越，李後主詞作風格雖然有雄奇的一面，但情調消沉沮喪，和昂揚奮發的愛國精神相去甚遠，況且表現人類悲哀之作不始於李後主，也不限於李後主，只要稍讀李後主詞再比照釋迦、基督之言行，實在難以找到相同之處。（謝世涯，1994：202～222）

　　唐文德引王國維：「詞至李後主而眼界始大，感慨遂深，變伶工之詞而為士大夫之詞。」來說明李後主詞的不朽。（唐文德，1981：

12）范純甫取王國維「生於深宮之中，長於婦人之手，是其為人君所短處，亦即為詞人所長處」之意，認為李後主天生浪漫，不知人間痛苦。（范純甫，1983：89）既然「生於深宮之中」如何能「眼界始大，感慨遂深」？葉嘉瑩針對以上兩段看似矛盾的話語加以說明：王國維並非讚美李後主見聞少才成為傑出詞人，而是說他保持了天性感情性靈上的一份純真，並以這份純真領受了最深沉的悲哀。（葉嘉瑩，1970：117～122）其實王國維的話並無互相矛盾，用「生於深宮之中，長於婦人之手，是後主為人君所短處，亦即為詞人所長處」來形容李後主早期作品恰如其分；而「詞至李後主而眼界始大，感慨遂深」指的是中期以後的作品。而且王國維「生於深宮之中，長於婦人之手，是後主為人君所短處，亦即為詞人所長處」，這段話前面還有一句「詞人者，不失其赤子之心也」，我們應該領略整句話，而後把焦點放在「赤子之心」上，李後主的作品就是貴在真摯情懷誠實流露。另外，謝世涯不認同王國維「主觀之詩人，不必多閱世。閱世愈淺，則性情愈真，李後主是也」，並一一列舉李後主之閱世經歷，說明李後主詞情真源自於閱世淺是與事實不相符的。（謝世涯，1994：240）另外，謝世涯並辨析前人對李後主詞作於詞藝方面的曲解，包括陳廷焯「李後主詞不及溫庭筠之厚」的說法、李笠翁「李後主詞為倡婦倚門腔」的說法以及蘇東坡「李後主當慟哭於九廟之外，謝其民而復行」的說法。（謝世涯，1994：158～172）

　　綜合以上專書著作，研究者歸納出專家、學者對李後主有以下幾點共同的看法和評論：

　　（一）李後主的詞姑且不論分期，其風格可歸納為香豔旖旎、聲色豪奢和幽怨雄奇、感慨浩蕩兩大類。

　　（二）李後主直抒胸臆，運用白描手法誠實而直接的宣洩內心豐富的情感。

　　（三）李後主個性真摯，不論哪一種風格的作品都是他全心全意體驗生活、感受週遭所得的真情之作。

（四）李後主到死前都保有一顆敏銳的赤子之心。

茲將本節所探究的專書整理表格如下：（見表 1-4-1 李後主詞文獻探究綜表）

專家學者們對於李後主的藝術創作風格、運用的手法、技巧和語言特色，以及詞作的意境，都不乏精闢且詳盡的分析評論，對於古人的詞話也有一番爭論及辨析。李後主作詞直接抒發胸懷，真情真性表露無遺，不論是由內而外的寓情於景，或是由外而內的觸景生情，都是他對週遭一切事物真實毫無保留的有感而發，前人的專書著作當中關於詞作的美感特徵，多著重於啟發讀者的聯想與鑑賞，並未針對通感意象創造出的美感特徵，有所著墨。人類和大千世界接觸、溝通靠的是眼、耳、鼻、口、膚和心，李後主是這樣一位真切感受體驗生活的人，對週遭事物感覺極為敏銳，他的詞作當中充滿豐富多樣的感官意象，因此本論文透過通感意象，跨越時空觀其所視、聽其所聞、感其所感，身歷其境和李後主的作品親密接觸，期盼能為李後主詞作的賞析開創出一番新視野。

表 1-4-1　李後主詞文獻探究綜表

| 書名 | 作者 | 內容性質 |
|---|---|---|
| 《迦陵談詞》 | 葉嘉瑩 | 談詩詞欣賞與人間詞話的三種境界，論述李後主填詞手法、藝術成就，及其詞作美感賞析，並為名家詞話提出辨析。 |
| 《溫庭筠、韋莊、馮延巳、李煜》 | 葉嘉瑩 | 溫、韋、馮、李四家，將詞從歌筵酒席間的豔曲，提升為文人抒懷言志的文學新體，並探析其美感特徵。 |
| 《詞之美感特質的形成與演進》 | 葉嘉瑩 | 從晚唐談到元代，論述詞的美感特質由歌辭之詞轉為詩化之詞，再轉為賦化之詞，其中李後主為詩化之詞之開拓者。 |
| 《李後主詞傳總集》 | 蔣勵材 | 李後主生平紀事和詞作互為參照，將其一生和詞作分為四期。校勘版本，詳注異文，並歸納歷代名家評論；最後附錄陸游〈南唐後主本紀〉、〈李後主世系〉和〈李後主年表〉並節錄夏承燾〈南唐二主年譜〉。 |

| 書名 | 作者 | 內容性質 |
|------|------|----------|
| 《南唐二主詞研究》 | 詹幼馨 | 將李後主詞作分為三期六組,並作考證、校勘、箋注及解說。 |
| 《李後主詞創作藝術的研究》 | 唐文德 | 李後主生平紀事和詞作互為參照,將其一生和詞作分為兩期;從詞的意境、用韻、創作藝術和技巧風格等四個面向研究、欣賞李後主的詞,並詳注異文。 |
| 《帝王詞人李後主》 | 范純甫 | 李後主生平紀事和詞作互為參照,將其一生和詞作分為兩期,兼論中主李璟詞作;並評論李後主填詞手法及藝術成就。 |
| 《南唐李後主詞研究》 | 謝世涯 | 略述李後主家世及藝文成就,兼論中主李璟詞作,提出南唐二主詞的成書年代、輯錄與增補,並分述各代版本和外文譯本;辨訂李後主偽作二十三闋;評論李後主填詞手法及藝術成就,並為名家詞話提出辨析。 |

## 二、期刊論文

李後主相關期刊論文,大約可歸納為「詞作賞析類」、「生平及其藝術成就類」、「詞作風格內涵及其填詞手法探討類」三大類。

### (一)詞作賞析

張錦瑤、李李、余我、陳滿銘及王力堅,就李後主單一闋詞進行賞析;另外沈謙將李後主詞作分為前、後兩期,分載兩篇進行論述,陳紀蘭評析李後主詞作中的「愁」,羅悅玲賞析李後主晚期詞作,李慕如擇李後主八闋詞加以賞析評價。

### (二)生平及其藝術成就

段振離以現代中醫專業背景說明「牽機藥」。(段振離,1997:70～72)楊昌年介紹李後主生平,並列舉李後主前、中、後期共十闋詞。(楊昌年,1998:39～45)陳葆真以公元九五八年為界限,將李後主的一生分為前期的二十二年和後期的二十年,並整理「南唐入貢後周

與北宋簡表」。（陳葆真，1997：43～58）陳葆真分別從儒學、佛教和文學三因素來論李後主的學養。（陳葆真，1998：41～76）並探討李後主的藝術活動。（陳葆真，1999：71～130，242）這三篇文章經過增補與修訂，和作者其他相關的文章，已於二零零九年集結成專書《李後主和他的時代——南唐藝術與歷史》。

## （三）詞作風格內涵及其填詞手法探討

何敏華提出李後主藉由「水」、「秋」兩個意象寄托抒發自己的情感。（何敏華，1997：92～99）黃雅莉歸納李後主詞作精神內涵有三個特色，分別為自然率真的感情、對宇宙人生的懷疑和悲憫、從醉夢中尋求心靈的寄托；並論述李後主填詞手法。（黃雅莉，2000：101～120）曾伯勛藉助西方文學現象學研究李後主的詞作，將李後主意識到的世界，分為「有限而閉鎖」和「延續與中斷」。在「有限而閉鎖」的世界中，李後主對客體和自我的觀察、形容，流露出一種單一性，慣用女性形象特質來表現客體和自我，例如：以「胭脂淚」喻花上露水，以「朱顏」借代男子容貌。在「延續與中斷」的意識中，李後主習慣用「情何限」、「恨何長」、「恨何窮」來直接表明延續的語言形式，並以經驗內容來暗示延續，例如：〈虞美人〉：「問君能有幾多愁？恰似一江春水向東流」，〈烏夜啼〉：「世事漫隨流水，算來夢裡浮生」，都是以「流水」擬寫愁恨之無窮；〈清平樂〉：「離恨恰如春草，更行更遠還生」，「春草」除了無窮之外，還兼有空間和距離的暗示。除了愁恨經驗的延續性語言以外，〈浣溪沙〉藉「次第」、「酒惡」、「別殿遙聞」來呈現一個歡樂的延續。李後主詞作中往往以「下墜」的模式來呈現中斷的語言形式，如雨、淚、落花等這種下墜的動態割裂了延續性，中斷了對美好事物的期待，代之而起的是另一種延續——愁恨。曾伯勛認為李後主內心孤獨，導引於他過於嫻熟閉鎖，在其中意識到人生的有限性，消解內心閉鎖與延續衝突的方法是夢，最後他意識到夢裡的瞬即變化，其實與人生類似。（曾伯勛，2003：109～121）

孫康宜論李後主小令詞以〈相見歡〉、〈虞美人〉為例，分析李後主駕馭不同字數詞行，即短而瑣碎的詞行和長而連貫的詞行，來傳達感情的強度與鬆弛感，並讚揚李後主為「九字句」建立起一套詩學。李後主運用「明喻」、「擬人」法製造意象的技巧，並舉「離恨恰如春草，更行更遠還生」、「問君能有幾多愁？恰似一江春水向東流」為例，說明春草與流水這兩個意象。（孫康宜，1991：75～115）陳宜政分析王國維：「尼采謂：『一切文學，余愛以血書者。』……，後主儼有釋迦、基督擔荷人類罪惡之意，其大小固不同矣。」就時空而言，李後主亡國前只知享樂，亡國後反省痛思更為強烈，因而背起心靈十字架，並說明王國維是受到叔本華的影響。就創作主體而言，李後主悲涼身世、豐富情感形成「擔荷人類罪惡」之審美原因，並舉葉嘉瑩、詹安泰的話語，與尼采「藝術救贖論」之美學理論結合，說明李後主全心投入創作，以「真」產生強烈動人的感染力，王國維才以「血書」喻比。就欣賞客體而言，李後主文詞高度形象，形成「擔荷人類罪惡」之審美感悟，精神悲苦的李後主為文學付出生命，作品為其抒發感情的工具，並藉由榮格《夢的心理學通論》、佛洛姆《夢的精神分析》，以及佛洛伊德等西方文藝理論與李後主的文學現象互相印證。（陳宜政，2008：65～84）

　　廖育菁將李後主詞分為前後兩期，以「色相」作為前期詞作分析的基底，歸納整理所有色彩各別代表的象徵意義，提出前期詞作，使用的顏色較為明確，顏色之間劃分較明顯，且在作品中所佔的比例較大，色彩鮮明且用色大膽，恣意揮灑，展現帝王的氣派。再以「明暗」、「彩度」等表現，作為分析後期詞作的基底，並歸納其可代表的意義，提出亡國後的作品，更進一步且系統化地調和色彩與配置色彩，色彩的使用像他情感的恣意揮灑、渲染對未來的不明確感；從色彩的朦朧、不規則甚至零亂，看出他的愁、恨與苦悶交織，色彩的運用，他常不特別強調使用哪一個顏色字，一出現色彩即是一整片的灑開，這樣的渲染更有助於與情感糾纏。（廖育菁，2007：23～43）

　　曾伯勛以西方現代文學批評體系研究李後主作品，論及「流水」、「春草」暗示延續，「雨」、「淚」、「落花」等下墜的動態割裂了延續性。廖育菁分別以「色相」和「明暗」分析李後主前後期詞作中，色彩的變化和情感的表現。以上兩篇對本論文研究李後主詞通感意象助益良多，為意象分析開拓新視角。孫康宜提及西方文學論點，但未以西方文學理論分析李後主詞作；陳宜政為王國維《人間詞話》聯繫西方哲學理論。除了此之外，其他賞析性質的文章大多結合前人詞話、賞析、翻譯及個人領悟，研究方式較為傳統。通感與生理學、心理學、語言學、修辭學、認知科學、文藝學和美學等關係密切，實為一門現代科學，臺灣對於「通感」的探討研究成果寥寥可數。本論文期盼以新的方式從不同角度審視李後主詞作，跳脫大家習以為常的看法，進而對其詞作有一番新體悟。

## 三、學位論文

　　過去三十年來臺灣李後主詞作的相關學位論文，大多從李後主生平為起點，論述其詞作的價值、藝術成就和美感特徵，探究的重點不出填詞手法、語言風格和題材內容三個面向。

　　陳芊梅《李後主研究》著重李後主生平事蹟、性格才華和他的詞，文中論述李後主詞不但能代表五代詞的風格，而且能創新格與開後路，他的小詞無論寫豔情，寫感慨都達到無可超越的境地。陳芊梅將李後主詞作分為前、後兩期，挑選具代表性的詞作二十二闋翻譯、賞析，並兼及前人詞評。另外，並標舉六點李後主詞作的成就及特色。（陳芊梅，1972）

　　莊淑如《李煜詞的鑑賞與研究》由李煜身世背景研究李煜詞的內涵、探究其言外之意，並與溫庭筠、韋莊、李清照、辛棄疾等詞家作比較分析。李後主詞作無論前期或後期，皆雄奇中有幽怨，豪放中有婉約。手法白描，不加雕飾，音調和諧，摹寫自然。李後主的詞作大

多反映自身的生活圈，作品樸素自然、輕快靈巧，感染力強，形象生動。其中第四章論及李後主取景題材，賞析李後主亡國前、後四闕詞，說明其取景題材自然豐富。（莊淑如，2004）

　　童穗雯《南唐二主詞研究》首先論述二主詞的創作背景，以及李煜詞作分期的關鍵線索。其次，分析詞的題材內容，李璟詞表面題材以思婦傷春悲秋為抒寫範型，內在則融入生命意識、身世之慨與家國之悲；而李煜詞則真誠反映其生平三個時期的人生體驗。並分別從三方面探析李氏父子的藝術技巧，包括詞調用韻、意象運用、抒情模式，其中將李煜詞中的意象歸納出五組：（一）自然景觀——風花水月以喻哀樂巨變；（二）節候時序——暮春晚秋以寓敏感詞心；（三）人文建物——樓院欄干以寄戀昔憶往；（四）心理意緒——夢境愁恨以抒身世巨變；（五）其它——故國江山以狀降君心曲。就美學而言，李璟詞以愁為美、李煜詞以真為美。另外，李璟別具含蓄蘊藉、深婉纏綿以及沉鬱曲折，哀而不傷的美感特質，而李煜詞有其三期創作的美學轉變，同時，也探討李後主對中主之承繼與創新。最後，歸納二主詞的價值與詞史地位，不僅直接影響了從晏、歐、秦、周直到姜、吳、張等婉約詞派的深婉含蓄、沉摯綿邈的審美特徵，尚能跨越「詞為艷科」的藩籬，為豪放詞派的發展奠定基礎。（童穗雯，2005）

　　李金芳《李後主文學研究》從時代背景、家世生平探討後主文學著作。評析李後主現今所流存的詩篇，將詩的題材內容分為悼亡詩、詠懷詩、詠物詩與詩篇中的殘句等四類。分析詩作特色，其中明顯看出蘊含佛教思想，這一特點是與其詞、文較明顯不同之處。李金芳以李後主三十九歲亡國為分水嶺，將其詞作分為前期與後期，並評析李後主詞作之藝術特色：直抒胸臆，善用白描，自然樸素，用字精確，喜用寄託象徵、對比、譬喻等多種修辭手法，情景交融，擴大意象，並刻劃細緻且善於塑造真實生動的形象。其中象徵修辭的部分整理出「水」、「月」、「秋」、「夢」及其他事物等意象。李後主現今尚留存的

十三篇文章，可分為政治文書、抒情文、書道論述與祝禱文等四類不同的題材內容。李金芳並將李後主文章歸納出五大藝術特色。最後，藉由整理名家對於李後主之評價，歸結出其文學成就與地位，就詞作而言：一掃花間濃豔香軟的浮豔詞風，樹立詞作結構與抒情小詞的藝術典範，並開啟北宋詞蓬勃發展的嶄新時代。（李金芳，2006）

　　劉春玉《李後主詞研究》介紹李後主的家世生平，和詩詞書畫文音律等文學才情，接著介紹李後主詞作分期標準及各期作品，以三個時期為前提，探析李後主詞作內容，和文學創作的背景與心態。劉春玉綜合、分析並整理眾多版本，得李後主詞作共計三十七闋，將此三十七闋詞作意象內容，歸納整理出八大類七十種意象，並統計出現的次數。第一類為自然景物有，「月」、「風」、「雨」、「夜」、「晚」、「雲」、「日」、「水」、「雪」等九種意象；第二類為季節時序有，「春」和「秋」兩種意象；第三類為思緒情懷有，「夢」、「香」、「無」、「恨」、「空」、「淚」、「愁」、「深」、「醉」、「情」、「獨」、「閒」、「笑」等十三種意象；第三類為建築景觀有，「樓」、「闌」、「簾」、「院」、「牕」、「干」等六種意象；第四類為植物有，「花」、「櫻」、「草」、「竹」、「梧桐」、「桃」、「芭蕉」、「筍」、「穗」、「垂楊」、「茱萸」、「樹」、「梅」、「林」、「蘆」、「蘚」、「柳」等十七種意象；第六類為動物有，「雁」、「鳳」、「馬」、「龍」、「獸」、「魚」、「鶯」、「蝦」、「象」、「羌」、「蝶」、「子規」、「凰」等十三種意象；第七類為樂器有，「簫」、「笙」、「鼓」、「笛」、「簧」、「管弦」等六種意象；第八類為其他有，「玉」、「歌」、「鉤」、「誰」等四種意象。並將詞作中常出現的意象分成春與秋、風與月、花與香、愁與恨、空與無、夢與淚六組項目，分析李後主詞作的內容與藝術特質。最後劉春玉將李後主與其傳承者李清照詞作一番比較。（劉春玉，2008）

　　胡雅雯《李煜詞篇章意象探析》根據《南唐二主詞》先概述李煜生平背景，藉此將詞作與其身世遭遇作疊合，了解李煜前、後期詞作中的意象呈現情形。探討李煜詞意象的形成，研究李煜詞作中的形象

思維。首先針對「意」的形成著手，就詞作中主題和主旨的類別，及其整體意的表現方式，說明其「一意多象」的情形；並另歸納意的承繼與創新。其次分析詞作「象」的運用，就所使用到的事材和物材加以說明「一象多意」的情形。最後胡雅雯藉其師陳滿銘的章法學理論來談李煜詞意象的組織，及其符合章法四大律的情形，以分析李煜詞作中的邏輯思維部分。（胡雅雯，2008）

王廣琪《動亂中的詞人──李煜李清照詞比較研究》先從「傳記研究」的方向，探討二李詞的創作動機，以及其詞作分期轉變的關鍵線索等。再從「作品研究」的方向，針對二李詞的「主題內容」進行分析，包括二李前後期所反映的人生體驗；並比較二李的「形式語言」，包括詞調用韻、用語遣詞等；最後對照二李的「藝術技巧」及「風格特質」，包括修辭技巧、意象運用。李後主詞作意象的表現可歸納為兩大類，分別是(一)自然意象──風花水月以喻哀樂巨變；(二)人文意象──夢空酒醉以抒身世巨變。最後總結出：李清照詞作富於生活和心情的表現與李後主相近，但李後主表現主要在於令詞，李清照則是在慢詞中體現。前人論詞，常以「二李」並稱。（王廣琪，2008）

邱國榮《李後主前期詞作中的修辭格及其藝術作用之研究》先概述李後主生平，再針對李後主前期二十二闋詞，分析統計所使用修辭格的種類和數量，並探討各修辭格在詞作中的藝術作用，最後與現代修辭格運用的原則作對照，了解李後主對修辭格運用技巧的純熟度。李後主前期詞作之修辭運用以「類疊」、「對偶」和「譬喻」占大多數；而「雙關」、「引用」、「轉品」僅各出現一次。詞作部分修辭格，須藉助「內部語境」和「外部語境」才能確認；又李後主填詞時因需要而運用辭格，不囿於數量、種類。最後邱國榮評論李後主運用辭格的技巧純熟高超，且經過斟酌有意為之，並達到「樸」的境界。（邱國榮，2009）

茲將臺灣研究李後主的碩士學位論文，整理成表格如下：

表 1-4-2　臺灣研究李後主學位論文一覽表

| 論文題目 | 校院及系所 | 作者 | 年代 | 可供本論文參考之處 |
|---|---|---|---|---|
| 《李後主研究》 | 國立臺灣大學中國文學系 | 陳芊梅 | 1972 | 詞作賞析及翻譯。 |
| 《李煜詞的鑑賞與研究》 | 國立彰化師範大學國文學系 | 莊淑如 | 2004 | 李後主之取景題材。 |
| 《南唐二主詞研究》 | 私立中國文化大學中國文學研究所 | 童穗雯 | 2005 | 自然景觀、節候時序、人文建物、心理意緒、其它等五組意象。 |
| 《李後主文學研究》 | 國立高雄師範大學回流中文碩士班 | 李金芳 | 2006 | 「水」、「月」、「秋」、「夢」及其他事物等意象。 |
| 《李後主詞研究》 | 私立玄奘大學中國語文學系 | 劉春玉 | 2008 | 八大類七十種意象。 |
| 《李煜詞篇章意象探析》 | 國立臺灣師範大學國文學系 | 胡雅雯 | 2008 | 「一意多象」和「一象多意」、事材和物材的運用。 |
| 《動亂中的詞人——李煜李清照詞比較研究》 | 國立彰化師範大學國文學系 | 王廣琪 | 2008 | 自然意象和人文意象兩大類。 |
| 《李後主前期詞作中的修辭格及其藝術作用之研究》 | 國立臺中教育大學語文教育學系 | 邱國榮 | 2009 | 修辭格的作用就是表現意象，尤其是譬喻格和象徵格。 |

　　以上學位論文均以李後主的家世生平為基礎來研究其詞作，作品與作者如生命共同體無法分割，若是單研究作品，忽略其創作的時空背景，或許無法正確理解詞的意涵，更可能錯估詞作的價值。因此本論文雖探析李後主詞的通感意象，也要詳究其家世生平、人生經歷，才能作一番完整的評析。除了胡雅雯和邱國榮以現代的文學觀點理析李後主的詞作，其他篇幅大多都是借用古人的語言，運用比較傳統的評論方式來探究李後主的詞作，並站在旁觀者的立場，以客觀的角度討論李後主詞作，對於詞作系年、意境上的把握與解說、詞作的分析

與歸納、詞作風格與技巧的理析等，均產生相當貢獻。以上分析李後主詞作意象的論文為數不少，劉春玉將李後主三十七闋詞作意象內容，歸納整理出八大類七十種意象，這八大類七十種意象涵蓋許多通感意象，對於本論文助益匪淺。童穗雯將李後主詞中的意象歸納出（一）自然景觀、（二）節候時序、（三）人文建物、（四）心理意緒、（五）其它等五組。李金芳在象徵修辭的部分整理出「水」、「月」、「秋」、「夢」及其他事物等意象。胡雅雯說明李後主詞作「一意多象」和「一象多意」的情形。王廣琪將李後主詞作中意象歸納自然意象和人文意象兩大類。各研究者對於意象內容大多依據前後期的際遇來分析，李後主各期詞作出現不少共同的常用字，但隨著遭遇和心境的轉變，所浮現的意象也有所差異，這正足以說明意象是通過心而發出的。前人研究李後主詞作中的意象，不出自然和人文兩大類，然而這兩大類意象都是五官和心交融而成的，但是卻沒有人提到通感意象。前人探究的是感官和心交織呈現的結果，本論文所探析的通感意象乃是著眼於「因」，在前人的研究貢獻起點之下，以意象理論、修辭學和美學等為依據探討通感意象，而通感意象又是以生理學及心理學為認知基礎。本論文站在李後主的立場，從其感官出發，對其詞作的通感意象作全面的審美考察，處處帶有李後主的主觀色彩，並期盼以跨學科、多元的角度，用現代人可以體會的語言賞析千年前的李後主詞作，直接與他對晤。

# 第二章　南唐詞人李後主

　　公元九零七年，朱全忠篡唐，即位於大梁（今開封），是為「後梁」，從此開始史家所稱的「五代十國」時期。後梁的國祚僅十六年便宣告結束了，接下去的後唐、後晉、後漢及後周，這四個朝代一個接著一個，也如曇花一現般結束得很快。這五個朝代相繼統治中原，經常發動大規模戰爭，加上北方契丹強敵壓境，整個中原遭到極嚴重的破壞。相較於兵火連年的中原，十國的政權較穩定，況且江南自古便是魚米之鄉，尤其是西蜀和南唐商業發達，謀生較易，中原的百姓大量湧入，詩人詞客，多聚集於此，所以這兩個國家成了經濟文化的重心。隨著經濟和商業的繁榮，歌吹舞榭不輟，助長了詞的發展。西蜀和南唐既然是經濟的中心地區，因此詞人的創作也集中於這兩個國度中。西蜀的詞，備見於趙崇祚所編《花間集》，此集子除了溫庭筠、皇甫松之外，幾乎全為西蜀人或流寓西蜀者（如韋莊）。《花間集》開篇六十六闋溫詞，建立溫庭筠「正統」詞壇宗師之地位，花間詞人填詞雕金鏤玉，粉琢巧飾；然而，南唐詞人和花間派大異其趣，他們開山較晚，也不以雕琢粉飾為尚，風格清雅，此外他們也沒有纂集，所以南唐詞的價值確立不易，全賴詞人發展出獨特新藝。（孫康宜，1994：82～83）南唐詞人以李後主父子及馮延巳為代表，李璟傳世的詞僅四闋，馮延巳則有《陽春集》。花間派之首溫庭筠，善用精美物象，講究各景並列，缺乏直接而明顯的意涵，呈現模擬兩可的詞意；南唐詞人李後主和花間詞人最大的差異，正如王國維所言：「詞至李後主而眼界始大，感慨遂深，遂變伶工之詞，而為士大夫之詞。」（滕咸惠校注，1994：111～112）王國維所謂「士大夫之詞」，指的應該是不作意象堆疊，敞開心扉，直接抒發情感的感性之詞。（孫康宜，

35

1994：85）誠如葉嘉瑩所言，李後主將寫給歌女的歌辭之詞轉變為抒情言志的詩化之詞。（葉嘉瑩，2007：97）這不僅為李後主詞和花間詞迥異之處，更對北宋詞藝的發展產生巨大影響。

## 第一節　家世與生平

李後主在詞藝上的卓越表現，和其個人生平密不可分。李後主的身世顯赫，祖父李昪原名徐知誥，是李唐的後裔，唐憲宗第八子建王恪的玄孫。《南唐書・烈祖本紀》：「烈祖光文肅武孝高皇帝，名昪，字正倫，小字彭奴。徐州人，姓李氏，唐憲宗第八子建王恪之玄孫。恪生超，早卒，超生志，仕為徐州判司。」（陸游，1985：298）。李昪成長的年代，正值唐室沒落，天下多事之秋，自小父母雙亡的他曾被淮南節度使楊行密收養。（同上：298）在二十二歲時被任命於昪州防遏使，兼樓船軍使，開始涉入吳國軍政，公元九三七年稱帝，「冬十月，吳帝禪位乎我。甲申即皇帝位，改吳天祚二年為昪元元年，國號齊。」（同上：298）昪元三年，復姓李，更名昪，立唐宗廟，改國號為唐，史稱南唐。（馬令，1985：245）李昪實行息兵安民，人民安居樂業，《南唐書・烈祖本紀》：「帝生長兵間，知民厭亂。在位七年，兵不妄動，境內賴以休息。」（陸游，1985：300）並精練軍隊，修築城防，抱有平定中原的志向。昪元七年二月李昪崩逝，年五十六，葬永陵，諡光文肅武孝高皇帝，廟號烈祖。其長子李璟即位，是為中主。

李昪生於兵荒馬亂的時代，自小生活困苦，出身行武的他一步步掌握吳國軍政大權時，便大力提倡文化教育。《南唐書・烈祖本紀》：「帝獨褎廣史，課農業；求遺書，招延四方士大夫，傾身下之。」（同上：298）稱帝以後，也設立學館，《南唐書・先祖書》：「建書樓於別墅，以延四方之士。」（馬令，1985：245）李昪極具文藝修養，喜好

收藏書籍，能書法及作詩，有書畫收藏，也經常與文臣儒士聚會宴飲，並趁興作詩。（陳葆真，2009：26）

　　李後主的父親——李璟，是先主李昪的長子。《南唐書·元宗本紀》：「元宗明道崇德文宣孝皇帝，名璟，字伯玉，烈祖長子。」（陸游，1985：300）李璟於保大元年即位於金陵。他初期也頗勤於政事，開疆拓宇，把原有的二十八州，擴至三十五州；後期因進退失據，無法審度時勢，而喪失不少土地；對內又因信任邪佞，賞罰不明，以致國勢日衰。（同上：304）李璟於交泰元年自去帝號，上表後周自稱唐國主；獻江北郡縣未陷之地，歲貢方物；又為了避諱而改名為景。《南唐書·元宗本紀》：「五月下令去帝號，稱國主，去交泰年號，稱顯德五年，置進奏邸于汴都。凡帝者儀制皆從貶損。改名為景，以避周信祖諱。」（同上：303）如此委曲求全，總算讓南唐的國勢得以苟延殘喘。宋建隆二年李璟將國都南遷洪州，留李煜在金陵監國，李璟遷都不到半年，便病死於洪州，年四十六，葬於順陵，諡元宗明道崇德文宣孝皇帝，廟號元宗。其第六子李煜即位，是為後主。

　　在政治軍事上，李璟是失敗了，對於文學藝術卻造詣頗高。《南唐書·嗣主書》：「有文學，甫十歲，吟新竹詩云：『棲鳳枝梢猶軟弱，化龍形狀已依稀。』人皆奇之。」（馬令，1985：246）李璟喜歡讀書，作詩填詞，宮中藏有豐富的墨寶典籍，鍾王墨跡尤多。（陳彭年，1985：217）《南唐書·馮延巳傳》：「元宗樂府詞云：『小樓吹徹玉笙寒』。延巳有『風乍起，吹皺一池春水』之句，皆為警策。元宗嘗戲延巳曰：『吹皺一池春水。干卿何事？』延巳曰：『未如陛下小樓吹徹玉笙寒。』元宗悅。」（馬令 1985：279）李璟詞語言清爽、不雕琢，確實較馮延巳詞幽深，且重視白描，淺近平易，以去花間詞徒事藻繪的習氣。另外，李璟詞作風格委婉哀切，表現出個人的特殊境遇和沒洛遲暮的感傷，也被李後主所繼承。李後主的文學性格，是家學淵源，接受了父親的長處，尤其他填詞直抒胸臆的手法，精練樸素的語言，雄奇幽怨的風格都深受李璟影響，對於寫身世之感，開拓詞的意境，也從李

璟得到啟示。（謝世涯，1994：11）明人王世貞《藝苑卮語・弇州山人四部稿》：「花間猶傷促碎，至南唐李王父子而妙矣。」（王世貞，1988：387）

李昇勤於政務，又提倡文教，執政期間，南唐國勢昌隆，文化風氣興盛；李璟即位，對內用人不當，對外錯估局勢，南唐國勢便由盛轉衰，但是文化藝術卻蓬勃發展。李璟本人多才多藝，他的詞作在當時享有盛名；而宰相馮延巳也是詞苑名家，是五代詞章創作保留至今數量最多的一人，他的詞作多寫豔情，然而寫男女相思純情而雅緻。（李中華，1996：5）南唐的畫苑也是名家輩出，如：董源、徐熙、周文矩、顧閎中等；李後主的臣屬韓熙載、李建勳、徐鉉等也是活躍於文化舞臺上的文人。李後主的文學性格，就是潛移默化於家庭及社會的藝術環境中，並且成長。

《南唐書・後主本紀》：「後主名煜，字重光，元宗第六子，初名從嘉。」（陸游，1985：304）李後主於建隆二年即位，這年他二十五歲。此時的南唐，已經去帝號，奉宋正朔，沒有年號；江北之地盡失，國勢消弱不堪，岌岌可危。他對於宋的恭順，比起中主更是有過之而無不及，據宋人《五國故事》載，李後主即位之日，登樓建金雞以肆赦，宋太祖聞之大怒，因而質問南唐進奏使陸昭符，陸昭符見事不妙便回答說：「此非金雞，乃怪鳥耳！」宋太祖聽了大笑，沒有深究。（撰人不詳，1985：43）自此之後，李後主更加小心謹慎。最明顯的是，每逢宋使到金陵前，便下令取下宮殿屋頂上象徵天子身分的鴟吻，不敢顯示廟堂的尊嚴；而他自己也換下帝服，改穿紫袍迎接。（陸游，1985：304～305）宋師每次出征勝利，或是皇朝有喜慶之事，後主總是遣使祝賀，呈進厚禮貢物。《南唐書・後主本紀》：「建隆三年春，三月遣馮延魯入貢京師……六月遣客省使翟如璧入貢京師……，遣水部郎中顧彝入貢京師。」又：「太祖出師平荊湖，國主遣使犒軍。」又：「開寶四年冬十月，國主聞太祖滅南漢，屯兵於漢陽，大懼。遣太尉中書，令鄭王從善朝貢，稱『江南國主。』」（同上：304）自始

李後主自去國號「唐」，為了進一步表達對宋的順服，李後主不避屈辱，自我取消了南唐政體的獨立性。「開寶五年春正月，國主下令貶損儀制，改詔為教。中書門下省為左右內史府；尚書省為司會府；御史臺為司憲府；翰林院為文館；樞密院為光政院；大理寺為詳刑院；客省為延賓院。官號亦從改易，以避中朝。」（同上：305）另外，宮殿屋頂上的鴟吻則不再復用。李後主小心翼翼，在名號與尊嚴上一再讓步，唯恐得罪宋太祖。

儘管李後主輸帛求安，腆顏事宋，然而，宋仍舊步步逼近。據《南唐書‧林仁肇傳》載，在宋平定南漢後，建陽林仁肇見宋師疲憊，淮南空虛，上表出兵，且自願在出兵之日，南唐即可向宋報告林仁肇是率軍叛亂。若出兵不利，請李後主誅殺他全家，以示未參與此事，但李後主不表贊同。（同上：332）當時，還有一位商人，請求密往江陵，焚燒宋所造的戰艦，李後主也不敢答應。（同上：305）

李後主仰宋鼻息，希冀南唐國祚能苟延殘喘，但事與願違，開寶八年，金陵終於被宋師攻陷，南唐滅亡。當宋師破城之後，李後主奉表納降，與殷崇義、張洎等四十五人肉袒拜於軍前。（同上：306）開寶九年，李後主白衣紗帽於明德樓下待罪，宋太祖封他為右千牛衛上將軍違命侯，從此，李後主在汴梁開始了忍辱偷生的囚徒歲月。他被關在汴梁內的一座小樓，完全喪失了尊嚴與自由，只能借酒澆愁。（曾慥，1993：908）在李後主北遷的第一年，宋太祖駕崩，弟趙光義即位，是為宋太宗。宋太宗撤銷李後主「違命侯」封號，改為隴西郡公。太平興國三年，也就是被囚錮於汴梁的第三年，他死於幽禁之所，年四十二。宋太宗追封吳王，葬於洛陽北邙山。（陸游，1985：306）李後主的死訊傳回江南，江南的百姓慟哭於巷，陸游《南唐書‧後主本紀》：「殂問至江南父老有巷哭。」（同上：306）

李後主雖是政治上的失敗者，但他個性純仁孝悌，親民愛民。《南唐書‧後主本紀》：「後主名煜，字重光，元宗第六子……文獻太子惡其有奇表，從嘉避禍，惟覃思經籍。」（同上：304）李後主出生

即容貌不同於一般人，頗類似傳說中舜的相貌，這一點使太子李弘
翼十分不放心，百般防範，唯恐自己的地位會被取代。李後主為了
自保，於是埋首於經籍，不問朝政，更自號「鍾隱」，別號「鍾山居
士」、「鍾山隱士」、「蓮峰隱士」、「蓮峰居士」等，以表明自己無心
於帝位。這種與世無爭的個性，可能是來自於他的父親李璟。《南唐
書・元宗本紀》：「元宗明道崇德文宣孝皇帝，名璟……立為王太子，
固讓。昇元烈祖受禪封吳王，徙齊王，四年八月立為皇太子，復固
讓。」（同上：300）根據《南唐書・弘冀傳》及《南唐書・景遂傳》
記載，李弘冀在中主中興元年被立為太子，後來中主不滿弘冀剛猛
作風，有意改立自己的四弟景遂為王位繼承人，弘冀得知後，便將
自己的親叔父殺了，但是，一個多月後，弘冀自己也突然暴斃。（同
上：338、339）《南唐書・從善傳》載，李後主的弟弟李從善，在太
子弘冀去世後就覬覦太子大位，元宗駕崩，從善竟意圖奪取遺詔，
謀篡帝位，然而，李後主卻沒有追究。開寶四年，從善進貢汴梁，
被宋任命為泰寧軍節度使，不准他回到金陵。李後主多次上書宋太
祖，請求從善歸國，都不被批准。（同上：340）由此可知，李後主
個性與世無爭，超脫塵世，友愛手足，對於因權力鬥爭而威脅過自
己的人，卻不咎既往，對於父母，更是恪盡人子之道。《南唐書・後
主本紀》：「後主天資純孝，事元宗盡子道。居喪哀毀，杖而後起。」
（同上：306）母親鍾后病重時他早晚在旁侍候，母親所用的藥物
都必經他親嘗之後才呈上。（同上：337）在母親鍾后逝世，李後主
服喪期滿三年，才續立小周后為國后。（同上：338）李後主不僅恪
守孝悌，舉凡一切行政措施也都秉持仁愛的原則，《南唐書・後主
書》：「敦睦親族，亦無不至，唯以好生富民為務。」（馬令，1985：
253）李後主宅心仁厚，愛民如子，只可惜缺乏治國的本事，事宋
只圖飲鴆止渴，因此加速南唐的滅亡，也注定他悲劇的一生。《南
唐書・後主本紀》：「故仁愛足以感其遺民，而卒不能保社稷云。」
（陸游，1985：306）

　　南唐自先主李昪於公元九三七年建國，歷經中主李璟，傳至後主李煜，於公元九七五年滅亡。國祚三十九年。茲將南唐帝王表整理如下：

表 2-1-1　南唐帝王表

| 姓名 | 李昪（先主） | 李璟（中主、嗣主） | 李煜（後主） |
|---|---|---|---|
| 原名 | 徐知誥（收養名） | 李景通 | 李從嘉 |
| 字（號） | 字正倫 小字彭奴 | 字伯玉 | 字重光，號鍾隱、鍾山隱士、蓮峰居士 |
| 生年 | 公元 888 年 | 公元 916 年 | 公元 937 年 |
| 卒年 | 公元 943 年 | 公元 961 年 | 公元 978 年 |
| 享壽 | 五十六歲 | 四十六歲 | 四十二歲 |
| 政權 | 南唐 | 南唐 | 南唐 |
| 在位 | 公元 937～943 年，共計七年 | 公元 943～961 年，共計十八年 | 公元 961～975 年，共計十五年 |
| 年號 | 昇元（937～943） | 保大（943～957） | 宋太祖建隆（961～963） |
| | | 中興（958） | 宋太祖乾德（963～968） |
| | | 交泰（958） | 宋太祖開寶（968～975） |
| | | 周世宗顯德（958～960） | |
| | | 宋太祖建隆（960～961） | |
| 陵墓 | 永陵 | 順陵 | 洛陽北邙山 |
| 廟號 | 烈祖 | 元宗 | 後主 |
| 諡號 | 光文肅武孝高皇帝 | 明道崇德文宣孝皇帝 | 宋太宗追封吳王 |

（資料來源：夏承燾，1970：73～160；陸游，1985：298～306）

## 第二節　文藝與愛情

　　在政治上，李後主是個澈底失敗的亡國之君；然而，在文學藝術上的光芒卻永遠燦爛耀眼。李後主是一位卓越的藝術大師，在詩詞、散文、書法、繪畫、音樂等，均有極高的造詣。李後主的詩作，至今僅存十八首及一些零散的殘句，收錄在《全唐詩》，大多屬於中期和晚期的作品，

往往出自肺腑，情真意切。例如〈九月十日偶書〉：「晚雨秋陰酒乍醒，感時心緒杳難平；黃花冷落不成豔，紅葉颼颼就鼓聲。背世返能厭俗態，偶緣偶為忘多情；自從雙鬢斑斑白，不學安仁卻自驚。」（曹寅編，1974：87）他直接抒發對國家的憂慮，反映出欲擺脫塵世而不可得的惆悵。又如：〈書琵琶背〉：「佚自肩如削，難勝數縷絛；天香留鳳尾，餘暖在檀槽。」（同上：88）則是觸景傷情，對大周后的思念溢於言表。

　　李後主詞作在中國文學史上受到極高的推崇，非一般詞人所可以比擬。李後主詞集首見於宋人尤袤《遂初唐書目》樂曲類錄有《李後主詞》，以及南宋末陳振孫《直齋書錄解題》收錄《南唐二主詞》一卷。《南唐二主詞》收錄了中主李璟的詞作四闋，其餘都是後主的作品。（謝世涯，1994：44）根據學者考證，《南唐二主詞》的問世大約是在南宋紹興、紹熙年間的事情，此時距離李後主已經是兩百年左右了，所以李後主詞始終缺少一個較完善的版本。（李中華，1996：41）儘管如此，李後主詞對於文學史貢獻良多：第一、擴大詞的題材。詞至溫庭筠，始由民間轉向文人士大夫，成為一種正式的文學形式。但是，溫庭筠詞風和花間詞題材狹小，範圍不出於男歡女愛，風花雪月，風格香軟綺靡。李後主詞作題材廣泛，雖然不乏豔情；然而身世之感、遭際之嘆、宮廷之奢、漁隱之趣、憂家之愁、亡國之恨，信手拈來，無不入詞。李後主開始，詞的創作從閨樓歌館拓向社會人生，從而賦予詞相當的社會性，詞的地位也進一步的提高。第二、開創新的詞風。溫庭筠及花間派詞人作品，文筆華麗，過於雕琢字句，往往以辭害意，缺乏生命力。李後主詞，自然率真，不加矯飾，無論寫珠歌翠舞、粉黛釵裙，還是生命之感，故國之悲，無不直抒胸臆，酣暢淋漓，傳達了真摯的人類性情；語言樸質，淺白易懂，美與真流露其中，讀起來自然可親。第三、在形式上，李後主成功的把短而急促、長而連綿的兩種句式融為一體，呈現出前所未有的跌宕回環氣勢，十分適合表達委婉憤鬱的情懷。（任爽，1995：250～251）例如〈相見歡〉：「無言獨上西樓，月如鉤。寂寞梧桐深院鎖清秋。剪不斷，理還亂，是離愁！

別是一般滋味在心頭。」「月如鉤」為三字的短句，緊接著長句「寂
寞梧桐深院鎖清秋」帶出無邊無際的寂寞；接下來的「剪不斷」、「理
還亂」、「是離愁」為短句，胸中被愁苦盤據，抑鬱糾結，結尾的長句
「別是一般滋味在心頭」九個字重重的壓下來，令人窒息，異樣的淒
清與愁苦無邊無際。歷代評論家對於李後主的詞均給予極高的評價，
《介存齋論詞雜著》：「李後主詞，如生馬駒，不受控捉。」又：「毛
嬙、西施，天下美婦人也。嚴妝佳；淡妝亦佳；粗服亂頭，不掩國色。
飛卿，嚴妝也；端己，淡妝也；後主則粗服亂頭矣。」（周濟，1988：
1633）《人間詞話》：「溫飛卿之詞，句秀也；韋端己之詞，骨秀也；
李重光之詞，神秀也。」又：「詞至李後主而眼界始大，感慨遂深，
遂變伶工之詞，而為士大夫之詞。」（滕咸惠校注，1994：111～112）
李後主詞作，風格和題材具超時代的藝術成就，結構上也有獨到之
處，「唐五代之詞，有句而無篇；南宋名家之詞，有篇而無句。有篇
有句，惟李後主降宋後之作及永叔、子瞻、少游、美成、稼軒數人而
已。」（同上：108）依王國維之見，李後主填詞緊扣中心思想，且詞
句優美，結合成和諧協調的藝術整體。

　　李後主自幼便「覃思經籍」飽覽諸子百家之言，思想深受儒家影
響，將立言著作當成人生價值的重要標誌。其散文作品，最重要的是
《雜說》百篇。這是李後主仿效曹丕《典論》而作的一部專書。（李
中華，1996：34）除此之外，李後主尚有《文集》三十卷，可惜已經
散佚，另外他的〈即位上宋太祖表〉、〈卻登高文〉、〈昭惠周后誄〉等，
都可說是五代散文中的傑作。（任爽，1995：254）

　　李後主善於書法，初學柳公權，後來逐漸形成自己的書體。《南
唐書·保儀黃氏傳》：「元宗、後主俱喜書法。元宗學羊欣，後主學柳
公權，皆得十九，購藏鍾王以來墨帖至多。」（陸游，1985：338）他
的書法筆鋒瘦硬、富於力度，有如寒松霜竹，蒼勁有力，愛用顫筆，
在繆曲波折之中，透出遒勁的風神，名為「金錯刀書」；李後主對於
書法理論也有深入的研究，現存主要的書法論著，有〈書評〉和〈書

43

論〉兩篇，他評析王羲之書法藝術的影響以及唐代書法名家的得失，並詳細敘述書體「八字法」。（任爽，1995：245～246）另外，李後主搜求前代書法作品不遺餘力，所藏極為豐富，以鍾繇、王羲之的墨跡最多，陳彭年《江南別錄》：「元宗、後主皆妙於筆，禮好求古迹，宮中圖籍萬卷，鍾、王墨跡尤多。」（陳彭年，1985：217）

李後主的繪畫作品均已失傳，只能根據宋人的零星記載，得知有〈雲鵲雀〉、〈雜禽花木〉、〈竹枝圖〉、〈自在觀音像〉、〈拓竹雙禽圖〉、〈竹禽圖〉、〈色竹圖〉等十幾種。根據評論可得知，李後主繪畫妙在用筆，和他的書法一樣，筆力遒勁，特別是他的竹，由根至梢，一一勾勒，謂之「鐵鉤鎖」。（任爽，1995：247）

李後主的音樂作品相當豐厚，大周后也精通音律，據《南唐書‧昭惠周后傳》載，李後主得到安史之亂後就已失傳的〈霓裳羽衣曲〉殘譜，命樂工以琵琶按譜彈奏，只能粗得其聲而未盡完善；大周后依旋律、節奏修補殘譜，重新整理的曲子清悅可聽，遂使唐開元天寶遺音，復傳於世。（馬令，1985：253）而李後主所作的曲目有，〈念家山破〉、〈振金陵破〉等，可惜均已失傳。（同上：253）

李後主十八歲那年，和十九歲的周娥皇成婚。娥皇是司徒秣陵周宗之女，美麗且富才藝，通曉詩書，善於歌舞，能各種奇樂異曲，尤其精於琵琶。中主極為賞識其音樂造詣，御賜燒糟琵琶。（同上：253）後主與娥皇終日沉湎於宮闈宴樂，將國家偏安的殘局拋諸腦後。他們在雪夜歡宴，酒酣耳熱，娥皇邀李後主共舞，《南唐書‧後主國后周氏傳》：「後主曰：『汝能創為新聲則可矣。』后即命牋綴譜，喉無滯音，筆無停思，俄頃，譜成。所謂邀醉舞破也。」（陸游，1985：337）娥皇不僅能歌善舞，精通音律，對於打扮更有一套，她喜歡頭梳高髻，身穿薄絲纖裳，以及首翹鬢朵之妝，宮中女子紛紛效仿。（同上：337）此外，還有所謂的「天水碧」、「北宛妝」。據《江南野史》載，絲綢經過一夜的露水，能染成鮮明的淡綠色，李後主十分喜愛這種顏色，於是嬪妃競收露水染絲，穿起淡綠色的薄裳，名曰「天水碧」。（龍袞，1985：

225)《清異錄》載，江南建陽進獻大小形狀各不相同的茶油花子，十分可愛，眾嬪妃縷金於面，化上淡妝，將此花餅裝飾於額頭上，稱為「北苑妝」。（陶穀，1991：896）娥皇為李後主生了兩個兒子，分別是仲寓和仲宣，仲宣在後主即位那年出生，但四歲便夭折了。娥皇自己本來就體弱多病，得知愛子病逝，精神上大受刺激，終於一病不起。據《南唐書‧昭惠周后傳》載，李後主在愛妻生病時，湯藥必親自嘗過才讓娥皇服用，甚至連續多日不眠不休地陪伴在病榻旁。（馬令，1985：254）但是，娥皇還是香銷玉殞，就此凋零了，年二十九，諡號昭惠，史稱大周后。《南唐書‧後主國后周氏傳》：「卒於瑤光殿，年二十九，葬懿陵。後主哀甚，自製誄刻之石，與后所愛金屑檀槽琵琶同葬，又作書燔之與訣，自稱鰥夫煜，其辭數千言，皆極酸楚。」（陸游，1985：338）

大周后病故的第四年，李後主又立大周后之妹為國后，史稱小周后。大周后臥病在床之時，李後主就經常和小周后幽會，《南唐書‧繼室周后傳》：「后自昭惠殂，常在禁中，後主樂府詞有『衩襪步香階，手提金縷鞋』之類，多傳於外。至納后，乃成禮而已。翌日大醼群臣，韓熙載以下皆為詩以諷焉。而後主不之譴。」（馬令，1985：254）據《南唐書‧周氏傳》載，李後主與小周后度過了一段窮奢極慾的歲月，對小周后的寵愛遠超過大周后，他為小周后在花叢間搭建一個雕鏤華麗的亭子，此亭極為迫小，僅能容納兩人，他與小周后日日酣飲其中。（陸游，1985：338）小周后十分善妒，後宮嬪妃多遭不測，《南唐書‧保儀黃氏傳》：「黃氏服勤降體，以事小周。故同時美女率多遇害，而黃氏獨不遭譴，以其事之盡也。」（馬令，1985：255）李後主與小周后紙醉金迷，拋下日薄西山的南唐國運，忘卻北方宋太祖的蠶食鯨吞。也許是樂極生悲，隨著城破國亡，小周后伴李後主被俘來到汴梁，一起承擔入宋後卑賤屈辱的日子。小周后被封為「鄭國夫人」，據《默記》載，宋太宗常宣小周后進宮，每一入則停留數日，出宮後小周后必大聲泣罵，而李後主只能無奈的默默避開。（王銍，1991：353）在李後主

逝世的那一年，小周后也不勝悲傷，憂鬱而死。《南唐書‧周氏傳》：「宋太平興國二年，後主殂，后悲哀不自勝，亦卒。」（陸游，1985：338）

除了大、小周后，在為數眾多的後宮嬪妃中，也有不少得到李後主的寵幸。據《南唐拾遺記》載，李後主曾手抄《心經》送給宮女喬氏，在他過世後，當時已被宋太宗納入禁中的喬氏，便將自己收藏的《心經》捐贈到汴梁的相國寺西塔院，以薦後主冥福，並以極工整的書法，在卷後加上一段深情動人的跋文。（毛先舒，1985：348）可見李後主生前對待喬氏情真意摯。寵姬窅娘自幼以帛繞腳，纖小屈上，宛如新月，只有三寸，她穿著素襪，在李後主為她所做六尺高的金蓮花上跳舞，飄然若凌波仙子。（同上：349）《南唐書‧保儀黃氏傳》載，宮嬪流珠精通音律，善彈琵琶，大周后死後，其所撰的曲子多被遺忘，只有流珠熟記於心，時常為李後主彈奏，因此深得李後主喜愛。（陸游，1985：338）

李後主終日流連春光，周旋於綺羅粉黛，沉醉於溫香軟玉；宮廷生活極盡奢華，攜雲挈雨無限浪漫。大臣連連上表勸諫，他雖自知不當，卻依然故我，《南唐書‧周氏傳》：「後主以后好音律，因亦耽嗜，廢政事。監察御史張憲切諫。賜帛三十疋，以旌敢言，然不為輟也。」（同上：337～338）這種縱情聲色，歡愉暢快的日子，任誰也捨不得吧！也難怪和唐玄宗一樣「從此君王不早朝」了。

## 第三節　詞作的分期

李後主一生，短短四十二載，落差懸殊的身世遭遇，可以劃分為四個時期；留傳下來的詞作不多，只有三、四十闋，前後迥異的風格，也可以劃分為四個階段。本論文以詞作美感特徵的演進為經，輔以李後主生平及詞作內容為緯，將李後主詞作劃分為四個時期，這四個時期的作品風格殊異，茲整理成以下表格：

## 表 2-3-1　李後主詞作分期

| 分期 | 第一期 | 第二期 | 第三期 | 第四期 |
|---|---|---|---|---|
| 名稱 | 少年優游期 | 壯年酣樂期 | 中年憂傷期 | 晚年哀苦期 |
| 公元 | 937～954 | 955～964 | 965～975 | 976～978 |
| 紀年 | 南唐昇元元年～<br>保大十二年 | 保大十三年～<br>宋乾德二年 | 宋乾德三年～<br>乙亥歲十一月 | 宋開寶九年～<br>太平興國三年 |
| 年紀 | 出生～十八歲 | 十九～廿八歲 | 廿九～卅九歲 | 四十～四十二歲 |
| 遭遇 | 遭兄猜忌<br>覃思經籍 | 新婚燕爾<br>初襲皇位 | 子夭妻死母歿<br>國家危難 | 國破北俘<br>受盡凌辱 |
| 美感<br>特徵 | 詩化之詞 | 戲劇之詞 | 歌辭之詞 | 詩化之詞 |
| 詞作<br>風格 | 閒淡曠遠 | 曼豔歡娛 | 憂傷感慨 | 淒楚絕望 |
| 代表<br>作品 | 〈漁父〉二闋 | 〈一斛珠〉、<br>〈浣溪沙〉、<br>〈玉樓春〉、<br>〈子夜歌〉、<br>〈菩薩蠻〉三闋 | 〈長相思〉、<br>〈喜遷鶯〉、<br>〈擣練子令〉、<br>〈擣練子〉、<br>〈楊柳枝〉、<br>〈臨江仙〉、<br>〈采桑子〉二闋、<br>〈謝新恩〉六闋、 | 〈破陣子〉、<br>〈清平樂〉、<br>〈子夜歌〉、<br>〈烏夜啼〉、<br>〈浪淘沙〉、<br>〈浪淘沙令〉、<br>〈相見歡〉二闋、<br>〈望江梅〉二闋、<br>〈望江南〉二闋、<br>〈虞美人〉二闋 |

（資料來源：蔣勵材，1978；詹幼馨，1992；葉嘉瑩，2006）

　　李後主第一期的作品極少，僅兩闋，充滿田園風味，容易和其他時期作品區隔；第二期詞作珠璣羅綺，春光旖旎，風格相當明確；惟第三期的憂傷之詞和第四期的淒楚之詞界線十分模糊，若非考據其作成年代，這兩期的詞作常出現混淆。其中以〈烏夜啼〉和〈清平樂〉爭議最多；而一般認為〈望江南〉二闋為李後主歸宋後的作品，詹幼馨則認為其作成之時為亡國前。對於以上四闋詞作究竟該置於哪一時期，專家學者莫衷一是。以下茲對諸多看法作一番探究。

## 一、〈烏夜啼〉

> 昨夜風兼雨，簾幃颯颯秋聲。燭殘漏斷頻欹枕，起坐不能平。
> 世事漫隨流水，算來夢裡浮生，醉鄉路穩宜頻到，此外不堪行。

蔣勵材將此作歸為亡國前，開寶六年，宋遣盧多遜索取江南圖經，李後主得知宋有意興師，立刻上表願受冊封，但宋太祖不許，憂心如焚而作〈烏夜啼〉。（蔣勵材，1978：50）范純甫提到國勢日益迫切不安，加上大周后去世，李後主感到哀傷與痛苦，而作〈烏夜啼〉。（范純甫，1983：157）詹安泰的看法和上述二者相同。（詹安泰，1911：23）李中華只提到〈烏夜啼〉是李後主經過巨大痛楚後的悸動，並未指明何謂巨大痛楚，但就安排的順序來看，〈烏夜啼〉安排在〈破陣子〉：「四十年來家國，三千里地山河」之前，〈破陣子〉是李後主追憶城破之際，倉皇辭廟去國情事之詞，一般將之視為亡國前後詞作的分水嶺，由此可推知李中華將〈烏夜啼〉看作亡國前的作品。（李中華，1996：176）章崇義則以編年體的方式，將〈烏夜啼〉置於太平興國二年，並提到李後主暮年沉湎於酒，而有此作。（章崇義，1969：99）唐文德認為這闋詞是描寫一個亡國之君，風雨可以藉指宋朝的侵略。（唐文德，1981：32～33）詹幼馨將〈烏夜啼〉視為亡國後的作品，並舉出李後主亡國前詩作〈九月十日偶書〉、〈病起題山舍壁〉反映出的思想，與〈烏夜啼〉所透露的人生態度對照說明。（詹幼馨，1992：106）張淑瓊主編《李煜》認為〈烏夜啼〉帶來一種空諸一切的觀念，大概是李後主後期之作。（張淑瓊，1992：32）

本論文將〈烏夜啼〉視為亡國後所作，基於以下三個理由：

## （一）就「酒」引起的心理反應而言

李後主囚禁在汴梁有借酒澆愁的習慣，中期李後主心情煩悶時固然飲酒，〈九月十日偶書〉：「晚雨秋陰酒乍醒，感時心緒杳難平」（曹

寅編，1974：87）這首詩作於亡國前。而「燭殘漏斷頻欹枕，起坐不能平」是靈魂中痛苦的吶喊，遠遠超過「感時心緒沓難平」的程度，造成這種傷痛莫過於亡國之痛。據《類說・翰府名談》載：「江南李主一目重瞳，務長夜之飲，內日給酒三石。藝祖敕不與酒，奏曰：『不然何計使之度日？』遂復給之。」（曾慥，1993：908）另外，〈烏夜啼〉中的「世事漫隨流水，算來夢裡浮生，醉鄉路穩宜頻到，此外不堪行」，說明禁錮中的李後主緬懷過去的美好家邦，但舊事如夢逝去，徒留惆悵和悲傷，只能用酒來麻醉自己。同樣是酒，在亡國前代表的是歡樂、暢快，〈一斛珠〉：「羅袖裛殘殷色可，杯深旋被香醪涴」；〈浣溪沙〉：「酒惡時拈花蕊嗅，別殿遙聞簫鼓奏」；又〈玉樓春〉：「臨春誰更飄香屑，醉拍闌干情味切」，即便是中期以後大周后逝世，李後主仍有小周后以及其他鶯燕相伴，依舊沉醉宮廷宴樂，縱使國勢堪憂，他還是暫將憂愁拋諸腦後。所以只有亡國後的淒楚才能夠讓李後主將「酒」和「愁憤」連結起來，而有「起坐不能平」。

## （二）就「夢境」所寄託的事物而言

　　亡國後的李後主只有在夢裡才能回到自己的國家，夢裡的一切美好如昔；夢醒後即回復為仰人鼻息的階下囚，無限的哀苦。因此，李後主亡國後的詞作常以夢境來和現實作對比，「夢」時常出現在此一時期的詞作中，而且情緒十分強烈，震撼力十足，例如〈清平樂〉：「路遙歸夢難成」，絕望的訴說回到故國連作夢也無可能；〈望江梅〉：「多少恨，昨夜夢魂中」，夢醒只有無盡的悲恨；〈子夜歌〉：「故國夢重歸，覺來雙淚垂，……往事已成空，還如一夢中」，只有在夢裡才能重回故國，醒來只剩決堤的淚水；〈浪淘沙令〉：「夢裡不知身是客，一餉貪歡」，在夢裡忘卻自己囚禁異鄉，才能奢求片刻的快樂。「夢」雖然在亡國前的詞作也出現，但是比例較少，而且亡國前藉由夢境抒發思念的情懷，淡淡的感傷不若「世事漫隨流水，算來夢裡浮生」，看盡人生，回顧一生只有空虛、絕望的深沉感慨。

## （三）就國家滅亡與否的際遇而言

只要國家沒有滅亡，李後主便萬人之上，雖然宋虎視眈眈，但只要身在自己的國家便安全無虞，也因此宋屢次下詔李後主入朝，其屢次以身體有疾辭卻，甚至不敢登上宋使船餞送。而城破國亡，性命朝夕不保，處境險惡。「醉鄉路穩宜頻到，此外不堪行」，反面是說清醒時行路艱辛，在醉鄉夢裡才能安穩行走，只有夢境中的國家還在。由此可見，即便是風雨飄搖的南唐，仍舊坐在君位上的他毋須如此悲嘆。

根據以上三點，〈烏夜啼〉宜歸入亡國後之作，本論文將其安排於第四期。


# 二、〈清平樂〉

別來春半，觸目愁腸斷。砌下落梅如雪亂，拂了一身還滿。
雁來音信無憑，路遙歸夢難成。離恨恰如春草，更行更遠更生。

章崇義將〈清平樂〉置於開寶七年，並提到李後主上表請求從善歸國，不許，作〈卻登高文〉及〈清平樂〉。（章崇義，1969：70～72）詹安泰把〈卻登高文〉聯起來看，主張此為憶念從善之作。（詹安泰，1911：109）李中華認為這闋詞寫的是懷念遠方親人的情懷，但並未指明所思何人，就安排的順序來看，安排在〈破陣子〉之前，由此可知李中華將〈清平樂〉和〈烏夜啼〉一樣視為亡國前所作。（李中華，1996：178）蔣勵材將之歸為李後主亡國後的詞作，為懷念故國，觸景傷情的作品。（蔣勵材，1978：72）唐文德更明白指出〈清平樂〉是開寶九年二月下旬左右的作品，是李後主降為臣虜以後的第一個春天，因此感慨更大。（唐文德，1981：67）范純甫和上述三者看法相同。（范純甫，1983：162）詹幼馨將〈烏夜啼〉歸為亡國之作的理由是，從善去宋以後和李後主仍有書信往來，「雁來音信無憑」此語太

過牽強；李後主懷念從善而有〈卻登高文〉，但不能以此斷言這一闋詞也出於同樣的意旨；且從善去宋翌年的春日尚非李後主請求從善歸國之時。（詹幼馨，1992：83）

本論文將〈清平樂〉視為亡國後所作，基於以下三個理由：

## （一）就哀愁的程度而言

亡國前的詞作縱使出現「恨」，例如〈臨江仙〉：「空持羅帶，回首恨依依」；〈擣練子〉：「雲鬢亂，晚妝殘，帶恨眉兒遠岫攢」，此二處的「恨」和女性柔美的形象同時出現，為閨情的幽怨，充其量「恨」不過是「愛」的反義詞罷了；〈謝新恩〉：「瓊牕口夢留殘日，當年得恨何長」，又一闋〈謝新恩〉：「遠是去年今日，恨還同。雙鬟不整雲顦悴，淚沾紅抹胸」，又「春光鎮在人空老，新愁往恨何窮」，這裡所謂的「恨」也是用來借指「思念」，抒發的是男女離別之情，談不上國仇家恨；另一闋〈謝新恩〉：「又是過重陽，臺榭登臨處，茱萸香墜，……新雁咽寒聲，愁恨年年長相似」，此處的「恨」比前面濃烈，但是由「茱萸」一詞便可得知是懷念兄弟。以上五闋亡國前的詞作，共同的特點均以「恨」作為思念之情的誇大詞，只要國家還在，縱使搖搖欲墜，李後主的「恨」嚴格論之，應該只停留在「為賦新詞強說愁」的階段吧。直到城破國亡，李後主方頓悟真正的「恨」為何物，「拂了一身還滿」，且「恰如春草，更行更遠更生」的亡國之恨，澎湃劇烈，無垠無涯，而且是越來越深，正如〈子夜歌〉：「人生愁恨何能免？銷魂獨我情何限。故國夢重歸，覺來雙淚垂」。此二處的「恨」豈是相思之苦所能比擬。

## （二）就李後主的宮闈擺設而言

縱使在國家危殆之際，李後主和小周后依然窮奢極欲，据《五國故事》載宮中四周的幕壁為大幅的紅色銷金羅，並以白金玳瑁裝飾；又用朱紅帛絹製成屏風，外圍種滿梅花，稱之為「紅羅亭」；並以紅

白綾羅一百多匹，裝飾成月宮天河的的樣子；宮殿四處插滿鮮花，稱為「錦洞天」；花叢中建有小亭，僅容他與小周后二人。（撰人不詳，1985：43）如此炫爛的美妙環境，身處其中恐怕只有將國難拋到九霄雲外，極盡視覺享受，眼目所及盡是歡愉，何來「觸目愁腸斷」？

## （三）就信息往來而言

詹幼馨認為「雁來音信無憑」絕非泛指，一定是見了大雁才有這種感觸。而大雁為候鳥，秋日自北來南，春日自南去北，李後主於金陵見到大雁一定是秋天，所以「別來春半」一語則說不通。李後主詞作寫「雁」有幾處，例如：〈喜遷鶯〉：「夢回芳草思依依，天遠雁聲稀」，是說春日雁去；〈新謝恩〉：「冉冉秋光留不住，……新雁咽寒聲」，是說秋天雁來。而〈清平樂〉卻說春天雁來，可見李後主身在北方。（詹幼馨，1992：82）

根據以上三點，認為〈清平樂〉是亡國後才作成的，本論文將之安排於第四期。

# 三、〈望江南〉二闕

> 閒夢遠，南國正芳春。船上管弦江面綠，滿城飛絮混輕塵，忙殺看花人。
> 閒夢遠，南國正清秋。千里江山寒色暮，蘆花深處泊孤舟，笛在月明樓。

章崇義將〈望江南〉二闕置於太平興國元年，是李後主憤慨綺麗江南為武力劫持以去而作。（章崇義，1969：89～95）蔣勵材指出李後主在宋，日夜苦思江南，因而構成一種下意識，常於夢境之中獲得安慰，而有此作。（蔣勵材，1978：74）唐文德持相同看法。（唐文德，1981：111）范純甫、（范純甫，1983：164）詹安泰亦同。（詹安泰，

1911：109）亦同。李中華認為夢回故國是李後主的一個情節，因此有此作。（李中華，1996：184）然而，詹幼馨卻認為〈望江南〉二闋作成的時間是在亡國前，屬同一格調的〈望江梅〉二闋，感恨之情溢於言表，可謂是聲淚俱下；而〈望江南〉並無傷痛之意。如果說表面上雖寫美妙之境，卻滲透孤寂難堪之情，實則為眷戀南唐之作，這樣的說法適用於一般詩詞作者，但是直率的李後主並無此種筆法，特別是亡國後的作品，悲憤洶湧澎湃，「多少恨」、「多少淚」既然已經如此傷感，怎麼還有「閒夢遠」二闋如此婉轉的可能（詹幼馨，1992：50）

本論文將〈望江南〉二闋置於亡國後，基於以下兩個理由：

## （一）就寫作的時空而言

如果這二闋詞寫於亡國前，身在江南的李後主，必能親自感受芳春的美好，況且每逢春日，李後主還下令宮殿四處插滿鮮花。春色滿懷，俯拾皆是，哪來美景已遠的感傷呢？以李後主直率的個性，必定盡情的享受，不應該優游局外矯揉道出「閒夢遠」之語；直到國破北遷，李後主才真正遠離美好的南國春光，直抒胸臆大嘆「閒夢遠」。國亡家破，江山易主，美好山河已然失色，任真率性的李後主更直言憤慨「千里江山寒色暮」。

## （二）就所使用的樂器而言

早期縱情聲色的李後主，十分重視聽覺享受，大周后尤工音律，飲酒作樂時，李後主喜歡使用「簫」、「鼓」等樂器助興，〈浣溪沙〉：「別殿遙聞簫鼓奏」；〈玉樓春〉：「鳳簫吹斷水雲閒」；〈謝新恩〉：「秦樓不見吹簫女」；〈子夜歌〉：「詩隨羯鼓成」。簫所發出的聲音柔和優美，為男女歡愛點綴浪漫，於狂歌曼舞增添旖旎；而鼓能為宴樂場合帶來熱鬧的氣氛，據南唐宮廷畫師顧閎中所繪〈夜宴圖〉，家伎翩翩起舞時，頭戴高帽，留一絡長鬚的韓熙載親自擊羯鼓助興。（杜文玉，

2007：5)《詩經‧關雎》：「關關雎鳩，在河之洲；窈窕淑女，君子好逑。……參差荇菜，左右芼之；窈窕淑女，鐘鼓樂之。」(朱令譽編注，1992：13) 可知鼓是歡樂的樂器。然而，臣虜北上後，李後主的詞作中「簫」和「鼓」已不復見，取而代之的是「笙」，〈望江梅〉：「鳳笙休向淚時吹」；〈虞美人〉：「笙歌未散尊罍在」。再來看看〈夜宴圖〉，教坊副使李家明的妹妹演奏琵琶，再來是五位女伎簫笛齊吹，李家明親執拍板，配合簫笛演奏。(杜文玉，2007：5)〈夜宴圖〉呈現的是最真實的歌舞歡宴，也就是一般的餘興之樂，圖中所出現的樂器有，琵琶、羯鼓、簫、和笛，獨缺笙。「笙」自古以來為宮廷雅樂，用於祭祀、朝典，並不作宴樂場合使用。亡國之君李後主，囚禁的歲月中，往日歌舞享樂已不復得，因此，詞作不再出現簫和鼓實屬合理；而為天子朝儀所用的笙，卻反而屢次出現在身為囚虜的李後主詞作中，私意以為此處的「笙」，其實是懷想君王生涯的象徵。而「簫」和「笛」同屬竹製樂器，直吹為簫，橫吹為笛。北方游牧民族騎在馬背上，基於安全考量，自然無法吹簫，多半吹笛；再者「笛」和「狄」、「敵」同音，讓人容易和北方產生聯想，〈望江南〉：「笛在月明樓」，此處的「笛」其實語帶雙關，一則實指笛聲，一則虛指幽囚北國的處境。亡國前的詞作也出現過「羌笛」，〈新謝恩〉：「一聲羌笛，驚起醉怡容」，「羌笛」之後緊接「驚」字，私意以為「笛」對李後主而言，意涵著某種程度的不安與恐懼，在歡娛之詞中較少出現。際遇構成心境和思想情感的轉變，心境和情感是抽象的，而詞作中所出現的物品是具體的，是心境和情感最直接的投射，心思細膩如李後主，對於詞作中出現的樂器，自有一番設計。

根據以上兩點，〈望江南〉二闋宜視為亡國之作，本論文將其安排於第四期。

綜觀諸多學者所持的詞作分期觀點，不外乎著眼於李後主的生平，誠如學者所云：「李煜的詞，因他前後生活環境的劇烈變動，內容和風格都可分為前後兩期。」(劉大杰，2002：570) 又「這三十多

闋詞中，跟著他的實際環境、生活方式、思想情感的轉變，相應的體現出幾種不同的面貌。」（詹安泰，1991：18）然而，若缺乏充分的史料來證明作成年代，作品的分期恐怕流於臆測，因此，不妨暫時拋開作品的外部資料，試就美感特徵的演進來考察李後主詞作，以下茲將其作品分為「戲劇之詞」、「歌辭之詞」及「詩化之詞」。

## 一、戲劇之詞

　　李後主早年的詞作以敘事兼描寫居多，「敘事」向度中有「演故事」的傾向，強調人與人之間的具體經驗，或是事件發生的經過。而故事的主角正是李後主自己，他秉著客觀全知的觀點，描寫自己與他人的牽連。（孫康宜，1994：28、118、128）例如〈一斛珠〉、〈浣溪沙〉、〈玉樓春〉、〈子夜歌〉，和三闋〈菩薩蠻〉，以上詞作不論是時間、背景，或是角色動作、表情及心理都敘寫得十分細緻，並交代開始、經過及結果，線脈分明，具有敘事結構的設計。雖然有學者認為這類作品為歌舞宴樂時的娛樂曲子，而視為「歌辭之詞」。（葉嘉瑩，2006：103）然而，就發話者而言，並非女性，此類敘事作品含有李後主「自傳」成分，並帶有戲劇色彩。（孫康宜，1994：84）因此，本論文將之稱為「戲劇之詞」。

## 二、歌辭之詞

　　從《花間集》開始，詞就是在歌筵酒席間，填給歌女唱的曲子，而歌伎面對聽唱大眾時，顯然要以第一人稱的「我」。第三期詞作，除了〈喜遷鶯〉和〈謝新恩〉「秦樓不見吹簫女」，填詞大多從女性的角度發話，描寫思婦的心境，個人的態度隱於意象之中，缺少抒情言志的個人寫照。（孫康宜，1994：83）其中的「弦外之音」得靠讀者臆測揣摩。相對於「直言無隱」，〈長相思〉、〈喜遷鶯〉、〈搗練子令〉、

〈擣練子〉、〈楊柳枝〉、〈臨江仙〉、〈采桑子〉二闋，和〈謝新恩〉
五闋，這些詞作寫得很美，但非「言志」，不是作者自己的感情、思
想，常把焦點對準輕盈雅緻的物體，如「黛螺」、「綠窗」、「蝦鬚」、
「簾櫳」、「雲鬢」、「瓊牕」、「雙鬟」、「珠簾」等，寫盡閨女香飾，
讓人覺得溫柔婉約，增添撲朔迷離之感，言外之意更勝過字面之意。
（同上：51）

## 三、詩化之詞

　　詞的體式流行久了，一個作者寫這類歌辭成了習慣後，當胸中盤
踞情感意志，無法發洩，特別是遭遇變故時，便自然地用歌辭之詞表
現自己的遭遇和志意。〈破陣子〉、〈清平樂〉、〈子夜歌〉、〈烏夜啼〉、
〈浪淘沙〉、〈浪淘沙令〉、〈相見歡〉二闋、〈望江梅〉二闋、〈望江南〉
二闋，和〈虞美人〉二闋，這些詞作都是李後主用自己聲音發話，用
自己生命所寫的，而不只是用文字寫出來。文以「載道」，詩以「言
志」，是中國的傳統，所謂「情動於中而形於言」，詩人所寫的是自己
的感情、感受、意念，所謂「詩化之詞」就是用「言志」的寫法來寫
詞，不再是寫給歌女唱的歌辭，寫的是自己的生命。把「伶工之詞」
的「歌辭之詞」，變為「士大夫之詞」，雖然形式上是詞，內容上卻是
抒情言志的詩篇。他看到「花謝了春紅」，他感到「小樓昨夜又東風」，
這是他一個人的感受，一個人的遭遇，然而概括性很強，寫盡了所有
人的悲哀。（葉嘉瑩，2007：97～107）除了抒發悲憤之情，李後主的
詞作中，也有像多數中國詩人一樣，透過筆端刻畫桃花源，渴望擁有
靜謐無爭的歲月，〈漁父〉二闋便是。

　　不論以生平際遇看詞作內容，或是考察詞作美感特徵的演進，分
門歸類的結果大致上不謀而合。其實欣賞李後主詞作，不必過於膠著
其具體歷史環境，應著眼於它絕妙的抒情意境與精彩的表達藝術。（張
淑瓊，1992：54）然而，藝術的表達深受作者的情感所牽引，一切藝

術脫離了情感，則無美感可言，而人生的際遇影響其心境，心境影響感官的傾向，感官的傾向則由詞作所呈現。在這些生理和心理因素的綜合影響下，相應顯現出詞作的多樣面貌，情緒色彩隨著期別而層次分明。因此，本論文為探析李後主詞作通感意象，而將其詞作分為四期。

## 第四節　詞風的嬗變

李後主身為國主榮華富貴到了極點；而經歷亡國，悲涼哀苦也到了極點，大起大落的人生，造就他詞壇上不朽地位。李後主歡樂的詞裡，綻放出一朵朵絢爛之花；在淒楚的詞裡，鑲嵌著一縷縷血痕淚痕。雖然文學作品本質上即含帶虛構成分，作品的內容與語言書寫，也未必能與作者生平形成顯然的對照；然而，就意象理論而言，不論是虛擬的情感或是真實的事件，唯有透過思維與物象，在文字語言中交織參合，方能形成詩詞所特有的美感特徵，況且，只要活著便不斷地接受感官刺激，感官刺激本隨著人生際遇而豐富多樣，更為深刻。因此，按照作者生活環境分析詞作內容與風格，仍然不失為探析通感意象的可尋途徑。以下茲以事件為軸，將李後主詞作分為四期。

## 一、第一期詞作

其實富貴繁華或是悲涼泣血，兩者都違背了李後主的本願。他最初的理想，是作一名消遙山林的隱逸之士。李後主〈即位上宋太祖表〉：「臣本於諸子，實愧非才。自出膠庠，心疏利祿。……思追巢、許之餘塵，遠慕夷、齊之高義。」（董誥等編，2002：772～774）自號「鍾隱」，別號「鍾山居士」、「鍾山隱士」等。此時李後主長養深宮嫻習書藝，是最優游自在的一個時期，然而，因為李後主年紀還小，

生活體驗不多，同時藝術修養還不夠，所以沒有多少可傳的作品。現存詞中有〈漁父〉二闋，這兩闋詞都是題在衛賢〈春江釣叟圖〉上。（蔣勵材，1978：86～87）由超脫世俗的詞作風格可知，李後主將自己的理想寄託於紅塵之外。然而，王宮裡的權力鬥爭不斷上演，養在深宮的李後主如何不受干擾，歌詠：「萬頃波中得自由」？應該是已達到「心遠地自偏」的超然境界吧。詞作絲毫不見奢華，不需耳目聲色享受，山野之間，酒中自有情趣，竿中自有樂趣，精神上與伯夷、叔齊同遊，樂以忘歸。也許是為了躲避殺身之禍，也許是厭倦宮廷爭權奪利的醜態，李後主自甘寂寞，埋首經籍，書中自有黃金屋，自有顏如玉，生活樂趣不假外求，本諸那顆高遠飄逸的心，「一壺酒、一竿綸」、「花滿渚，酒滿甌」飲酒佐以江渚清風。而李後主第二期詞作〈一斛珠〉：「羅袖裛殘殷色可，杯深旋被香醪涴」；〈浣溪沙〉：「酒惡時拈花蕊嗅，別殿遙聞簫鼓奏」，飲酒則粉黛相伴，縱情狂飲，不知節制。相較於第二期詞作的華靡，更加突顯出李後主少年時期詞作風格的獨特性。

李後主第一期詞作恬淡曠遠，與後面幾個時期相較，自成一格。李後主最為後人稱道的是直接將其真性真情填入詞中，他的思想情感在詞作中無所遁形，寫男女之情極盡香豔，道國愁家恨無限淒絕；矯揉造作，自鳴清高絕非他的語言手法，斷不可能明明倚紅偎翠，酒酣耳熱，卻惺惺作態：「一壺酒、一竿綸，……一櫂春風一葉舟，一綸蠒縷一輕鉤」。所以，由〈漁父〉二闋詞作風格推知，李後主原本的個性應該是淡泊名利，樸質無華，後人批評李後主尚奢侈，好聲色之時，應該為其保留一個原我本色的空間。

## 二、第二期詞作

李後主身為國主榮華富貴到了極點，生命中多位女子陪伴，度過無數個歡遊宴樂的日子。大周后嫵媚動人，小周后熱情奔放，還有眾多的舞伎妃嬪。不僅身邊的女子們能歌善舞、巧於梳妝打扮，李後主

還精心佈置娛樂場所，終日對酒觀花，狂歌曼舞。此時李後主娶得嬌妻，逢弄璋之喜，初襲皇位，是最豪華快樂的一個時期，可以稱作壯年酣樂期。如此美滿快樂的環境，使他在詞作方面表現了特殊的成績，第二期的詞作沒有感慨和傷悲，只有青春享樂與活躍的生命。（蔣勵材，1978：86～88）此時的作品呈現的是紅塵中貪歡逐色的暢快，和第一期自由高韜，無欲無求的風格截然不同。

　　第二期詞作不是敘述醉舞狂歌的場景，就是描寫男女之間的風流韻事，就風格而言，和第一期形成「恣心所欲，縱歡無度；舞鸞歌鳳，柳影花鶯」之於「淺嘗輒止，有所節制；自甘寂寞，遺世忘塵」的顯著對照。宴樂之時李後主放縱於「酒」、「聲」、「色」、「味」無所節制。由「羅袖裛殘殷色可」、「杯深旋被香醪涴」、「酒惡時拈花蕊嗅」看出李後主飲酒無度；「鳳簫吹斷水雲閒」、「重按霓裳歌遍徹」、「別殿遙聞簫鼓奏」可知歡宴時弦歌不輟；「春殿嬪娥魚貫列」說明李後主嬪妃舞伎眾多；「臨春誰更飄香屑」、「金爐次第添香獸」說明芳香盈室，瀰漫風中。除了飲酒歡宴，李後主還享盡豔福，「爛嚼紅茸，笑向檀郎唾」——大周后向他調情；「今朝好向郎邊去……，一向偎人顫。奴為出來難，教君恣意憐」、「潛來珠鎖動，驚覺銀屏夢」——小周后和他偷情；「慢臉笑盈盈，相看無限情」、「雨雲深繡戶，來便諧衷素」李後主陶醉在雲雨情愛中。相較於〈漁父〉二闋：「一隊春」、「一壺酒」、「一竿綸」、「一櫂春風」、「一葉舟」、「一綸璽縷」、「一輕鉤」，所有的名詞器物全冠上數量詞「一」，由物質的單一反映內心世界的遺世獨立。第一、二期詞作對照比較，可見內容與風格隨著物質欲望和情感需求明顯的改變。

## 三、第三期詞作

　　宋對南方諸國的政治、軍事行動愈來愈頻繁，弟弟李從善被宋扣留，加上次子仲宣、妻子大周后、母親聖尊后相繼去世，李後主的精神因而添上隱憂，也為宴樂生活蒙上一層陰影。此時李後主憂心國家

　　來日無多，是苦悶煩擾的一個時期，可以稱作中年憂傷期。李後主的四周籠罩著陰沉惡劣的空氣，單靠女色、佛經，也無法抑制傷時感事的情緒。這時期的詞作已由浮華轉為嚴肅，風格和意境都十分淒怨。（蔣勵材，1978：86～89）李後主的心靈是受到折磨的，但物質上依舊紙醉金迷，尚未體驗到真正的切膚之痛。第三期詞作不見前一期奢侈豪華的場景、尋歡覓愛的豔情，也未如後一期洶湧澎湃、撼動人心。此時風格婉約柔弱，無大喜亦無大悲，流露思鄉懷人的淡淡哀愁。

　　第三期詞作就風格而言，和二、四期形成「幽微滯咽」／「濃烈奔放」的對比。第二期意氣風發，風流倜儻，不假掩飾的暴露奢靡放縱的帝王生活；而在第四期，最難堪的肉袒出降都經歷過了，淪為階下俘囚已經沒有什麼可以保留的，也早已一無所有，僅剩無盡無休的國愁家恨，惟一能做的只有宣洩。第三期的李後主面對王朝末日，煩憂鬱結心頭，對於國事始終力不從心，然而，率直如他也要保留些許面子吧，畢竟身為南唐臣民的精神領袖。誠如葉嘉瑩所言，中國歷代詩詞中有不少哀怨的思婦之詞，男子喜歡寫女子被男子拋棄，是因為男子有時也有被拋棄的感覺，所謂的「被拋棄」指的是仕宦的不如意，為了保持尊嚴，於是把被拋棄的感情用女子的口吻道出。（葉嘉瑩，2007：25～26）李後主第三期詞作內容轉為為思婦代言，詞中多描寫女子的神態、閨怨，「輕顰雙黛螺」、「不放雙眉時暫開」、「瓊窗春斷雙蛾皺」、「帶恨眉兒遠岫攢」、「雙鬟不整雲顦悴」、「金鎖力困起還慵」，女子的蹙眉和柔弱暗示對於國事的憂心和無力感；「夜長人奈何」、「無語枕頻欹」、「無奈夜長人不寐」、「暫時相見，如夢懶思量」、「何處相思苦？」、「徹曉紗牕下，待來君不知」孤枕難眠和相思之苦，透露浮躁不安的心理；「風情漸老見春羞」、「春光鎮在人空老」、「冉冉秋光留不住，滿階紅葉暮」則由美人遲暮，反映國運窮途。第三期詞作無論風格和內容都較其前、後期蘊藉婉轉，有別於第二期和第四期歡則暢道其歡，哀則盡言其哀的語言手法。另外，幽怨悱惻的第三期如烏雲密佈，也為第四期排山倒海而來的滂沱大雨預作伏筆。

## 四、第四期詞作

　　儘管靦顏事宋，輸帛求安，還是無法力挽國破的狂瀾，從曹彬攻陷金陵城的那一刻，便決定了李後主淪為階下囚的宿命。此時李後主不堪凌辱，懷念故國，是最愁苦悲憤的一個時期，可以稱作晚年哀苦期。最後一期為時雖短，而過的卻是世所難堪的末路日子，日夕只能以淚洗面，這時期的詞作沒有一闋不是血肉淋漓的。（蔣勵材，1978：86～89）遭逢亡國的巨大衝擊，帝王才子的風流一去不返，奢侈慣的李後主，身心兩受痛苦，世間最痛莫過於國亡家破之痛，世間最苦莫過於身陷禁錮之苦，兩者他都嘗盡了。第四期的詞作字字和著血淚，永無止境的悲憤，一波接著一波如千軍萬馬，無法抵擋，彷彿道盡了天下人的悲哀，感染力驚人，無處話淒涼的疾痛慘憺和前面三期大相逕庭。

　　第四期詞作和第二期形成「椎心泣血，悲不可抑」與「香豔旖旎，美不勝收」的強烈對比。「椎心泣血」之於「香豔旖旎」的部分已經有太多專書、論文作過詳盡探析，便不再贅述。值得注意的是第四期和第二期有一個共同的特徵──「無限性」，即「悲不可抑」和「美不勝收」，然而所延續的情感卻明顯相反。（曾伯勛，2003：117）「鳳閣龍樓連霄漢」樓臺誇張性的向天際無限延伸，映襯自己一無所有；「離恨恰如春草，更行更遠更生」生生無息的春草明喻離恨；「自是人生長恨水長東」、「世事漫隨流水」、「流水落花春去也」、「恰似一江春水向東流」以永世無窮的流水比擬哀愁；而「剪不斷，理還亂」的離愁始終縈繞不休。第四期詞作呈現「悲哀的無限性」，第二期則呈現「歡樂的無限性」，例如「鳳簫吹斷水雲閒」、「別殿遙聞簫鼓奏」、「金爐次第添香獸」。另外，李後主在人生最後的階段和人生起步之時，都曾孤獨寂寞，不過，一種孤單卻是兩樣情，在境界上為「孤獨無依，浮生若夢」之於「自甘寂寞，遺世忘塵」。「孤獨」是他人生最

後詞作的主調，「高樓誰與上」、「一行珠簾閒不捲，終日誰來」、「獨自莫凭闌」、「凭闌半日獨無言」，被幽禁在小樓的李後主，完全喪失人身自由，此般孤獨非出於自願，更是毫無指望可言。而第一期的「孤獨」則是一種自甘寂寞，他大可加入王位之爭，所以年少時期的孤獨操之在己，孤單其實造就內心世界的逍遙。少年、暮年兩相對照，可以說一者為「煩囂中自願孤獨」，一者為「冷清中被迫孤獨」。以情感依屬觀之，第一、四期和第二期作對照，剛好呈現「自甘寂寞，遺世忘塵」／「孤獨無依，浮生若夢」／「舞鸞歌鳳，柳影花鶯」三種層次。

# 第三章　通感理論與李後主思想

## 第一節　通感釋義

　　李後主傳世甚廣的名篇佳句〈玉樓春〉:「鳳簫吹斷水雲閒」,將鳳簫吹出來的聽覺效果,和能產生視覺、觸覺效果的「水」、「雲」交錯並置。依照完形心理學派(Gestalt School)的解釋,世間各種不同的事物和感覺會在大腦皮層的生理電力場中造成相互同形的緊張力,把各種不同的、甚至對立的事物融為一體,造成了感覺相通的幻覺。(勝守堯、滕滕,1987:273)李後主白描的填詞手法,感官意象真切的呈現,同時感官間也重疊、互通,散發著一種貫通感覺世界的獨特魅力。這種感覺相通的獨特魅力,不僅是一種語言的表達,本質上是一種認知模式,具有其內在的思維邏輯。本節茲以生理學、心理學為依據探究通感的認知基礎;並以文藝理論、意象理論、修辭學的角度討論通感的定義與內容。

### 一、通感的認知基礎──生理機制與心理機制

　　通感的生理與心理機制是如何發生的?有哪些現象產生?《心理學辭典》提到,聯覺(synaesthesia)即一刺激引起該感官以及其他感官反應的現象,如看見紅色引起熱覺,看見檸檬感到酸。這就是視覺引起溫覺,和視覺引起味覺的通感現象。(溫世頌,2006:561)《張氏心理學辭典》認為「synaesthesia」指感覺串聯的現象,即在某一種刺激情境下,個體除獲得該刺激的感覺經驗之外,同時產生了另外一種感覺經驗。例如:「天氣看起來(視覺)有點冷(溫覺)」,這句話

就表現聯覺現象。有些人聯覺特強,可能與經驗有關。(張春興,2002:641)《心理學大詞典》指出一種感覺引起另一種感覺的心理活動。最常見的是色聽聯覺,即聽到一種聲音會引起一種色覺,通常是低音引起深色,高音引起淺色。聯覺是不同感覺相互作用的一種特殊表現,不同人的聯覺個別差異很大,有些人的聯覺極其鮮明,有些人幾乎不能引起聯覺。(朱智賢,1989:392)

　　有研究從神經科學的角度說明、驗證聯覺發生的原因。通感即聯覺(synaesthesia),是由希臘字根 syn(一起)與 aisthesis(認知)組成,代表某些在其他地方都正常,卻能夠經驗兩種或更多種感覺相混的人,對他們來說,觸覺、味覺、聽覺、嗅覺、視覺等感覺都混合在一起,而非各自分離。聯覺發生的原因可能來自「交錯活化」,即原本兩個分離的腦區互相引發對方的活性。一九九九年科學家對於聯覺機制的實驗,得知大腦如何處理感覺,並知道如何在無關的訊息間產生抽象連結,研究顯示,具聯覺者經驗到的現象是由於腦中配線發生錯接所造成。神經錯置的現象在家族中盛行,因此具有遺傳成分。或許某個突變造成原本分離的兩個腦區之間出現了連結;或許突變導致修剪某些區域之間多餘連結的機制出了問題,使得原本只應該留下少數的連結,卻多出了許多。如果這種突變只在某些腦區表現(產生作用)而其他區域沒有,那麼這種東一塊西一塊的補丁,或可解釋為什麼有些具有聯覺的人混淆了顏色及數字,而其他人在聽見音素或樂音時看見顏色。具有某一種聯覺類型的人,也可能同時擁有另外一種。雖然初始科學家們認為聯覺是由於實質線路的誤植,但目前尚知道同樣的現象也可能出現在線路(腦區之間的連結數目)正常,但腦區之間負責溝通的化學物質失去平衡的情況。套用現今的說法是:交錯活化。例如:相鄰的腦區通常會彼此抑制對方的活性,這有減少干擾的作用。如果有某種化學上的不平衡降低了這種抑制,好比說阻斷了某個抑制性神經傳遞物的作用,或是不再製造該抑制性物質,就有可能使某區的活性引發其相鄰腦區的活性。理論上而言,此種交錯活化也

可發生在相隔甚遠的區域之間，或可用以解釋一些較不常見的聯覺型式發生的原因。對於聯覺的神經作用基礎有所了解，有助於解釋一些畫家、詩人以及小說家的創造性。根據一項研究，具有創造性的人表現聯覺的比率，是一般大眾的七倍。許多具有創造性的人所共有的一項本事，是使用隱喻的能力。如莎士比亞《羅密歐與茱麗葉》：「那是東方，而茱麗葉就是太陽。」太陽和美麗的年輕姑娘看似兩種不相干的感覺實體，卻由莎士比亞的大腦透過「隱喻」將不相干的「概念領域」進行任意的連結，或許這並非巧合。（拉瑪錢德朗〔Vilayanur S. Ramachandran〕、哈伯德〔Edward M. Hubbard〕著，潘震澤譯，2003：101～108）

有研究者以認知語言學的觀點，提出通感是認知現象，通感詞語體現的是認知範疇。感知過程所涉及的身體化特徵是多方面的，包括感知者的身體是否必須趨近或接觸感知對象，是否必須置身於感知對象中，感知者是否投入更多的心智與努力，這一切都體現了感知者的肉體或心智與感知對象的結合程度，結合越緊密，身體化程度越高，感知越具體，反之則越低、越抽象。劉宇紅引用英國語義學家烏爾曼（Ullmann，1957）的研究，把人的感官功能從低層次到高層次排序：分別為觸覺＜溫覺＜味覺＜嗅覺＜聽覺＜視覺，通感現象有百分之八十用較低層次的感知表達較高層次的感知；由身體化特徵較多的感知表達身體化特徵較少的感知，人類認知的普遍規律是以具體事物或現象為基礎，完成對抽象事物的認知。（劉宇紅，2005：28～30）

烏爾曼（Ullmann，1957）對十九世紀不同區域、不同語言的許多詩人作品進行調查，發現通感是全人類共有、常見的心理現象，反映在語言體系上（如文學作品）。雖然人體感知器官各司其職，大腦皮層各區域並非互相隔絕，邊緣地帶有許多「疊合區」，在「興奮分化」的同時，聯結、協調、溝通作用產生「興奮泛化」，引起「感覺的挪移」。當人們感知某一個客觀事物時，不僅引起相應的感覺，大腦中原來儲存來自其他方面的感知信息、經驗、記憶，經過想像和聯

想，還會補充、豐富和發展這種感覺，人體五官相通是「通感」語言現象的生理基礎。正由於通感的客觀存在，才有許多通感心理作用下而形成的詞彙，以及因通感原理創造出的審美活動；文學作品將通感作為修辭手段，烘托出炫奇、生動的通感意象。人類感官相互作用構成人認知事物的生理和心理基礎，反映在語言的創造和運用，便產生通感隱喻。通感隱喻本質上和隱喻一致，即「通過另一類事物來理解、經歷某一事物」，只是通感隱喻讓這兩類事物更加具體、明確，通過眼、耳、鼻、舌、身對應出色、聲、嗅、味、觸使語言表述極具形象和感染力。（王彩麗，2004：35～37）

隱喻在兩個抽象感覺間架起橋梁，通感則把抽象內容化虛為實，以具體形象來抒發感情。隱喻是建構通感的手段，而且是透過語義變化來實現，語言字面語義與語境的衝突，這種異常的搭配形成思維的立體性與不合邏輯，卻新穎而容易引起讀者注意，加強對感官的刺激，進而增強語言在理性信息之外的美學效果，並達成其他表述方法所收不到的特殊修辭效果。（趙愛萍，2005：37～38、50）

通感隱喻的認知實現主要依靠意象圖式和隱喻模式。當人對某些有關聯的事物經過長時間的反復感知，大腦就形成一種對這類事物的抽象認知結構模式，這就是意象圖式。然後又將意象圖式投射到其他的經驗，因而發展了隱喻的意義。人們通過感官獲得大量經驗，已有的感官經驗，受到新信息的刺激，在不同層面會產生感覺相互交融。如「粗糙」本要靠觸覺才能感知到，但是經過人們長期感知後，「粗糙」的感覺貯存於大腦中，並與「粗糙」有關的經驗，如不精細（質料）、草率（工作）、不舒服等，組成意象圖式，然後將這些意象圖式投射到其他經驗，而產生以下通感，如「粗糙的織物」「刺眼的顏色」、「刺耳的聲音」等。人們對外界事物的感知，與腦中已有的圖式常不自覺的聯繫起來，意象圖式是通感產生的心理基礎。（陳杰，2009：147）

## 二、從文藝理論看通感的定義

　　「通感」一詞，由錢鍾書於一九六二年所撰寫的〈通感〉一文而沿用至今。在日常語言裡，視覺、聽覺、觸覺、嗅覺、味覺等不同感官的功能，往往可以彼此打通或交通，眼、耳、舌、鼻、身各個官能的領域其實是不分界限的。顏色可以有溫度、聲音也會有形象、冷暖也有重量、氣味也會有體質。譬如我們說「光亮」，也說「響亮」——把形容光輝的「亮」字轉移到聲響上去。又如「熱鬧」和「冷靜」這兩個語詞，也將「熱」（觸、膚覺效果）和「鬧」（聽覺效果）；「冷」（觸、膚覺效果）和「靜」（聽覺效果）相通。晚唐詩人李義山的〈雜纂・意想〉也指出：「冬月著碧衣似寒，夏月見紅似熱」顯然地，「暖紅」、「寒碧」已淪為詩詞套語。（錢鍾書，2001：73～74）五官感覺可以相通，時間和空間的感覺也可以互用。錢鍾書舉《左傳・莊公六年》:「若不早圖，後君噬臍」，「噬臍」拈出早與晚，以距離之不可至，比擬時機之不能追，更加體現了心行與語言的相得共濟。（錢鍾書，1990：174～175）

　　人類的各種感官雖有區別，各自分工，卻不是孤立地分裂為視覺、聽覺、味覺、觸覺等，而是相互的影響和溝通，彼此交織在一起，成為生命的整體感覺，這就是通感。（蔣孔陽，1997：132～133）金開誠認為通感給人的直接感受似是「感覺轉移」，但通感的實際心理內容卻主要是表象聯想。然而究竟什麼樣的表象聯想才會產生通感？第一、凡是一種感覺（或表象）引起了不同類的感覺表象的「相似聯想」，其間就往往存在者通感。例如聽人唱歌而能感受演唱者的嗓音甜亮，便是由聽覺表象引發了味覺表象及視覺表象，並且這種聯想又有感受上的相似、相通之處。第二、凡是一種感覺（或表象）引起了同類感覺表象的「相似聯想」，而這種相似聯想又伴隨著某種相似、相通的積極感受與情緒（如美感、快感、愉悅感、舒適感等），其間

也往往存在著通感。例如有一個人愛看各種球類比賽，他在籃球運動中深刻感受了「動作清楚」、「乾淨俐落」的特點，當他一看到這個特點，便會感到「漂亮」、「舒服」；而且他後來看別的球賽，發現凡是技術高超者也都有類似籃球運動中所見的那種「動作清楚」的特點，也都伴隨著「漂亮」、「舒服」之感，這就是通感的又一種表現。金開誠特別指出，由於存在著第二種通感——即同類感知對象中的通感，因此將通感侷限在「聯覺」或「感覺轉移」這種必須涉及兩類以上的感受對象，是不夠全面的，因為，如此一來觀賞書法、繪畫、篆刻與舞蹈就不可能有通感，因為這些都是視覺的感知對象，並無感覺類別的「轉移」。（金開誠，2004：271～272）

通感又稱「感覺挪移」，指一種感官受到刺激，同時產生兩種或多種感受的心理過程；或是出現一種感覺向另一種感覺挪移的心理現象。在文學中則是指寫一種感覺的語言，被用來描寫另一種感覺。（魯樞元，2001：31）

由於物質媒介、表現方法、感知方式和存在型態的不同，可劃分許多不同的藝術門類，雖然每門藝術都有其明確的區別和界線，但卻又能超越物質媒介和感知方式的限制，彼此融通、相互滲透。例如詩歌能與繪畫互相聯繫，因而詩中有畫境，畫中有詩情，詩畫結合，詩有感而見形，畫由見而感情。又如音樂與繪畫之間，節奏是音樂的基本特性，表現為聲音的長短、高低、快慢、強弱的合諧統一；繪畫作為造型藝術，在色彩、線形的濃淡、疏密、明暗等搭配、組合之中，也能夠表現節奏感，它們之間的通感可謂化形於無象，造響於無聲，更能夠以耳為目，聽聲類形，鍾子期能從俞伯牙的琴聲中看到高山流水，就是最好的例子。另外「音樂是流動的建築，建築是凝固的音樂」，音樂的聲音遵照節奏、旋律、和聲的規律，在時間中不停變化著，但其內部卻具有嚴整的間架、結構形式，像是一棟建築物；建築物由木石等物材構成空間形體，雖靜止不動，但其無聲的節奏、韻律，像是一首協奏曲，這種結構形式上的類似性是形成建築與音樂之間通感的

依據。還有書法和音樂及舞蹈的通感，音樂在時間中流動的旋律線，同書法轉折變化、回環往復的筆墨線條相似，書法可以說是無聲的音樂；舞蹈是一種富張力，活躍的動態形象，同書法在線條的靜態形式中表現出動勢、張力，草聖張旭看了公孫大娘舞西河劍器之後草書大進，就是最佳之例，因此書法也可以說是紙上的舞蹈。（陳育德，2005：79～177）不同門藝術間之能綜合與互滲，在於藝術追求的是氣韻生動的境界，藝術家可以不被時空所限，不為繩墨所拘，妙觀逸想，因此藝術方面的通感，是心靈的契合。

許天治主張藝術感通（筆者按：通感）不受時空限制，自由馳騁各類藝術之間，為受到創作者的文化背景、人格特質、藝術素養及感通情緒，而產生不同的面貌。自然的聲、光、色、相和人生的興、衰、哀、樂，看似各不相謀，經過感覺與情緒連結，而遙相呼應。視覺印象可以用視覺媒材表現，經過心理的共感覺，和移情作用，也可以用聽覺或其他媒體表現。一塊色彩，可以感通為一個形象，也可以感通為一種音調，音樂可以和繪畫相通，繪畫可以和詩相通，詩、音樂、繪畫也可以與其他藝術相通。感通的心理基礎有二：植基於心理的共感覺，與審美的移情作用。移情作用，要有欣賞和創造的移情，在欣賞歷程喚起聯想與象徵，促動共感覺；創造歷程激起創作靈感，發為新創造。藝術感通層次始於聯想，李白〈清平調〉：「雲想衣裳花想容」，是由大自然中的「雲」，聯想到楊玉環身上的「衣裳」，由大自然中的「花」，聯想到她嬌美的「容顏」；或者也可以說，由楊氏的「衣裳」聯想到絢爛的「雲彩」，由她的容顏聯想到盛開的「花朵」。而經驗累積越多，刺激越豐富，則越容易產生聯想。（許天治，1987：1～24）

楊波發表一系列的文章探究藝術通感。他認為通感的基礎是感受，是在不同生理器官間打通審美感受，不單純是詞語的選擇與替換。（楊波，2003a：62）通感是審美主體與環境、客體相作用而形成的綜合性、整體性的審美活動。人大腦各感覺器官間的先天關聯是藝術通感發生的重要根源，所謂的「感覺挪移」有天然生成的無意識特

點。（楊波，2003b：79）藝術通感的形成是多種感官同時被調動，互相關聯、作用，形成本來就具有綜合性、整體性的感受體驗，最終這種心理信息通過語言形式表達。楊波認為通感並非透過語言技巧而進行感覺挪移，而是深層的心理和生理機制中，存在能動的綜合性創造功能。（楊波，2003c：78～79）藝術通感就是一種在藝術活動中以審美統覺為其基本心理機能，以感情為其心理動力，表現創造主體人格、心境、意緒的一種統覺性、整體性、創造性的審美能力。所以，藝術通感應當是一種藝術創造的能力，對於一個藝術家而言，其藝術通感的能力越強，就越能敏感地把握形象的特徵，領悟感覺之間的藝術通感點，從而作藝術真實的描繪，創造無限的藝術想像空間；對於藝術接受者而言，其藝術通感能力越強，就越能在接受過程中與作者達到心靈的溝通，領會作者創造的意義，從而建構自己的藝術人格。（楊波，2004：68～70）

## 三、從意象理論看通感的內容

劉若愚將意象分為「單純意象」和「複合意象」，單純意象是喚起感官知覺或者引起心象，牽涉另一事物的語言表現；複合意象是牽涉兩種事物的並列或比較，或者一種事物與另一事物的替換，或者一種經驗轉為另一種經驗的語言表現。「苦雨」以一種感覺取代另一種感覺的意象，這種意象當然出現在中文和英文的日常會話中，例如有人說「喧嘩的領帶」（loud tie）即是。有些論者將這種複合意象稱為「綜合感覺的隱喻」（synaesthetic metaphors），可是嚴格地說來，這不是一個正確的用語，因為這種意象並非結合幾種感覺，而是以一種感覺取代另一種感覺。因此若要賦予名稱，應該稱之為「轉移感覺的意象」（transaesthetic images）。然而，真正的綜合感覺的意象在中國詩是存在的，例如：月光時常被比擬為雪、霜或是水。在每個如此的綜合比喻當中都含有兩種感覺，視覺和溫覺，這些意象暗示的不只是

白而且是冷。（劉若愚，1977：151～160）其實視覺意象、聽覺意象、嗅覺意象、味覺意象和觸覺意象會互相轉換，早已普遍存在於西方象徵主義詩中，這種五官感覺的轉換，文學批評家稱為「共生感覺」。（張漢良，1977：15）

趙滋蕃主張意象構想全屬內心活動，以文字為工具，通過心理歷程，特別是美感心靈的綜合作用，把經驗過的內容，剪裁、組合、融會，而成心理的圖畫，可以把「意象」簡稱為「心畫」。意象構想就是把這幅心靈的圖畫，如何在內心世界寫得合理而有效的方法。若是想面對心智把話說清楚，就要先面對感官把話說清楚，例如：「風」有聲而無形，如果要用文字描寫這幅「心畫」，使它映現在回憶與想像中，必然要化聽覺意象於視覺意象。李嶠詠「風」，以風為主題意象，集合具代表性視而可見的印象，剪裁組合而成心靈的圖畫，而有「解落三秋葉，能開二月花。過江千尺浪，入竹萬竿斜」。（趙滋蕃，1988：154～156）

黃永武將通感稱為移就，所謂「移就」即是故意將接納感官交綜運用，造成印象與感官間的錯綜移屬，使意象活潑生新。本該由眼睛獲得的印象，卻由鼻子去領受；本該訴諸觸覺的印象，卻訴諸聽覺。諸如此類，故意將五官的感受力交換，引起一種超尋常強烈的美感活動，使感官意象表現得分外活潑與創新。在常用的詞彙中，這種技巧也被用成習慣，如說話是訴諸聽覺的，它卻可以被「消化」，訴諸味覺，如「食言」、「言談無味」等；耳朵是用來聽受的，卻又可以吃食，所謂「耳食之誤」等；眼睛是用來收視的，卻讓它做踩踏的動作，所謂「目所履歷」，也可以讓它做飲食的工作，所謂「飽看青山」，又讓它做觸擊等動作，如「目擊」。詩歌中也有這種描寫，故意將原屬甲印象的性狀詞移屬乙印象，創造出顛倒迷離的氣氛，將感官意象經營的異常美妙。李賀是最擅長運用這種「移就」技巧的詩人，〈難忘曲〉：「簫聲吹日色」、〈美人梳頭歌〉：「玉釵落處無聲膩」。這兩句詩將原本訴諸聽覺的，卻移就於視覺或觸覺的感官。第一句簫聲與白的日色聯詠在

一起，產生一種「著色的聽覺」。〈天上謠〉：「銀浦流雲學水聲」，「聽雲」比「看雲」更具天上的樂趣。〈王濬墓下作〉：「松柏愁香澀」，「愁」原是心的感受，「香」原是鼻的感受，「澀」是苦澀，原是伎嗅覺與味覺感受的，將香變愁香，愁香又轉為苦澀，藉各種感官交綜刺激，讓古墓松柏陰影中，自有淒然逼人的意味。李商隱的詩也常出現這種技巧，〈河陽詩〉：「幽蘭泣露新香死」、〈燕臺四首之冬〉：「蠟燭啼紅怨天曙」、〈和鄭愚贈汝陽王孫家箏妓〉：「燈光冷如水」。「燈光」原是訴諸視覺的，卻來訴諸觸覺，尤其在「箏妓」的詩題下，燈光受了音樂的催化，在詩人敏銳的感受中，可以變象萬生，不拘常理。一個「冷」字，表面寫燈光的冷，同時也暗示著彈箏場面的冷清，境遇的淒冷，人情的冷暖，及箏聲的哀苦都一一躍現出來。運用修辭上的「移就」技巧，浮現出來的意象新麗動人。（黃永武，1976：17～22）除了移就，加強各種感官意象的輔助，使形象帶聲帶光、帶香味帶觸覺，給人立體的時臨感受，主題意象鮮明逼真，這也是通感的一種類型，例如李賀〈酒罷張大徹索贈詩〉：「太行青草上白衫，匣中章奏密如蠶」，雖然使交複互疊的白色卷軸有了鮮明的形象，但只是訴諸視覺；李賀另一首詩〈昌谷讀書示芭童〉：「蟲聲燈光薄，宵寒藥氣濃」，則利用蟲聲訴諸聽覺、燈光訴諸視覺、宵寒訴諸觸覺、濃濃的藥氣訴諸嗅覺與味覺，藉著眼耳鼻舌體膚等感官意象的刺激，將深秋夜晚疾病愁苦的意味，勾劃得分外真切。（同上：15）在心覺「愁」的主題之下，詩人動用了各種感官意象，換句話說，詩人將心覺轉化為聽覺、視覺、觸覺、嗅覺與味覺。

## 四、從修辭學看通感的書寫

　　黃永武認為「移就」是一種修辭技巧，通感究竟是否為一種獨立的修辭格，學者們的看法不一。成偉鈞《修辭通鑑》認為移覺即用形象的語言，將一種感官的感覺移到另一種感官。人類通過眼攝取事物形象，通過耳聽取外界聲音，通過鼻聞到氣味，通過舌嚐到味道，通

過身體接觸事物，由於生理原因，這些感覺可以相互變通，故移覺又叫通感。其中以視覺移植到其他感覺的現象最為普遍。移覺常遣用某些形容詞，或輔以比喻，但不同於比喻。移覺和比喻都基於心理感受，但有根本區別，比喻借助想像，本體和喻體具有相似點；移覺憑感覺溝通，兩種感覺並無相似，只有心理的聯繫。就效果而言，比喻的本體顯得籠統、一般、抽象，喻體顯得具體、生動、形象，它以熟悉比陌生，越比越淺；移覺是將平實移向奧妙，越移越深。而移覺和移就也有區別，移覺是將某感官感覺移為另一感官感覺；移就則用感官不能感覺的抽象內容，轉移為某種感官能感覺的事物。移覺被描寫的對象往往具體，如「甜蜜的歌聲」；移就被描寫的對象往往抽象，如「甜蜜的事業」。（成偉鈞，1996：615）

　　黎運漢《現代漢語修辭學》指出，人的各種感覺如聽覺、視覺、嗅覺、味覺和觸覺等各司其職，但也有其相通的一面。在描述客觀事物時，用形象的語言將屬於某一感官的感覺轉移到另一感官上，憑藉感官上的相通之處，啟發讀者去聯想和體味詩文中的意境，這種修辭方式便叫做移覺。移覺有人叫作通感。並將移覺分為兩類：其一為直接移覺，例如：改霞的嫩臉皮唰地通紅，熱辣辣地發起燒來。（柳青〈創業史〉）臉皮通紅是人的表情變化，可見而不可聽，用擬聲詞「唰」來修飾「紅」，把視覺感受換成聽覺感受。其二為借助移覺，例如：綠茸茸草坂，像一支充滿幽情的樂曲……（劉白羽〈長江三日〉），綠茸茸草坂是視覺形象，把它比作「幽情的樂曲」，即借助比喻的媒介化為聽覺形象，強化了所得的感受，從而誘導讀者去展開聯想，體味長江三峽的美景（黎運漢、張維耿，2001：125～126）。

　　黃麗貞《實用修辭學》提到移覺是感覺的交通，把屬於這個感官的用詞，移用到另一個感官上。由於生理的原因，這些感覺可以互相變通，故移覺又叫「通感」。笑得很「甜」，心裡覺得「酸、苦」，都是大家慣用的移覺用法。「移覺」與「通感」都是從「摹狀」辭格延伸，「移覺」只是感官之間形容詞的挪移，彷彿叫人用眼睛去聽，用

耳朵去看，比較偏守在器官之間；「通感」是把各種感官的交互作用直指心靈，加強作者的情意表達，見紅色而感到溫暖，對綠色覺得寒冷，偏向「移情」目的相當明顯。所以「通感」為心覺和其他感官的交互挪移，描寫心覺可透過其他感覺間接描寫，而「移覺」只是用於心覺以外感官間的移用。（黃麗貞，2004：158～172）

張春榮《修辭新思維》認為，移覺是感官經驗（視、聽、嗅、味、觸覺）相互溝通、切換、補充、強化。將某一新的感官經驗，移置固定反映的感官經驗上，打破習以為常的敘述模式。移覺將審美習慣釋放，是感官視角向度的新挖掘。移覺的正格是感覺「直接」挪移，開發新的感覺領域，使意象更奇特生新；移覺的變格以「間接」方式表現，尤其是借用比喻挪移至不同的感官經驗上。移覺和比喻兩者的差異在於，比喻貴於知性介入，發揮「相似性」的聯想，力求具象生動；移覺貴於感性滲透，發揮感官經驗的「相通性」，力求幽深獨特。比喻注重「大眾口味」，移覺則重視「特殊口感」。移覺和通感的差異點在於，「移覺」為感官經驗的共通，「通感」為統攝感官經驗的心覺。（張春榮，2005：114～120）

陳汝東《當代漢語修辭學》認為把屬於描摹甲事物性狀的詞語用來修飾、描寫乙事物的方法，通常叫移就。「移就」定義的切入角度是詞語修飾關係的變換，可區分為「移情」和「移色」。「移情」是把摹寫人類情感的詞語，用來修飾其他事物，例如「痛苦的眼淚」；「移色」是將描寫色彩的詞語，用來修飾無色彩的事物，例如「蒼白的法律」。移就還包括將事物的性狀移就於人類，例如「燦爛的笑容」，皆造成一種常規的錯位。而移就的修辭功能有兩方面：一是實現各種感覺的轉換，比如「飲綠」，把視覺轉為味覺，提高語言的表現力；二是產生新穎的感受，如白居易〈長恨歌〉：「行宮見月傷心色，夜雨聞鈴斷腸聲」，「傷心」的並非月色，「斷腸」的也不是鈴聲，而是詩歌中的主角，這種感覺轉換，使讀者獲得新異的感受，具有超常的藝術魅力。（陳汝東，2006：250～252）

　　黃慶萱《修辭學》提到將視覺、聽覺、嗅覺、味覺、觸覺等感受恰如其實的形容出來稱「摹況」。「摹況」可分為視覺的摹寫、聽覺的摹寫、嗅覺的摹寫、味覺的摹寫、觸覺的摹寫和綜合摹寫。摹況要像一卷影片，並且是有聲影片，不是默片，甚至是有香有味能觸能摸的影片，因為人是動員了所有「眼耳鼻舌身意」去感覺世界。綜合摹寫不僅是多種感官印象的分別描述；還可能是多種感官印象的交集溝通，例如朱自清〈荷塘月色〉「微風過處，送來縷縷清香，彷彿遠處高樓上渺茫的歌聲似的」，這便是一種嗅聽的「美感聯覺」。這種美感聯覺的現象，錢鍾書稱為「通感」。（黃慶萱，2005：87～88）

　　綜合以上所述，筆者將通感的生成與現象，定義與內容整理成以下幾點：

一、「通感」並非文學語詞，也不是通過語言技巧，用某一感官語詞去表達另一感官；而是具有深層的生理和心理機制，它是人類共有的認知模式，語言只是表達通感的方式之一。

二、「通感」為修辭格提供心理基礎，能夠獨自呈現，如「嫩臉皮唰地通紅」；通感也可以借助比喻、轉化等修辭手段表現，如「綠茸茸草坂，像一支充滿幽情的樂曲」。

三、「通感」是感覺間的互相挪移，如「苦雨」；通感也是綜合感覺，即一刺激能引起多種感官知覺，如月光時常喚起冷和白等感覺。另外，「感官知覺」包含五官和心覺，由身體化特徵較多的感知，表達身體化特徵較少的感知，如「甜蜜的歌聲」。

四、如果綜合各種感覺的摹寫是為了呈現某一種感覺，例如在心覺的主題之下，各種感官交集溝通，而各種感覺摹寫都直指心覺，把心覺刻劃得更加立體，這也不失為「通感」的一種表現方式。

五、透過「通感」的心理歷程，造成一種常規的錯位，產生新穎的感受，意象更為生動、豐富，具有超常的藝術魅力。

另外，雖然通感是一種心理機能，歷來存在於藝術活動中，但是名稱頗不一致，隨著名稱不同，解釋上也有些歧義。茲將其名稱及釋義作成表格下：（表 3-1-1 通感的別名及釋義）

表 3-1-1　通感的別名及釋義

| 名稱 | 釋義 | 舉例說明 |
|---|---|---|
| 通感 | 各種感官雖有區別，各自分工，卻不是孤立地分裂，而是相互的影響和溝通，彼此交織在一起，成為生命的整體感覺，把各種感官的交互作用直指心靈，不單純是詞語的選擇或替換。 | 「蟲聲燈光薄，宵寒藥氣濃」，聽覺、視覺、觸覺、嗅覺與味覺交織在一起，直指深秋夜晚疾病愁苦的心情，加強了詩人的情緒表達。 |
| 綜合摹寫 | 多種感官印象的交集溝通。 | 同上例 |
| 感通 | 自然的聲、光、色、相和人生的興、衰、哀、樂，經過感覺與情緒連結，遙相呼應。 | 「浮雲遊子意」，自然界的浮雲，形象飄忽不定，和遊子浪跡天涯的心思意緒相呼應。 |
| 聯覺 | 一刺激引起該感官以及其他感官反應的現象。 | 「今朝香氣苦」，「氣」除了引起相應的嗅覺「香」之外，還引起另一種感官反應——味覺的「苦」。 |
| 轉移感覺的意象 | 以一種感覺取代另一種感覺。 | 「珊瑚澀難枕」，以味覺「澀」取代珊瑚引起相應的觸覺。 |
| 感覺挪移 | 一種感官受到刺激，同時產生兩種或多種感受的心理過程；或是一種感覺向另一感覺挪移的心理現象。 | 同上述「聯覺」及「轉移感覺的意象」之例。 |
| 綜合感覺的意象 | 一個意象含有兩種感覺。 | 「雨」，含有視覺、聽覺、觸覺等。 |
| 移就 | 故意將接納感官交綜運用，造成印象與感官間的錯綜移屬，使意象活潑生新；或是將感官不能感覺的抽象內容，轉移為某種感官能感覺的事物，被描寫的對象往往抽象。 | 「莫管世情輕如絮」，「世情」本為抽象意緒，將其移轉為視覺和觸覺能接收到的客觀事物，心覺、視覺、觸覺交綜運用，詩人的心理狀態躍然呈現。 |
| 移覺 | 將某感官感覺移為另一感官感覺，被描寫的對象往往具體，比較偏守在器官之間，排除心覺。 | 同「轉移感覺的意象」之例，觸覺移向味覺，未涉及心覺；且被描寫的對象「珊瑚」為具體物品。 |
| 共生感覺 | 五官感覺的轉換。 | 同「轉移感覺的意象」之例。 |

## 第二節　道家和佛教學說的通感觀

　　古希臘哲人在公元前四至五世紀，就注意到了通感現象。亞理斯多德《靈魂論》指出描述聲音的詞類有取於觸覺方面措詞的隱喻，聲音的高低與觸覺的利鈍是類同的，這是最早關於感覺之間的類比，是一種隱喻的論述。（亞理斯多德著、吳壽彭譯，2009：113）另外，他在《形而上學》也明確指出，各種感覺不僅有區別，也有聯繫合作。（亞理斯多德，1983：31）中國古代先賢也從各種感官之間的關係，入手思考通感現象。一種觀點認為五官各有所司，彼此不能越職，如《公孫龍子・堅白論》：「視不得其所堅，而得其所白者，無堅也。拊不得其所白，而得其所堅者無白也……目不能堅，手不能白。」（丁成泉注譯，1996：77、84）即視覺器官（眼）和觸覺器官（手）不能互相替代。《荀子・君道篇》：「人之百事，如耳、目、鼻、口之不可以相借官也。」（蔣南華等譯注，1996：310）另一種則以道家思想為代表的相反觀點，認為各種感官可以互相通借。道家倡導將「心」作為統冠一切的主宰，打破時空界限、打通感官分工，講求心靈的直覺體驗。《莊子・外篇》認為創作主體直接用身心去體驗宇宙的道，〈知北遊〉：「無思無慮始知道。」（黃錦鋐注釋，1997：253）〈天地〉：「視乎冥冥，聽乎無聲，冥冥之中，獨見曉焉；無聲之中，獨聞和焉。」（同上：154）主張無目可視，無耳可聽，用靜虛之心與五官互通去聽、去看。《列子・黃帝篇》：「眼如耳，耳如鼻，鼻如口，無不同也；心凝形釋。」（莊萬壽導讀・翁寧娜主編，1998：129）《列子・仲尼篇》記載：「老聃之弟子有亢倉子者，得聃之道，能以耳視而以目聽。」（同上：120）《莊子・人間世》：「夫徇耳目內通而外于心知。」（黃錦鋐注譯，1997：83）但《莊子・天下篇》卻還有著有不同論述：「譬如耳目鼻口，皆有所明，不能相通。」（同上：370）《道德經》也表

達了老子對感官的保守態度：「五色令人目盲；五音令人耳聾；五味令人口爽。」（許作新注譯，1981：16）在老子看來，過度追求繽紛色彩，最後必變得視覺遲鈍、視而不見；過度追求音響的效果，最後必變得聽覺失靈、充耳不聞；過度追求口腹之慾，最後必變得味覺喪失、食不知味。然而亢倉子既可從老聃處學會耳視目聽，可見老子並非反對感官互通，而是貫徹其物極必反的態度。耳、目、口、鼻雖各有其不同的作用，然而這些作用之間可以「內通」而「心知」，實現觸覺、聽覺、視覺和嗅覺等與心互通。通過「忘我」、「喪我」、「無己」、「無待」而達到物我渾融的藝術境界。（馬千，2010：149）

到了唐朝，大量的佛經被翻譯成中文，印度《唯識論》中梵文的「感覺主體」和「感覺客體」分別被譯為「根」和「塵」。五識即色、聲、香（嗅）、味、觸五覺；五根即眼、耳、鼻、舌、身五官；五塵即具有色、聲、香、味、觸的可感覺物，塵為根所緣之邊界，所以也稱為「境」。五根為五識所依，應於五塵，因而生見、生聞、生嗅、生味、生觸，所以識由根生。所謂的「六根」，便是前面的五根又多加了「意根」而成。（玄奘譯、韓廷傑校釋，1998：10～12）《成唯識論·卷四》：「如諸佛等，於境自在，諸根互用。」（同上：273）《成唯識論·卷五》：「若得自在，諸根互用。」（同上：333）釋曉瑩《羅湖野錄·空空道人死心禪師贊》：「耳中見色，眼裡聞聲。」（釋曉瑩，1965：4）釋惠洪《石門文字禪·卷十八》：「龍本無耳聞以神，蛇亦無耳聞以眼，牛無耳故聞以鼻，螻蟻無耳聞以身，六根互用乃如此！」（釋惠洪，1989：4）釋蒼雪《南來堂詩集·卷四》：「月下聽寒鐘，鐘邊望明月，是月和鐘聲，是鐘和月色？」（楊家駱主編，1977：5）

道家打通感官分工，講求心靈的直覺體驗，和佛教「六根互用」，均把心覺列入通感範圍，對我國「尚意」的藝術精神影響很大。（陳育德，2005：7）道家和佛教所共同倡導「耳目內通」與「忘耳目」的超脫思維，對中國古代詩歌創作更產生深遠的影響。以佛教盛行的唐代為例，李賀是最擅長運用通感技巧的詩人，試看他交綜運用接納各種

感官的詩句,〈賈公閭貴婿曲〉:「今朝香氣苦,珊瑚澀難枕」,香氣怎麼會苦?因為香氣代表美人的脂粉,今朝跳出愛慾的苦海,發現豔色如土,鼻中的馨香,轉為口中的苦味了;珊瑚枕的滑膩,也變成苦澀的針氈了。這便是嗅覺、觸覺和味覺相通,香氣可以苦、可以澀。(黃永武,1976:20～21)自古以來,宗教哲學和文學藝術的關係即十分密切,因此,道家與佛教所提出的「耳視目聽」、「耳中見色」、「諸根互用」和「眼裡聞聲」等通感現象,也就自然而普遍地出現於歷代文學作品中。

# 第三節　李後主思想受佛道影響

　　佛教於西漢末、東漢初之際傳入中國,歷史上虔誠信佛且大力贊助佛教活動的統治者不乏其人,比較著名的除了梁武帝和隋文帝之外,更值得注意的是五代江南的吳越和南唐兩國各代君主。這兩個小國的歷代君主對於佛教信仰都是世代相襲且全心護持,佛教在這兩個地區儼然成為國教。馬令和陸游撰寫《南唐書》,將南唐恭禮佛教、全力護法的現象別立一章——〈浮屠傳〉,特別標明南唐篤信佛教的史實,足見南唐君主對於佛教的態度。(陳葆真,2009:208)

## 一、南唐君臣篤信佛教

　　南唐歷代三主篤信佛教,由烈祖李昪首開其端,《南唐書・烈祖本紀》載,烈祖的父親李榮「性謹厚,喜從浮屠遊,多晦迹精舍」。(陸游,1985:298)可見烈祖信佛起初應是受家庭影響。《南唐書・浮屠傳》記載烈祖建國之後便廣建佛寺僧舍,大行布施,並致力推動譯經活動;烈祖諸子以中主信佛最為篤誠,其影響也最為重大。中主即位後便大興佛寺僧房,本身更喜歡聽經及作疏。(同上:342)可見,李後主信佛深受烈祖和中主的影響,他天性仁厚,好生戒殺,加上後來

遭遇困厄，讓他信佛的程度更勝於他的祖父及父親。《南唐書・浮屠傳》：「宮中造佛寺十餘。出餘錢募民及道士為僧……後主退朝與后著僧伽帽，服袈裟，課誦經胡跪稽顙，至為瘤贅，手常屈指作佛印。」（同上：343）中主、後主信佛影響所及既廣且深，文臣武將崇佛茹素蔚為風氣，為名剎題紀刻碑，出資建塔亦屢見不鮮。名將林仁肇和史家高越兩人，曾出資重建位於金陵北方的棲霞寺舍利塔。（陳葆真，2009：216）中書侍郎韓熙載好與僧侶交遊作〈漂水無相寺贈僧〉；中書舍人張洎每見後主輒談佛法，因此得寵。君主及百官，多信佛教，人民自然趨之若鶩，當時南唐僧侶之眾，不可數計。（范純甫，1983：46）

## 二、李後主對佛事的沉溺

　　由於過度崇佛，李後主對於僧侶極為禮敬，甚至到了偏愛的程度。禪宗高僧如金陵報恩寺的法眼文益和清涼寺的法燈文遂特別受其尊崇，被李後主供養的知名法師更不乏其人。（陳葆真，2009：219）僧侶犯法，不與庶民同罪，《南唐書・浮屠傳》：「僧人犯姦，有司俱牘，則曰：『僧尼姦淫，本圖婚嫁。若論如法，是從其欲。』但勒令禮佛百拜，輒釋之。由是姦濫公行，無所禁止。」（馬令，1985：286）李後主對於佛事的沉溺，這一點被宋人所利用，宋人派僧侶作間諜，潛伏南唐，在軍事重地如牛首山和采石磯等地，以建塔寺、造佛像作為掩護，待日後宋軍南下裡應外合。（馬令，1985：286）在反間僧侶中，最為有名的是「小長老」江正。小長老在開寶初年南來，因善於論辯而深受李後主信任。「開寶初有淮北僧號小長老，自言募化而至，朝夕入論六根、四諦、天堂、地獄、循環、果報之說，後主大喜。」（同上：286）小長老假借佛陀出世身披紅羅綃金衣，慫恿李後主窮奢極欲，才能體會佛國華嚴之美。（同上：286）本來就尊禮禪宗，信佛至深的李後主，或許為了逃避現實的困頓，因而寄望小長老的法力，期望能護持國祚。金陵受困，小長老登城坐鎮，宣稱以佛力保衛，

李後主並命全城軍民齊念佛號；至金陵淪陷，小長老則稱病避不見面，李後主才知小長老之詐。（同上：286）雖然如此，李後主對於佛教仍舊一本初衷，從未動搖。亡國後淪為俘虜，被押解前往汴梁的途中，他還到佛寺布施金帛數千。（陸游，1985：343）

　　李後主的性情原本就至為純厚，在以慈悲為懷的佛教信仰影響下，對於有生之物充滿善意，憐憫之心及於百姓、牲畜，甚至於敵人。百姓犯了死刑，多從輕減刑，因此一般臣民，有了冤枉，就想叩見李後主。據鄭文寶《江表志》載：「國中至冤者，多立於御橋之下，謂之并橋。甚有操長釘攜斧而釘腳者，又有進立於廟殿庭之下拜者，為拜殿。」（鄭文寶，1985：212）李後主還親至審理囚徒的大理寺，訊問案情，寬大處理犯人。「還如大理寺親錄，繫囚多所原釋。」（陸游，1985：306）對待牲畜更是滿心不忍，毛先舒《南唐拾遺記》：「李後主獵青龍山，一牝狙觸網，見後主，兩淚稽顙，自指其腹。後主憫之，戒虞人守之，是夕生二狙。」（毛先舒，1985：348）又《江表志》：「後主奉竺乾之教，多不茹葷，常買禽魚為放生。」（鄭文寶，1985：211）據龍袞《江南野史》載，宋師包圍金陵時，南唐將領盧絳俘虜宋軍士百人，其中多受重傷者，李後主命人為俘虜治傷，並放他們出城，宋朝軍士感謝李後主不殺之恩，如佛慈悲。（龍袞，1985：225）然而，李後主信佛太過，仁慈到了這種地步，未免流於婦人之仁。據《南唐書‧浮屠傳》載，南唐各郡的死刑判決都必須上奏，以確定無誤判；若是有幸遇到齋戒日，則在宮中對佛像點燈，名曰「命燈」，一夜之後，火熄滅便依法行刑，若火不滅，則免除死刑，犯法的富商大賈，往往賄賂左右內官，偷偷將燈火延續，因而獲赦免者甚眾。（馬令，1985：286）身為一國之君，廣修佛寺，人民大半多僧，既荒廢農田，更是削弱國防，僧人成了特殊階級，破壞法紀，忠正敢言的大臣，上疏力諫，李後主卻依然故我。《南唐書‧浮屠傳》：「上下狂惑不恤政事，有諫者輒被罪。歙州進士汪煥上封事言：『梁武惑浮圖而亡，陛下所知也，奈何效之？』後主雖擢煥為校書郎，終不能用其言。」（陸游，1985：343）

## 三、禪宗和道家的關係

南唐信奉的佛教，以禪宗為主。據《五燈會元·卷十》載，南唐國君敬重禪道。（普濟，1997：534）禪宗為中國化的佛教，和老莊道學的關係尤為密切，慧能南宗禪和莊子在思想結構及主要概念上具有相通之處。《莊子·內篇》中的修養工夫論和人生境界論，非常深入且具體地影響到中國禪宗思想的成立。（元鍾實，2002：235）《莊子·逍遙遊》：「夫列子御風而行，泠然善也，旬有五日而後反。彼於致福者，未數數然也。此雖免乎行，猶有所待者也。若夫乘天地之正，而御六氣之辯，以遊無窮者，彼且惡乎待哉！故曰，至人無己，神人無功，聖人無名。」莊子認為列子御風而行仍有所待，唯有忘掉一切、不追求功、不追求名，適應六氣，與道化合，才能到達無所期待的境界。（黃錦鋐注釋，1997：52）《五燈會元·卷五》載，繼承慧能禪宗的石頭宗，主張從生命現象上去體認自我的本心、本性，石頭希遷因讀《肇論》：「會萬物以成己者，其惟聖人乎！」而體會到聖人無己，法身無量，萬物是一體的，人若與萬物合為一體，境智合一，就是聖人即佛的境界。（普濟，1997：231）由此可知，禪宗「即心即佛」、「悟心成佛」是受到莊子「無所待」的影響。

## 四、禪宗的通感觀

南唐國君敬重禪道，迎請文益禪師住持報恩禪院；後周顯得五年，文益禪師有疾，南唐李國主親自問候。（普濟，1997：534、539）後周顯得五年，李後主正好二十二歲，由此可推知，李後主年輕時便接受禪宗思想。文益禪師〈三界唯心頌〉：「三界唯心，萬法唯識。唯識唯心，眼聲耳色。色不到耳，聲何觸眼？眼色耳聲，萬法成辦。萬法匪緣，豈觀如幻！山河大地，誰堅誰變？」（普濟，1997：538）三界萬

象，一切屬本心所有，法身無相，觸目皆形，順從現成的萬象，適應自在的變化，過自然自在的人生，就是法眼宗的人生妙諦。其中「色不到耳，聲何觸眼」即說明禪宗對「六根」的態度。《成唯識論‧卷四》：「如諸佛等，於境自在，諸根互用。」《成唯識論‧卷五》：「若得自在，諸根互用。」（玄奘譯、韓廷傑校釋，1998：273、333）受到莊子學說影響的禪宗，不但集印度唯識論大成，而且造設新論，特別強化了「六根相互為用」的觀念。觀世音菩薩耳根圓通，可以用「觀」看聲「音」的方式救苦救難，一般人都認為「六根互用」是諸佛菩薩才具有的能力，其實，誠如《華嚴經》所說：「心、佛、眾生，三無差別。」眾生本來就具有「六根互用」的潛能，因此有些人經過練習之後，不必用耳朵聽聲音，眼睛也可以看出聲音來；肉眼即使沒有接觸，身體也能感觸到外境的狀況，「六根互用」是經由練習、修行得來的工夫，對人生的擴大、昇華有很大的助益。（星雲大師，2009：278～279）「通感」可以說是禪宗的一項基本主張，是中國傳統哲學與美學的最高境界，中國佛教吸收了唯識論的精髓之後，更加強調各種感覺的渾然一體，與中國自古以來天人合一的整體宇宙觀密不可分。（王宇弘，2008：205～206）

## 五、李後主的佛教思想

　　信佛至深的李後主，加上個人特殊的人生際遇，深刻體會佛教「萬法本空」、「世事無常」的道理。佛門的「空」理，也自然地流露在他的詩文作品中。（陳葆真，2009：220）例如他在二十八歲時，悼念早殤的次子仲宣而作〈悼詩〉：「空王應念我，窮子正迷家」。（曹寅編，1974：88）次年，他哀昭惠后的〈輓辭〉又說：「穠麗今何在？飄零事已空」。（同上：88）〈病中感懷〉：「前緣竟何似，誰與問空王」。（同上：88）〈病中書事〉：「賴問空門知氣味，不然煩惱萬塗侵」。（同上：88）以上詩作，在在反映出李後主的「人空觀」與「法空觀」。另外，〈病起題山舍壁〉：「暫約彭涓安朽質，終期宗遠問無生。誰能役役塵

中累，貪合魚龍構強名」。（同上：87）則透露李後主精神的寄託效倣慧遠、雷次宗，尊奉佛法，體會無生無滅之妙諦，世俗的一切都是無常的安排、因緣的偶成。在他亡國以後的詞作中，更見許多「夢」與「空」的詞句。例如〈烏夜啼〉：「世事漫隨流水，算來夢裡浮生」；〈浪淘沙令〉：「夢裡不知身是客，一餉貪歡」；〈子夜歌〉：「往事已成空，還如一夢中」；〈浪淘沙〉「想得玉樓瑤殿影，空照秦淮」（蔣勵材，1978：125、135、136）陳葆真引《金剛經》：「一切有為法，如夢幻泡影，如露亦如電，應作如是觀。」說明李後主詞作受佛教思想影響。（陳葆真，2009：220）所有美好的事物，一切只能夢中追尋，人生的痛苦無法逃避，唯有參透生死枯榮，才能解脫。佛門的「空」理為李後主對生、老、病、死等浮生因緣提供了一個出口，更重要的是禪宗提倡心性，造成李後主真誠而不矯飾的人生態度，也就是擁有一顆赤子之心。當他歡樂時，便把歡樂毫無掩飾地寫出來；當他痛苦時，便把憂傷毫無隱藏地宣洩出來，無論放縱、癡情、軟弱、無奈、困惑……，沒有一句虛偽的話語，一點也不保留自己的身份與面子。自古以來沒有君王將自己幽會的情景付諸文字；南唐滅亡之際，他寫出「揮淚對宮娥」的詞句，這些都顯現李後主一片單純的心地。（李中華，1996：129）李後主之所以擁有超脫時代的成就，是因為不假矯飾、不計毀譽的任真態度，他的純真與任縱可以由他的為人與為詞中證明，在大周后病篤之時，雖然伉儷情深，李後主卻依然不免與小周后幽期密約；在徐鉉奉宋太宗命來見時，又不免有「悔殺潘佑李平」之語，凡此種種皆足以見李後主任縱與純真。（葉嘉瑩，1970：119～120）

## 六、李後主受道家影響

李後主的思想及人生態度深受法眼文益禪師慈悲為懷、不涉巧偽所影響，正如王國維所云：「詞人者，不失其赤子之心也。生於深宮之中，長於婦人之手，是後主為人君所短處，亦即為詞人所長處。」

（滕咸惠校注，1994：112）所謂「赤子」，本義就是嬰兒，嬰兒出生時全身赤色，故曰赤子。赤子之心是未曾沾染世俗塵垢的綠草，它的根深深植於人類的本性中。李後主的赤子之心是後天的，是文化薰陶而成就的，是一種自然真誠，不加矯飾的人生態度。這種人生態度除了深受禪宗即心即佛的思想所影響外，更和莊子逍遙的精神存著有機的聯繫。（李中華，1996：128）禪宗的思想汲取、融化了莊學，禪中寓莊，莊融於禪。李後主深受禪宗影響，尤其在體悟人生的痛苦後，更加虔誠的信奉佛法；另一方面，莊子思想對於李後主潛移默化的作用也不容忽視，莊子的思想鑄造了他樂生、重情，又坦蕩無際的藝術精神。（同上：232）《莊子·逍遙遊》「鯤鵬圖南」、「列子御風」這種求諸心靈自由與解放的精神，正是藝術創作的最高境界。而《莊子·養生主》「庖丁解牛」和《莊子·達生》「梓慶削木為鐻」，啟示的則是一種徹頭徹尾的藝術精神，用「心」去做一件事情，把它做到出神入化，為藝術而藝術，忘我忘物，忘名忘利，旁若無人。正因如此，亡國入宋的李後主，自知身為階下囚安危不自保，為詞仍不免有「故國不堪回首」之句。《莊子·逍遙遊》，「遊」象徵精神的自由解放，合於藝術的本性，能「遊」的人，便是呈現出藝術精神的人，亦即是藝術化了的人。李後主便是這樣的人，在他的一生中，他從事了廣泛的藝術實踐，在書法、繪畫、音樂以及詞章創作諸領域，他都注入了熱情，取得了成就。李後主「遊」於書畫、「遊」於樂舞、「遊」於詞章藝術，從中獲得了精神的自由與生命的快感。（徐復觀，1974：121~127）

　　除了人格特質和藝術創作，在政治視角上李後主也受到道家影響，篤信禪宗的李後主，其思想自然和道家密切相關；《南唐書·後主本紀》：「文獻太子惡其有奇表，從嘉避禍，惟覃思經籍。」（陸游，1985：304）自幼覃思經籍的李後主深受儒、道的薰陶。《莊子·逍遙遊》：「堯讓天下於許由曰……許由曰：『子治天下，天下即已治也，而我猶代子，吾將為名乎、名者，實之賓也，吾將為賓乎？鷦鷯巢於

深林，不過一枝；偃鼠飲河，不過滿腹，君予無所用天下為人雖不治庖，屍祝不越樽俎而代之矣。』」（黃錦鋐注釋，1983：52～53）莊子闡述了無名、無功、無己的觀點，這是達到無待的唯一途徑；李後主〈即位上宋太祖表〉追求的便是這種心靈上的超脫，「臣本諸子，實愧非才。自出膠庠，心疏利祿。……思追巢、許之餘塵，遠慕夷、齊之高義。」（董誥等編，2002：772～774）表明他最初只想追隨巢父、許由，當君王並非本願。老子曾說：「常德不離，復歸於嬰兒。………常德乃足，復歸於樸。」（許作新注譯，1981：39）老子基於對橫暴權力的參透了解，因而對權力鬥爭極端厭惡，主張順自然而行；李後主之所以萌生回歸自然的念頭，也是因為厭倦了宮廷的政治鬥爭。少年時期便遭到長兄弘冀猜忌的他，埋首於經籍，不問朝政，更自號「鍾隱」，別號「鍾山居士」、「鍾山隱士」、「蓮峰隱士」、「蓮峰居士」。〈漁父〉二闋：「浪花有意千重雪，桃李無言一隊春。一壺酒、一竿綸，世上如儂有幾人？」「一櫂春風一葉舟，一綸繭縷一輕鉤。花滿渚，酒滿甌，萬頃波中得自由。」（蔣勵材，1978：103～104）又〈病起題山舍壁〉：「山舍初成病乍輕，杖藜巾褐稱閑情。爐開小火深回暖，溝引心流幾曲聲。暫約彭涓安朽質，終其宗遠問無生。誰能役役塵中累，貪合魚龍構強名。」（曹寅編，1974：87）由此可知，李後主在政治上選擇了道家的返璞歸真。

綜上所論，李後主在價值觀、性格與思想方面，受到佛教及道家深遠的影響，反映在其執政措施、人生態度、藝術創作及政治取向等方面。尤其在詩文創作上，李後主體現了佛教的「萬般皆空」、老子的「返璞歸真」，並深受莊子主張心靈飄逸自由的啟發。另外，詞作也融入佛教「諸根互用」、道家「耳視目聽」等通感觀，靈心妙悟，多處呈現通感意象的美感特徵，正是本論文探析的所在。

# 第四章　通感意象與李後主詞作

## 第一節　通感的界定與類型

在人類的審美和藝術活動中，通感作為一種心理機能和表現方法，它存在已久，並且被人們廣為使用。到了十九世紀後半葉，西方象徵主義詩派將「通感」作為專門用語，標舉著一種新的藝術風格和創作原則。（陳育德，2005：1）一九一二年，陳望道將「通感」翻譯為「官能交錯」。（陳望道，1980：509）之後還有「感通」、「聯覺」、「共感覺」等譯名出現；直到錢鍾書一九六二年發表論文〈通感〉之後，名稱才逐漸歸於統一。學術界對於通感類型的劃分，意見不一，但是大部分的學者都同意，通感是一種感覺引發出另一種或多種感覺的心理現象，也就是人的各種感覺器官之間的溝通、感應和轉換，並未限定於以一種感覺被另一種感覺取代或向其挪移。所以通感可以說是一種綜合感覺。通感和移覺並不相同，移覺的界定範圍較狹小，移覺和通感的差異點在於，「移覺」將心覺除外，重五官經驗的共通或是移用，「通感」為心覺統攝感官經驗，並彼此交會。（黃麗貞，2004：158～172）

詩歌評論家李元洛將通感的表現形態，歸為以下幾類：第一類為聽覺與視覺的通感，這也是最常見和最主要的一種通感。視覺美感與聽覺美感的流涌和換位，欣賞者從視覺中可以同時得到聽覺感受，如同聽到聲音；從聽覺中同時得到視覺感受，如同看到具象，正所謂聲音是聽得見的色彩，色彩是看得見的聲音。例如韓愈〈聽穎師彈琴〉：「喧啾百鳥群，忽見孤鳳凰」，是聽覺化為視覺；李賀〈昌谷北園新筍〉：「露壓煙啼千萬枝」，則是視覺引發聽覺感受。第二類為視覺、

聽覺與觸覺的通感。例如李紳〈紅蕉花〉:「葉滿叢深殷似火,不唯燒眼更燒心」,是由視覺通之於冷暖覺的審美通感;賈島〈客思〉:「促織聲尖尖似針,聲聲刺著旅人心」,聽覺形象轉化為視覺形象,再化為觸覺。第三類為視覺、聽覺與味覺、嗅覺的通感。調動味覺和嗅覺可以強化視覺與聽覺形象,使其作全面性的立體感知,例如高適〈使青夷軍入居庸〉:「溪冷泉聲苦」,聽覺的「泉聲」通於味覺的「苦」,表現了北方的苦寒;杜甫〈月夜〉:「香霧雲鬟濕」,視覺通於嗅覺,烘染了月夜相思的情境;李慈銘〈叔雲為余畫湖南山桃花小景〉:「山氣花香無著處,今朝來向畫中聽」,則為聽覺與嗅覺的通感。除了以上三大類型以外,還有第四類嗅覺與味覺的通感,以及第五類意覺與視覺的通感。最後第六類是多級通感或多重通感,它比一般兩種感官之間的互通來得複雜曲折,包含三個或三個以上的感覺挪移關係,例如宋祁〈玉樓春〉:「紅杏枝頭春意鬧」,紅色是熱色,枝頭上的紅杏花引起詩人溫暖的感覺,這是視覺引起溫度覺(觸覺)的通感,而熱與鬧通常關聯在一起,稱「熱鬧」,因此詩人又將溫度覺與聽覺溝通起來,到這裡,詩人又深入一重,化實為虛,集中表現屬抽象意覺的「春意」,如此回環深曲,感有多重。茲將通感的表現形態作成表格如下:

表 4-1-1　通感的表現形態

| 序號 | 表現形態 | 特點 |
|------|----------|------|
| 第一類 | 聽覺與視覺的通感 | 最常見和最主要的一種通感。 |
| 第二類 | 視覺、聽覺與觸覺的通感 | 高級感官和低級感官互相調動,加強形象的直觀性與可感受性。 |
| 第三類 | 視覺、聽覺與味覺、嗅覺的通感 | |
| 第四類 | 嗅覺與味覺的通感 | 較少見的一種通感。 |
| 第五類 | 意覺與視覺的通感 | 意覺亦能和其他諸感官互通。 |
| 第六類 | 多級通感或多重通感 | 層層疊進,回環深曲,感有多重。 |

(資料來源:李元洛,1990:535~553)

大陸學者陳育德將通感的形式作以下界定：其一為「感覺挪移」，是指一種感覺向另一種感覺的移動，或者是由一種感覺引起另一種感覺，這是一種比較簡單且初級的通感形式。感覺挪移大多發生於兩種屬性相近的感覺之間，如視覺與聽覺對象雖有光色與聲音的不同，但是都是「波動」的，存在著相近之處；觸覺、味覺與嗅覺都是生理性感覺，關係也很密切，例如聞到香味能增進食慾。其次，感覺挪移比較貼近感知對象的屬性，它是客觀事物作用於人的感官所產生的直接反應，主要是直尋所得，例如「寺多紅葉燒人眼」，看到紅似火的楓葉，而火是熱的、有光芒的，便產生出一種「燒人眼」的感覺，視覺很自然地向觸覺挪移。

其二為「表象疊加」，指多重通感，是感覺挪移的進一步豐富、發展和深化。詩人用情感把不同感覺表現凝結在一起，從而多維度、多層次的表現客觀事物，豐富並拓展藝術形象的精神內容和審美蘊涵。例如李世熊〈劍浦陸發次林守一〉：「月涼夢破雞聲白，楓霽煙醒鳥語紅」，月白風清，白是冷色，由「白」產生「涼」，是由視覺向觸覺的轉化，此為一重通感；因「涼」而「夢破」，醒來看到白色月光，聽到雞鳴彷彿也是「白」的，則由聽覺向視覺轉化，又是一重感覺；楓林盡染一片火紅，林中的鳥鳴彷彿也染上「紅」色，再疊加一重感覺。詩人運用多重通感，把視覺、觸覺、聽覺諸表象疊合起來，交互為用，就是為了表現秋天破曉時光的詩情畫意。由表象聯想所構成的意象群落，意象之間經過每一次更替和轉化，都意味著詩人心靈深處的律動。其三為「意象互通」，人是以全方面的方式認識和掌握客觀世界，除了五官以外，還有情感和意志，併同五官感覺一起，與世界發生關係。心官意覺和五官感覺互相呼應才能充分體現人的全面特質。意象互通的主要表現為兩種形式，一種是意通於象，以象表意，以物類情，把主觀情感物態化，例如晏殊〈玉樓春〉：「便叫春思亂如雲，莫管世情輕如絮」，詩人不平靜的心態被具象化、視覺化。另一種是象通於意，以象比意，以物擬情，化景物為情思，例如李白〈送

友人〉：「浮雲遊子意，落日故人情」，浮雲像是浪跡天涯遊子的心理意緒，而落日像是友人的依依離情。不論是意通於象或者是象通於意，就其實質，兩者都是心物契合、交流，所產生的通感現象。茲將通感表現形式的界定作成表格如下：

表 4-1-2　通感的界定

| 名稱 | 界定 | 特色 |
|---|---|---|
| 感覺挪移 | 一種感覺向另一種感覺的移動，或者是由一種感覺引起另一種感覺。 | 簡單且初級的通感形式，客觀事物作用於人的感官所產生的直接反應， |
| 表象疊加 | 把不同感覺表象凝結在一起。 | 從多維度、多層次的表現客觀事物。 |
| 意象互通 | 情感和意志，併同五官感覺。 | 全方面的方式認識和掌握客觀世界。 |

（資料來源：陳育德，2005：19～29）

　　綜合以上兩位學者的見解加上筆者的看法，本論文之通感界定與類型如下：第一種為一個感覺向另一個感覺移動，或是一個感覺引起另一個感覺，也就是類似李元洛所謂的聽覺與視覺的通感以及視覺、聽覺與觸覺的通感，還有視覺、聽覺與味覺、嗅覺的通感；也可以說是陳育德所提出的「感覺挪移」。第二種為一種客觀對象引起多種感覺，也就是劉若愚所謂「綜合感覺的意象」，例如「月光」包含著兩種以上的感覺，即視覺和溫度的感覺，因為月光所暗示的不僅是白而且是冷。第三種為綜合多種感覺的描寫直指心覺或某一種感覺，也就是說將一個感覺轉化成其他多種感覺，或是在一個主題下的綜合感覺摹寫，也就類似李元洛所謂多級通感或多重通感，也可以說是陳育德所謂「表象疊加」，特別需注意的是，必須存在著一個主題，且需建立在對現實生活的審美觀照上，而不是將各種感覺表象羅列堆積在一起，成為一團混亂的感覺，更不是生硬地將感覺表象做機械化的拼合，或是玩文字遊戲。（陳育德，2005：52～55）另外，陳育德所謂的「意象互通」，筆者認為其實已經包含於「感覺挪移」和「表象疊

加」，因為通感並不單只是移覺，不限於五官之間，應包含心覺和五官感覺，所謂的「感覺挪移」，當然可以包括任一種五官感覺挪向心覺，這剛好就是「意象互通」中的「象通於意」，例如「浮雲遊子意，落日故人情」將視覺（浮雲）轉化為遊子的心理意緒，將視覺（落日）轉為依依離情；相反的，當心覺移向任何一種五官感覺時，則可認為是所謂的「意通於象」，例如「便叫春思亂如雲，莫管世情輕如絮」。

　　本論文探析李後主詞作，只要符合以下三種類型之一，便將其界定為通感意象。茲將通感的界定與類型作成表格如下：

表 4-1-3　本論文之通感界定與類型

| 序號 | 界定與類型 | 備註 |
|---|---|---|
| 第一種 | 一個感覺向另一個感覺移動，或是一個感覺引起另一個感覺。 | 即是陳育德所提出的「感覺挪移」。 |
| 第二種 | 一個客觀對象引起多種感覺。 | 劉若愚所謂「綜合感覺的意象」。 |
| 第三種 | 一個感覺轉化成其他多種感覺，或是在一個主題下的綜合感覺摹寫。 | 李元洛所謂多級通感或多重通感，也可以說是陳育德所謂「表象疊加」。 |

　　另外，錢鍾書曾指出〈琵琶行〉：「大弦嘈嘈如急雨，小弦切切如私語。嘈嘈切切錯雜彈，大珠小珠落玉盤」，白居易只是把珠落玉盤聲，來比方「嘈嘈」、「切切」的琵琶聲，琵琶的聲音並未令人心想到事物的形狀，換句話說，他只是把聽覺聯繫聽覺，並未把聽覺溝通視覺。「大珠小珠落玉盤」指的是珠玉相觸產生清而軟的聲音，並非「明珠走盤」那種圓轉滑溜的形狀。李商隱〈擬意〉：「珠串咽歌喉」才是說歌聲彷彿具有珠了的形狀，圓滿而光潤，構成了視覺兼觸覺的印象。錢鍾書還對照「星如撒沙出，爭頭事光大」和「小星鬧若沸」，認為前者只寫視覺本範圍裡的印象，後者「相借官」寫視覺不安本分，超越了自己的範圍，領略到聽覺裡的印象。（錢鍾書，2001：75～81）因此，雖然是由此一事物聯想到另一事物，但仍然屬於同一感官範圍

的，不宜界定為通感意象。除此之外，即便是一種感覺引發另一種或多種感覺，但是脫離了生活和真實情境，只是以個人的、不符合公眾的思維邏輯，造成感覺上的有意錯亂，和意與象的有意錯接，生硬地把不同的感覺表象拼湊在一起，用以標新立異，故弄玄虛，使人不知其所云，更不信其所云，缺乏真切的審美感受和體驗，這就成了無「意」之象，是毫無意義的。（陳育德，2005：189）例如法國詩人藍波的十四行詩〈母音〉：

> A 是黑、E 白、I 紅、U 綠、O 藍：母音啊，
> 有一天我將告訴你們誕生的國度：
> A，是蒼蠅的黑毛胸胃，
> 飛舞在奇烈惡臭的周圍，或是黑暗的深淵。
> 而 E 是霧靄與天幕的純白，
> 高聳冰山的長矛，白衣的國王，花的顫動。
> I，是紅色衣裳，咯吐的血，生氣，
> 或美人陶醉於自嘲中的紅唇。
> U，是天體的循環，綠色海原的神祕律動，
> 動物散陳在牧場上的和平，偉大的博士
> 在額上留下鑽研煉金術的安詳皺紋。
> O，是天使的喇叭發出的尖銳聲音，
> 地上與天界混合的靜謐萬籟，
> O，是奧米加，天使眼眸的紫光。
>
> （亞瑟·藍波著、武井誠譯，1977：43～44）

　　這首詩經常被人拿來作為論述通感的範例，陳育德卻質疑五個元音與五種顏色之間的內在關係，以及其中的審美意謂，他認為這是一種通感的濫用，作者對於表現對象並無真實情感，只是空洞地堆積不同感覺表象，成為一種純粹的官能活動現象，令人眼花撩亂，頭暈目眩，不得要領。（陳育德，2005：54～55）

　　筆者認為文學作品（尤其是詩歌）之所以值得讀者去賞析，在於其中蘊含作者真摯的情感，誠如《毛詩序》：「詩者志之所志也。在心為志，發言為詩，情動於中而行於言。」（鄭玄，2001：1）若是心中缺乏感動，只為了標新立異而故弄玄虛，將各種感官作無意義的錯位，則不免被譏為「東施效顰」。另外，「大弦嘈嘈如急雨」、「大珠小珠落玉盤」究竟是不是通感，則須以「是否能喚起聽覺以外的感覺」作為標準，若喚起了「雨滴」、「珠玉」等視覺形象，則可視其為通感，畢竟人是用全身心來感受這個世界，五官和心官是開放的，不應該畫地自限，而是要盡量擴大賞析的視野。身兼中文系教授及音樂家的學者李時銘也認為：「大珠小珠落玉盤」的珠盤之喻，從表象來說，由於琵琶音質是顆粒狀的不連續音，與大珠小珠的顆粒狀屬於相似聯想；但其聯想係在不同的感覺類型間進行（聽覺表象與視覺表象），故就聯想之進行而言，是一種通感聯想。用「嘈嘈切切」來描繪琵琶聲，對一般人而言，不免有些距離，但透過珠玉聯想，使讀者不但看到了渾圓晶瑩的顆粒，在玉盤中落下又彈起，彷彿也聽到了盤珠輕擊的叮咚錚琮。（李時銘，2004：110～111）

# 第二節　通感意象的審美特徵

　　詩歌評論家李元洛曾說：「唐詩和宋詞中表現審美通感的詩句，就如同春天綠原上的花朵隨處可以採擷。」他並認為詩歌是最富於想像力與暗示力的藝術，它不像小說或散文必須注意生活場景和人物性格，因此更能體現通感意象的審美特徵。（李元洛，1990：523）通感意象是為了更美地表現人的生活與精神世界，所以必須從現實生活中尋找最初的感覺材料。然而，通感雖是以五官的感覺為起點，但是通感所產生的審美特徵，畢竟不同於生理上的快感，而是須經過情感及

想像的陶冶、淨化。近代美學家朱光潛引用法國顧約的一段話,說明快感昇華為美感的歷程:

> 有一年夏天,在庇里尼斯山裡游行,大倦之後,我碰見一個牧羊人,向他索乳,他就跑到屋裡取了一瓶來。屋旁有一小溪流過,乳瓶就浸在那溪裡,浸得透涼,像冰一樣。我飲這鮮乳時好像全山峰的香氣都放在裡面,每口味道都好,使我如起死回生,我當時所感到那一串感覺,不是「愉快」兩字可以形容的。這好像是一部田園交響曲,不從耳裡來,而從舌頭覺來。

雖然朱光潛認為顧約還是把快感和美感混在一起,但這段話卻可以證明當生理上的快感再現於記憶時每每變成美感,顧約在庇里尼斯山飲乳時所享受的是快感,到他著書回憶那種風味,便帶有美感在裡面。(朱光潛,2008:91)在極度疲憊、饑渴難忍時,喝到清涼如冰的鮮乳,產生味覺上的強烈快感,彷彿「起死回生」,此為第一階段;接下來感到「全山峰的香氣都放在裡面」,「一部田園交響曲,不從耳裡來,而從舌頭覺來」則為第二階段,此刻超越了生理上的感覺,獲得了精神上的享受。當代美學家姚一葦也主張快感雖非美感,但是兩者之間存在著密不可分的關係,審美過程中,必容含了人的感性成分,所以美感不能脫離快感而存在,快感是美感中的一個環節或一個層面,不過美感並不止於此一感性層面,而是由此一感性層面進入人的知性和理性,而達到互相調和,以及物我世界的相互融合,此即由快感到美感的轉化過程。(姚一葦,1997:45)感性層面可以說是五官所引起的感覺,此為第一階段;第二階段則是精神層面的,也就是人的知性與理性,人的知性與理性將生理的感覺拉開了心理的距離,使之得以昇華,與其他感覺共鳴,協作,在審美整體中發光發熱,領略客體更多風情韻味。據大陸學者陳育德的說法,由五官帶來的快感,需透過想像,並以情感為動力,才能獲得精神上美的境界。(陳育德,2005:14)

　　人們在審美活動中，不是單運用某一種感官，而是從整體的人出發，即全身心的投入，所有的感官都會活躍起來，打破界線。（陳育德，2005：14）道家主張感官的超越性，從否定生理上感官享樂的角度出發，《道德經》：「五色令人目盲；五音令人耳聾；五味令人口爽。」（許作新注譯，1981：16）老子明白的捨棄感官嗜欲的追求，又「道之出口，淡乎其無味，視之不足見，聽之不足聞，用之不足既。」（同上：48）「為無為，事無事，味無味。」（同上：83）老子認為無色、無味、無聲之「道」才是真正的、最高的美，此處的「味」，用以形容「道」，所以已經脫離食物的味覺。老子主張棄絕五色、五味、五聲追求，也即是將味道非感官化，從而「味」的使用由感覺認知，進入非感覺認知，去體會「無味之味」，轉而進入審美理念的探索。（陳昌明，2005：311）從審美角度來看，道家以無味為真正的味之所在，突出了審美愉悅的無限性、自由性，所謂的無味之味與個體絕對自由境界的體驗相聯繫。（李澤厚，1999：760）此種超越生理上的快感，進入審美的意識中，打破五官感覺，從官能性的感覺擴展到心覺，才能達到精神層面的「道」。

　　創作主體若是就感官刺激作單純的複寫，缺乏審美的創造，便索然無味；讀者的欣賞若是停留在直接感覺的階段，結果則是淺嚐輒止，不得其味，落入「抱形似而失真境，泥皮相而遺神情」。因此，無論是創作者或是欣賞者，觀賞繪畫並不止於視覺，聽到的音樂並不止於聽覺。（陳育德，2005：206）通感意象的審美特徵，是由生理上的感官刺激，經過「心」的淨化與昇華，產生不同於生理性的美學效果，可分為四大範疇，為新奇之美、深曲之美、虛實之美以及整體之美。茲分述如下：

## 一、新奇之美

　　新奇，是指創新和奇趣。文學創作最忌諱平庸，重視的是創新，最忌諱一般化而重獨造。「好奇務新」與「喜新厭舊」是讀者普遍所

具有的一種審美心裡，也是文學藝術創作的基本規律，詩歌更是如此。化熟為新，化常為奇，體現了詩人對生活新穎獨到的發現，和不同凡響的藝術創造，也是詩人對於詩美學的貢獻；陳陳相因，眾喙一辭，必定是作者毫無自己的獨特感受與獨特藝術表現的結果。熟必生厭，俗必乏味，既「熟」且「俗」的作品必然缺乏美學價值，因此，英國最傑出的詩人之一華茲華斯，也說過詩要「在這些事情和情境上加上一種想像力的色彩，使日常的東西，在不平常的狀態下呈現在心靈面前。」通感的運用，可以使作品獲得平中見奇的效果。例如「濕」，它是水作用的結果，詞義和「乾」、「燥」相反，王昌齡有「爭弄蓮舟水濕衣」，杜甫有「林花著雨胭脂濕」，韋應物有「細雨濕衣看不見」，李清照有「黃昏疏雨濕秋千」，它們都不失為好句，但也都只是按照生活本來的面貌和型態來刻劃事物，顯得質實而平常，缺少令人耳目一新的新奇之美。而庾信的「渡河光不濕」則運用通感手法，抒寫白露曖空，素月留天的景象，月光渡過銀河，光芒卻不沾濕，視覺與觸覺的審美通感顯得十分奇妙，在「濕」的運用上，較前面所引述的平實詩句，更能召喚出引人入勝的新境界。（李元洛，1990：522～525）蘇東坡也早就提出「詩以奇趣為宗，反常合道為趣」，以通感的修辭語言和表現手法建構的詩歌意象，充分體現了「反常合道」，所謂「反常」，是在內容上為被人們習以為常的常事、常情、常理，依據「正常」向其對立面的轉化，來表現出事物、情理的美學價值；所謂「合道」，就是通過「反常」的藝術表現，反映出詩人對於現實生活新鮮、獨特的審美感受和情感體驗。（陳育德，2005：215）

　　通感能發揮精緻新奇的美學效果，它不同於比喻，雖然兩者都基於心理感受，但存在著根本區別，比喻借助想像，本體和喻體有相似點；通感憑感覺溝通，兩種感覺並無相似，只有心理的聯繫，因此通感所產生的效果也和比喻不同。比喻的本體顯得籠統、一般、抽象，喻體則具體、生動、形象，它是以熟悉比陌生，越比越淺；通感是將平實移轉為奧妙，越移越深。（成偉鈞，1996：615）比喻在於知性的

介入，發揮相似性的聯想；而通感貴於感性滲透，發揮感官經驗的相通，力求獨特，比喻是化陌生為淺顯易懂，注重「大眾口味」；通感化平淡為精微，講究「特殊口感」。（張春榮，2005：114）

## 二、深曲之美

　　深曲，是指境界有深度，有層次，有曲折，即審美的幽深境界，而不是一覽無餘，即賞即盡。因為通感帶有「感覺挪移」、「表象疊加」的現象，它不是平面的直述式表達，而是曲徑通幽的聯想表現，所以它不僅具有深婉的美感特色，而且能夠刺激和啟發讀者想像的積極性。（李元洛，1990：530）從美學的角度來說，聯想和美感密不可分，客觀事物並非孤立存在，而是互相依存，互相聯繫，人在認識客觀事物的過程中，當一事物刺激人的感官引起大腦儲存的另一事物表象的復現，便形成聯想，聯想具有不同形式，主要有接近聯想、類似聯想、對比聯想、因果聯想等。它們都能夠引起一種感覺向另一種感覺或多重感覺的挪移、轉化，構成具有審美意義的通感意象。所謂接近的聯想是不同的事物在時間或空間上彼此接近，讓人容易由此一事物想到彼一事物，例如楊萬里〈又和二絕句〉：「剪剪輕風未是輕，猶吹花片作紅聲」，春風帶來紅花，此為由接近的聯想生成視覺與聽覺的通感。所謂類似聯想是由一事物想起與之在性質和型態上相似的另一事物，白居易〈琵琶行〉把琵琶樂音婉轉流走，比喻為「花底滑」，便是以相似的聯想引起聽覺與視覺、觸覺的通感。所謂對比的聯想是由一事物想起與之性質、特點不同甚至相反的另一事物，高適〈塞上聽吹笛〉：「借問何處梅花落？風吹一夜滿頭山」，塞外是沒有梅花的，在塞外聽吹笛，彷彿中原故鄉的梅花全被北風吹來，這種現實的聽覺與聯想的視覺，形成鮮明的對比，互相交織、感通，把久戍思歸的感情用迂迴的方式表現出來。另外，兩種不同事物之間在發展變化的過程中存在著因果關係，由原因想到結果或由結果想到原因，稱之為因

果聯想，例如江湜〈彥衝畫柳燕〉：「柳枝西出葉向東，此非畫柳實畫風」，風無形無色是畫不出來的，但風起而樹動，以果推因超越了視覺的限制，使人有聞風而動的感覺。（陳育德，2005：39～44）以聯想為橋樑，通感所呈現的意象不是客觀事物的簡單再現，不能一眼望穿，它「柳暗花明又一村」，迂迴曲折，藉著感官間互相交融，一重疊過一重，一重比一重耐人尋味，呈現出意境的深曲之美。通感以審美對象為基礎，主觀感情自由抒發聯想，甚至可以說是由某種特定的心境所造成的幻覺，因此，通感這種特殊形式的美感，本身就是主客觀交融而偏於主觀想像的產物，讓人發揮豐富的聯想，聯想越豐富則意象越深廣，例如「夢」，有李白的「我欲因之夢吳越，一夜飛渡鏡湖月」，有陸游的「雪曉清笳亂起，夢遊處，不知何地」，它們均不失為佳作，但都是直接的描寫夢境，李清照的「薰透愁人千里夢，卻無情」，「千里夢」讓無形的夢產生了可感幅度，透過「感覺挪移」，又將屬於心覺的夢訴諸嗅覺，使人產生芬芳悱惻的想像。（李元洛，1990：530～532）感覺挪移激發讀者想像的積極性，「表象疊加」則呈現富有深度和層次的審美境界，例如李世熊「月涼夢破雞聲白，楓霽煙醒鳥語紅」，月白風清，白是冷色，由「白」產生「涼」，是由視覺向觸覺的轉化，此為一重層次；因「涼」而「夢破」，醒來看到白色月光，聽到雞鳴彷彿也是「白」的，則由聽覺向視覺轉化，又是一重層次；楓林盡染一片火紅，林中的鳥鳴彷彿也染上「紅」色，再疊加一重層次。（陳育德，2005：22）如此層層疊進的縱向結構，比一眼就看穿顏色，所蘊含的情思和意向更讓人低回品味。可見，通感意象非直線式而是曲線式的運行，更能引發讀者聯想，加強美的多層性及立體感。

## 三、虛實之美

藝術創作為反映現實生活的審美形式，透過客觀的事物，藝術家創造「第二現實」，如歌德所言：「每一種藝術的最高任務即在於通過

幻覺，產生一個更高真實的假象。」所謂「實」，就是形象的直接性，是詩人對生活具體而真實的形象描繪；「虛」，就是形象的間接性，能留給讀者空間，待讀者聯想與想像，並且再創造。（李元洛，1990：257）由此可見，意象的虛實和通感密不可分，個體在某一種刺激情境下，獲得該刺激的生理感覺，這種直觀的經驗是實的，是具體的，既然是實的就要設法將它虛化，於是訴諸另外一種想像的感覺經驗來詮釋。正如現代詩人白靈所主張，大則小之、小則大之、此覺則彼覺之、彼覺則此覺之（視、聽、觸、味……覺等感官移位）。（白靈，1996：84）通感技巧讓各個感覺器官相生相合，抽象美與具象美水乳交融，合諧統一，在實真和虛幻間產生脈脈流動之美。

清代吳喬《圍爐詩話》有文、詩與飯、酒的妙喻：

> 意喻之米，飯與酒所同出。文喻之炊而為飯，詩喻之釀而為酒。文之措辭必副於意，猶飯之不變米形，噉之則可也；詩之措辭不必副於意，猶酒之變盡米形，飲之則醉也。文為人事之實用………詩為人事之虛用，咏言、播樂，皆虛用也。（吳喬：1996：479）

詩歌的語言不同於科學語言、日常生活用語。科學語言揭示客觀事物本質規律，講求準確，日常用語表達一般事實，講求實用，詩歌語言為了表現情感意緒，創造審美意境，需擺脫客觀事象和普通語言，才能從詩中獲得一種令人陶醉的情感。感官所獲得生理上的感覺，直接以原型輸出，就如同生米做成熟飯，只能供人食用，無法令人陶醉；唯有經過通感手法的蘊釀，將粒粒分明的米，化為無形，才能「飲之則醉」。詩的意象，亦真亦幻，亦實亦虛，既清晰又模糊，既確定又不確定，杜甫〈船下夔州雨濕不得上岸別王十二〉「晨鐘雲外濕」，若是依照實際的情況看來，耳聞鐘聲，鐘聲無形，不可能會「濕」，但是，夔州是座山城，高聳入雲，雲起雨落，因聽到鐘聲而產生「濕」的感覺，正所謂耳聞、目見、意揣，便發生視覺向聽覺、聽覺向觸覺的轉換，構成了「隔雲見鐘，聲中聞濕」的通感意象。（陳

育德，2005：210～214）耳朵所聽見的鐘聲是生理上的感覺，是「實」的；而「濕」則是見雲而想像的，是「虛」的，若是「晨鐘雲外發」就是以「實」為「實」，只談生理上的感覺是死的，不能感人，唯有以實為虛才能意象空靈。中國詩歌和繪畫一樣，著重神韻而非形似，重寫意而不重寫實，運用通感手法將詩人的感官經驗轉化為心靈體驗，詩人寫的是心理美感，而非生理上的快感，因此，詩中的感官意象和實際的生理感覺是大異其趣的。通感手法除了將實際的生理感覺轉化為心理知覺，當然也能反其道而行，將內心的情感、思想、意趣化為外在的客觀事物，把抽象的主觀情感予以具體的物態化，也就是化虛為實，使情成體，例如晏殊〈玉樓春〉：「便叫春思亂如雲，莫管世情輕如絮」，詩人不平靜的心態被具象化、視覺化；春思是一種意緒，赤裸裸的、無所憑藉抽象而蒼白，不能感人，唯有找到一個具體的對應物「雲」，才能夠觀照玩味。

總之，詩非經驗原形直接的呈現，而是經過轉化加工，是一種語言轉折的藝術，把感官經驗直接言說不是詩，換個說法就可能是詩，白靈歸結出一個寫詩最廣泛的方法，即虛則實之、實則虛之。（白靈，1996：84）通感意象能捕捉虛實之美，超越了個別感覺的閾限，由一種實在的感覺引發、幻化出另一種或多種感覺，實中有虛、虛中有實，令人感到撲朔迷離，玄妙莫測。

## 四、整體之美

完形心理學派（Gestalt School）對於審美，特別在空間藝術性質的探究上，有重要發現，強調人的視覺對象為整體結構或樣式。他們有一句名言：「整體比個別部份總和為大。」譬如天空有雁群飛過，我們所注視的是雁行，而非個別的雁子。正是柯勒（Wolfgang Kohler）所指出，人不是看一物的個別部份，每部分的外觀樣式，並非只是建立在引起刺激的該點上，也建立在普及於其他的情況上。所以，人之

視物，不是自感覺或感覺與料對該物部分之總和，而是該物之整體形式，這樣的原則，並非僅限於視覺，亦適用於其他感覺，例如聆聽交響樂時，欣賞的不是單一樂器，而是交響樂整體。（姚一葦，1993：86～88）這種捕捉整體的能力，可以說是一種心靈的統合功能，是審美所不可或缺的基本能力，然而，審美不僅要把握整體，同時要把握各個細部，以及細部之間的相關性。如果我們在審美時，不能把握整體，只捕捉到一些零星的片段，見樹而不見林，則不能稱為真正的審美。（同上：69～72）我們的感覺器官分別同時獲得感覺與料，而且，自各個不同的感覺通路所獲得的與料予以綜合，形成對其存在狀態和存在環境的知覺。例如：來到風景區，我們不僅感覺到山光水色，綠樹紅花，也聽到潺潺流水，啁啁鳥鳴，同時還聞到花香。（姚一葦，1993：35）完形心理學派和中國重視整體感悟，綜合體驗的觀念，其實存有共通之處。從「天人合一」出發，中國存在著非常豐富的通感資源，如儒家的「天人感應」，道家的「道通為一」、「耳目內通」，佛教的「六根互用」等思想，讓中國詩歌自然地把各種感覺結合起來，且流通在一起。（陳育德，2005：224）

　　象徵派詩人也是理論家的波特萊爾，一首著名的十四行詩〈應和〉（又譯名為通感）：

> 自然是座大神殿，在那裡
> 活柱有時發出模糊的話；
> 行人經過象徵森林底下，
> 接受它們親密的注視。
> 有如遠方的漫長回聲。
> 混成幽暗和深沉的一片，
> 渺茫如黑夜，浩蕩如白天，
> 顏色、芳香與聲音相呼應。
> 有些芳香如新鮮的孩肌，

　　　　宛轉如清笛，青綠如草地，

　　　　更有些呢，腐朽，濃郁，雄壯。

　　　　具有無限的曠邈與開敞，

　　　　像琥珀，麝香，安息香，馨香，

　　　　歌唱心靈與官能的狂熱。（梁宗岱譯，1998：59）

　　波特萊爾把整個自然描寫成一座神靈棲居的「神殿」，以其特有的藝術稟賦和敏銳的感覺，洞察大自然的種種應和，契合關聯，從聲音中看到顏色，從顏色中聞到芬芳，從芳香中聽到聲音，在各種感官的交互作用中，歌唱心靈與官能的狂熱，領悟到生存的和諧，他認為，詩歌創作要從整體的心理體驗出發，因為世界是一個不可分割整體。人們的審美活動中，不是只運用某一種感官，而是從整體的人出發，即全身心的投入，有時所有的感官都會活躍起來，打破界限，共同協作。（陳育德，2005：194）鄭日奎〈游釣臺記〉寫自己遊東漢嚴光隱居之釣臺時的情景，就是非常生動且典型的例子：

　　　　山既奇秀，境復幽茜……足不及游而以目游之。俯仰間，
　　　清風徐來，無名之香，四山飄至，以鼻游之。舟子謂灘水佳甚，
　　　試之良然，蓋是即陸羽所品十九泉也，則舌游之……返坐舟
　　　中，細繹其峰巒起止，徑路出沒之態，惝恍間如舍舟登陸，如
　　　披草尋磴，如振衣最高處……舟泊前渚，人稍定，呼舟子，勞
　　　以酒，細詢之曰：「若嘗登釣臺乎？山中之景何若？其上更有
　　　異乎？四際雲物，何如奇也？」舟子具能悉之，於是乎並以耳
　　　游。噫嘻，快矣哉，是游乎！

　　這位文士欣賞大自然的美景，幾乎動用了所有感覺能力，目游、鼻游、舌游、耳游，還有神游，把諸多感覺的直接體驗以及神游物外的間接經驗，相互滲透，相互作用，不僅對自然風光作完整而豐富的審美體驗，又表達了對嚴光淡泊名利、歸隱釣臺的仰慕之情，

從而獲得精神上的享受。在這裡，五官感覺發揮整體功能，各官能均有益於美感的產生和發展。（陳育德，2005：16）誠如美學家桑塔耶納（George Santayana）曾說：「人類所有機能，都對美感有貢獻。」（桑塔耶那著、杜若洲譯，1972：85）通感作為一種積極的、綜合的心理活動，五官感覺加上心覺，有無互通，彼此相生。通感能突破單一感官的局限，聯接、組合多重感覺表象，構成多面一體，透過「心」將五官感覺溝通起來，並消除感覺形式之間的界限，從整體上把握藝術效果。

## 第三節　李後主詞感官意象的界定

通感是五官以及心覺之間的相互引發、溝通、交融起來的一種心理現象和感覺方式，即在客觀事物刺激人的某一種感官，產生相應感覺的同時，引發出另一種或多重感覺。（陳育德，2005：5）人的認識是從外界事物刺激感官產生感覺開始的，不同的感官對事物的屬性作出各自的反應。（陳育德，2005：2～5）《荀子・正名篇》：「形體，色理、以目異；聲音清濁，調節奇聲，以耳異；甘苦，鹹淡，辛酸，奇味，以口異；香臭，芬郁，腥臊，漏庮，奇臭，以鼻異；疾癢，滄熱，滑鈹，輕重，以形體異；說，故，喜，怒，哀，樂，愛，惡，欲，以心異。」（梁啟雄編注，1980：313）在荀子看來，人的五官感覺和心覺各有分工，這不僅在一般認知意義上是正確的，也是產生通感最基本的條件和前提。因此，必須透過五官和心才能認識世界上的萬事萬物，而世界上的萬事萬物是通感產生的客觀基礎。詩歌評論家李元洛贊同詩人郭風曾說過的一段話：「到生活中，要開放『五官』要把視覺、聽覺、觸覺、味覺等方面的感覺器官統統開放起來，觀察周圍的人和物，以至領略自然的各種聲、色、香、味。」由此可見，生活本

身聲、色、香、味的客觀存在性，詩人應該有敏銳的感受力；李元洛
並舉黃國彬的詩為例：

> 讓黛色陽光和黑暗流入兩瞳；
> 濤聲風聲和寂靜流入兩耳；
> 花草和泥土的氣息流入鼻子；
> 舌尖交給葡萄醇酒；
> 肌膚交給風露陽光。

　　這首詩說明什麼是五官感覺，以及刺激五官感覺的現實生活之外
部信息，沒有這些外部信息，人的五覺便無法產生。（李元洛，1990：
555）例如陸機〈擬西北有高樓〉：

> 佳人撫琴瑟，
> 纖手輕且閑。
> 芳氣隨風結，
> 哀響馥若蘭，
> 玉容誰能願，
> 傾城在一彈。

　　詩人聽到彈奏琴瑟的聲音，是最初的、主導的感覺，樂曲與花木
散發的香氣結合一起，產生了聽覺向嗅覺的轉移；更微妙的是，在外
面並看不見高樓裡的撫琴佳人，但卻由樂曲引發「聽聲類形」的心理
活動，想像出是一位「素手纖纖，容顏如玉」的女子，聽覺又向視覺
及觸覺再次轉移。這裡的聽覺是實的、主導的感覺，由此而引起的
視覺及觸覺是想像、派生的感覺。（陳育德，2005：33）想像力是通
感現象心理發生的催化劑和原動力，想像力只有以各種感覺表象、觀
察成果作為幫手，才能在藝術創造中發揮巨大作用。

　　通感是以感覺為起點，以情感為動力，以想像、聯想為中介，溝通連結其他感覺而成的。人的五官感覺無論是高級的、精神性的視覺、聽覺；還是低級的、生理性的嗅覺、味覺、觸覺，互相連結溝通，才能形成通感，並昇華為審美感覺。（同上：46）人的一切活動都是從感覺開始的，通感屬於人的認知活動、心理活動，當然是以感覺為起點，因此探析李後主詞作通感意象，首先需整理出其詞作中關於感覺的描寫。人的感覺器官接受外物刺激時，由於大腦神經分析器不同，對其形狀、色彩、聲音、氣味、質地等分別作出相應的反映，產生視覺、聽覺、嗅覺、味覺、觸覺等感受。感覺是人對客觀事物個別屬性的直接反應，雖是一種初步的、感性的認識，卻是一切高級認知和複雜心理活動的材料和基礎。不通過感覺，我們就不知道實物的任何形式，也不知道運動的任何形式，感覺是運動著的物質，作用於我們的感覺器官所引起的。（同上：31～32）美國現代美學家帕克曾說：「感覺是我們進入審美經驗的門戶。」（帕克，1995：50）藝術和審美活動當然離不開感覺，通感的運用，必須建立在對現實生活審美觀照、體驗和理解的基礎上，也就是說要面向現實的人生。現實生活中，人們的感官接受外在信息刺激時，內導神經會很快地把所接收的信息傳入大腦皮層，經過分析器的分流，進入相應的感覺區域，例如載有視覺信息的歸於「枕葉」、載有聽覺信息的歸於「顳葉」、載有嗅覺信息的歸於「葉內側」、載有觸覺和動覺信息的歸於「頂葉」。不同的區域形成不同的「興奮中心」，同時使其他區域產生「興奮抑制」，從而產生不同反應，形成不同感覺表象，這種反應是直接的、實在的、原發性的感覺。另外，各個感覺區域的邊緣地帶又有許多「疊合區」，發揮連接、協調和交匯的作用，因此，五官感覺接受外物刺激，在產生「興奮分化」的同時，還會引起「興奮泛化」，這種反應是間接的、想像的、繼發性的感覺。上述兩種反應有機統一、虛實結合、相輔相成而產生通感，沒有「興奮中心」的主導作用，就不可能派生出其他感覺；沒有派生感覺的

補充、延展，主導感覺就可能停留於事物的局部和表面，難以整體地、深入地把握對象，產生豐富的審美感受。在觀察、體驗生活的過程中，面對各種刺激或現象，藝術家是全身心地投入，五官感覺都從各自的渠道接收信息，並使直接的感覺信息在大腦形成「興奮中心」，如果沒有這種最初的感覺材料，就不可能產生藝術靈感。（陳育德，2005：13～33）因此，本節首先要釐清作為李後主創作靈感最初、最原始的感覺材料，然而，對於一種意象，它可能包含了多種感覺來源域，例如「水」，冠上修飾語「清澈透明」時，便是從視覺而來；若冠上「清涼」時便是從觸覺而來，有時還可能從聽覺、嗅覺甚至味覺而來，因此產生界定上的困難。另外，隨著創作主體的視角及所在地的改變，反應客體的「興奮中心」也會有所不同，例如「蹙眉」本是一種動作，所引起的感覺應該是觸覺，但是當「蹙眉」者為觀察客體時，對於創作主體而言，便成了視覺；又如「雨」，當創作主體處於室內時，引起其「興奮中心」的最初來源域可能是聽覺，而非視覺或觸覺。創作主體、創作客體和讀者所持的視角大不相同，然而本論文站在李後主的立場，從其感官出發，所以在界定最初、主導的感覺表象時，以創作主體李後主為準。

整理歸納感覺表象的最初來源，還要釐清創作主體究竟以第幾人稱的立場發話，然而，省略人稱代名詞是中國詩詞的特色，一首詩、一闋詞人稱不確定，讀者可以自己填入，所填入的人稱代名詞不同時，便形成不同意義。當所填入的代名詞為「我」，表現為作者自身經驗的形式，是直接宣述出來的；當所填入的代名詞為「你」，作者便彷彿在作告誡或勸說；當所填入的代名詞為「他」，則作者是在描述一個客觀現象。對欣賞者而言，當所帶入的人稱代名詞不同時，會產生不同的認知或理解。在帶入第一人稱的情況下，作為作者自身經驗的形式出現，直接而親切，欣賞的距離最短；而在帶入第三人稱時，欣賞的距離就拉大了；至於帶入第二人稱，由於含有教訓意味，除非有切身經驗，否則難以引起共鳴，欣賞的範圍最狹隘。（姚一葦，1993：

166～167）李後主三十七闋詞作中，明確的人稱代名詞並不多見，第一人稱代名詞僅出現在〈漁父〉「世上如儂有幾人」中的「儂」和〈謝新恩〉「東風惱我」、〈子夜歌〉「銷魂獨我情何限」的「我」及〈菩薩蠻〉「奴為出來難」的「奴」；第二人稱代名詞僅出現在〈菩薩蠻〉「教君恣意憐」和〈謝新恩〉「待來君不知」及〈虞美人〉「問君能有幾多愁」中的「君」；而第三人稱則只有出現在〈喜遷鶯〉「片紅休掃儘從伊」的「伊」作「他」。本論文第二章第三節從美感特徵的演進，將李後主詞作分為「戲劇之詞」、「歌辭之詞」及「詩化之詞」。「戲劇之詞」李後主秉著客觀全知的觀點，描寫自己與他人的牽連；「歌辭之詞」填詞大多從女性的角度發話，既然是填給歌女唱的曲子，而歌伎面對聽唱大眾時，顯然要以第一人稱的「我」；「詩化之詞」是李後主用自己的聲音發話，所寫的是自己的感情、感受、意念。（孫康宜，1994：51、84；葉嘉瑩，2007：97～107）雖然，省略人稱代名詞成了中國詩詞一種客觀化的非個人抒情效果，使個人的體驗轉化和上升為普遍和象徵的東西，從而使讀者置身其中，產生更大的共鳴與影響，作者有意不將人稱明確指出，讀者可以按照自己的方式重新組合，但是這樣的組合，是作者向讀者提示出來的。（邵毅平，1993：108～109）因此筆者必需先判別該闋詞作究竟為「戲劇之詞」、「歌辭之詞」還是「詩化之詞」，釐清發話者的立場，以便界定詞作感覺表象的來源。

　　感覺一般分為五種，即：視覺、聽覺、嗅覺、味覺和觸覺。亞里斯多德認為感覺的能力，如「看的」能力和「聽的」能力之類；以及實際所感覺到的，如「看到的」或「聽到的」之類，牽涉到所感覺的對象。自現代心理學來看，感覺的類別當然不只上述五種，還包含：溫度感覺、運動感、平衡感、痛感、生命器官感等。（姚一葦，1993：1～2）上述十類感覺在審美過程中並非都會發生，而且溫度感覺、運動感、痛感可以併入觸覺，因此本論文將李後主詞作的感官意象分為視覺、聽覺、嗅覺、味覺和觸覺五類。佛教有所謂

的「六根」，即是上述五覺加上「意根」，也就是「心覺」（玄奘譯、韓廷傑校釋，1998：10〜12），然而，人類的感官在運用的過程中早已攝入主觀心智，感官所見、所知的世界，必須經由心智功能的主動建構、投射與佈置，這也是人類感官功能異於其他動物之處，心理意向，往往決定了感官接納世界的方式，特別是文學創作，它是外在事物經感官攝收，在自己心中進一步的熔鑄雕琢，（陳昌明，2005：7〜9）靈氣充盈的詩人都是擅長以語文為媒介，作品中能夠訴諸所有的感官感覺，而不像畫家那樣，過分依賴視覺，用心靈之眼予以透視；文學創作是以作家自身的生活經驗，作為藝術創作的基礎，而體驗過的東西，還必須在「心眼」裡面重現一次所要描寫的對象，這樣才能有如見其人，如聞其聲的形象描寫出現。（趙滋蕃，1988：151〜152）。大陸學者陳慶輝也曾說：「意象形成的過程，離不開感官的勞動，但更主要的是心靈的創造。」（陳慶輝，1994：63）《荀子・天論篇》強調「心」為天君，心統治五官，「心居中虛，以治五官」，如果沒有心的作用，人的眼睛就會看不見東西，耳朵就會聽不見聲音。（梁啟雄編注，1980：223）由此可知，感覺材料一旦離開了「心」，便無意象可言，因此，本節將李後主詞作中的感官意象分為視覺、聽覺、嗅覺、味覺和觸覺五大類型，並未特別列出「心覺」這一類，因為各種感覺材料都必須通過情感的作用，才能構成意象，所以心覺早已融入各種感官知覺當中。

　　「最美的音樂，對於不能欣賞音樂的耳朵，就沒有意義，就不是對象」，由此可知人要產生藝術的活動，認識的基礎當在感官，因此，茲將李後主詞作的感官意象分為五大類型，並作成表格如下：（表4-3-1 李後主詞感官意象分類表）

表 4-3-1　李後主詞感官意象分類表

| 詞牌、起句 | 視覺 | 聽覺 | 嗅覺 | 味覺 | 觸覺 |
|---|---|---|---|---|---|
| 〈漁父〉浪花有意千重雪 | 浪花、雪、桃李、繪 | 無言 | | 一壺酒 | |
| 〈漁父〉一櫂春風一葉舟 | 舟、蠶縷、輕鉤、花、波 | | | 酒滿甌 | 春風 |
| 〈一斛珠〉曉妝初過 | 曉妝、羅袖、殷色、杯深、繡床、斜凭、嬌無那、紅茸、笑唾 | 清歌 | 丁香、沈檀 | 櫻桃、香醪 | |
| 〈玉樓春〉晚妝初了明肌雪 | 晚妝、明肌、春殿、嬪娥、水雲、燭花月 | 鳳簫、重按、歌遍徹、吹斷 | 飄香屑 | | 臨風、醉拍、待踏 |
| 〈浣溪沙〉紅日已高三丈透 | 紅日、金爐、地衣、佳人、金釵 | 簫鼓奏 | 添香獸、花蕊嗅 | 酒惡 | 溜、拈花蕊 |
| 〈菩薩蠻〉花明月黯飛輕霧 | 花、月、霧、衩襪、金縷鞋、畫堂 | | 香階 | | 偎人顫 |
| 〈菩薩蠻〉蓬萊院閉天臺女 | 蓬萊、天臺女、畫堂、拋枕、翠雲、繡衣、銀屏、慢臉、笑盈盈 | 人無語、珠鏁動 | 異香 | | |
| 〈菩薩蠻〉銅簧韵脆鏘寒竹 | 纖玉、秋波、雲雨、繡戶 | 銅簧、寒竹、鏘、新聲、慢奏、諧衷訴 | | | 相鉤 |
| 〈子夜歌〉尋春須是先春早 | 花枝、縹色、玉柔、盞面、笑粲、禁苑 | 詩、羯鼓 | | 醅浮 | |
| 〈長相思〉雲一緺 | 雲、玉、衫兒、羅、簾、芭蕉 | 秋風、雨 | | | 輕顰 |
| 〈喜遷鶯〉曉月墜 | 曉月、宿雲、天、餘花、畫堂、深院、片紅、舞人 | 無語、雁聲稀、鶯啼散 | 芳草 | | 枕頻欹 |

| 詞牌、起句 | 視覺 | 聽覺 | 嗅覺 | 味覺 | 觸覺 |
|---|---|---|---|---|---|
| 〈采桑子〉<br>亭前春逐紅英盡 | 亭、紅英、舞態、細雨、綠窗、灰 | 冷靜、芳音 | 香印 | | 斷、<br>不放雙眉 |
| 〈采桑子〉<br>轆轤金井梧桐晚 | 轆轤、金井、梧桐、樹、雨、蝦鬚、玉鉤、瓊窗、鱗游 | | | | 斷、<br>雙蛾皺、<br>寒波 |
| 〈擣練子令〉<br>深院靜 | 深院、小庭、月、簾櫳 | 靜、寒砧、風、數聲 | | | |
| 〈擣練子〉<br>雲鬢亂 | 雲鬢、晚妝 | | 香腮 | | 眉兒遠岫攢、<br>春筍嫩、<br>和淚、<br>倚闌干 |
| 〈楊柳枝〉<br>風情漸老見春羞 | 長條、烟穗 | | 芳魂 | | 拂人頭 |
| 〈謝新恩〉<br>秦樓不見吹簫女 | 秦樓、吹簫女、上苑、粉英、金蕊、瓊牕、碧闌干、垂楊 | | 一襟香 | | 東風 |
| 〈謝新恩〉<br>櫻花落盡階前月 | 櫻花、階、月、象床、熏籠、雙鬢、雲、紅抹胸、紗窗 | | | | 倚、淚沾 |
| 〈謝新恩〉<br>庭空客散人歸後 | 庭、畫堂、珠簾、小樓、新月、金牕、怡容 | 林風淅淅、羌笛 | | | |
| 〈謝新恩〉<br>櫻桃落盡春將困 | 櫻桃、秋千、斜月、花、枝、紗牕 | 漏暗 | | | |
| 〈謝新恩〉<br>冉冉秋光留不住 | 階、紅葉、臺榭、茱萸、晚煙、細雨、新雁 | 咽寒聲 | 香墜、紫鞠氣 | | |
| 〈臨江仙〉<br>櫻桃落盡春歸去 | 櫻桃、蝶翩、輕粉、月、小樓、玉鉤、羅幕、暮烟、別巷、煙草、鳳皇、羅帶 | 子規啼 | 爐香 | | |

| 詞牌、起句 | 視覺 | 聽覺 | 嗅覺 | 味覺 | 觸覺 |
|---|---|---|---|---|---|
| 〈破陣子〉<br>四十年來家國 | 山河、鳳閣、龍樓、霄漢、玉樹、瓊枝、烟蘿、干戈、沈腰、潘鬢、廟、教坊、宮娥 | 別離歌 | | | 銷磨、揮淚 |
| 〈清平樂〉<br>別來春半 | 落梅、雪、雁、草、砌 | 音信 | | | 觸目、斷、拂、無憑 |
| 〈相見歡〉<br>林花謝了春紅 | 林花、春紅、胭脂淚、水 | | | | 晚來風、寒雨 |
| 〈相見歡〉<br>無言獨上西樓 | 西樓、月、鈎、梧桐、深院 | 無言 | | | 獨上、剪、理 |
| 〈烏夜啼〉<br>昨夜風兼雨 | 簾幃、燭、流水 | 風、雨、颯颯、漏斷 | | | 頻欹、起坐、路穩 |
| 〈望江南〉<br>閒夢遠 | 船、江面、綠、飛絮、輕塵 | 管弦 | 芳春 | | |
| 〈望江南〉<br>閒夢遠 | 江山、蘆花、孤舟、月明樓 | 笛 | | | 寒 |
| 〈望江梅〉<br>多少恨 | 上苑、車、流水、馬、龍、花、月 | | | | 春風 |
| 〈望江梅〉<br>多少淚 | | 說、鳳笙 | | | 淚、斷臉、橫頤、吹、腸斷 |
| 〈子夜歌〉<br>人生愁恨何能免 | 高樓 | | | | 銷魂、雙淚垂、誰與上 |
| 〈浪淘沙〉<br>往事只堪哀 | 庭院、蘚、珠簾、金劍、蒿萊、月華、玉樓、瑤殿、秦淮 | 天靜、秋風 | 壯氣 | | 沈埋、晚涼 |

| 詞牌、起句 | 視覺 | 聽覺 | 嗅覺 | 味覺 | 觸覺 |
|---|---|---|---|---|---|
| 〈浪淘沙令〉<br>簾外雨潺潺 | 簾、羅衾、江山、流水、落花 | 雨潺潺 | | 一餉 | 五更寒、凭闌 |
| 〈虞美人〉<br>風回小院庭蕪綠 | 小院、蕪綠、柳眼、新月、尊罍、冰、燭明、畫樓、滿鬢、清霜、殘雪 | 無言、竹聲、笙歌 | 春香續、香暗 | | 風、凭闌 |
| 〈虞美人〉<br>春花秋月何時了 | 花、月、小樓、月明、雕闌、玉砌、朱顏、春水 | | | | 東風 |

# 第五章　李後主詞的視覺通感意象

## 第一節　視覺通感意象的界定與類型

　　鍾嶸《詩品》曾說:「晉黃門郎張協,其源出於王粲,文體華淨,少病累,又巧構形似之言。」(林成注譯,2003:55)其中「巧構形似之言」是指精準生動地刻劃形貌,使之維妙維肖。物體的形貌包括顏色、形狀、動作和表情等,這都是由視覺所展開的。視覺為人類的高級感官,是一種距離感覺,它不需緊密接觸客觀物體,一般來說,人大腦中所貯存的經驗信息,百分之八十來自視覺。人的視覺易於引發真切的形象感,它所感受的審美對象,空間性比較鮮明,在審美上,自古以來即特別受到重視。西塞羅在公元前一世紀就說過:「訴諸於視覺的藝術 ——在繪畫、造型與雕塑,以及在身體的運動與姿勢中,……眼可以判斷美與佈置,和所謂的色彩與形的妥當性。」(姚一葦,1993:5~6)由這句話可知視覺的藝術包括色彩、形狀和動作,換句話說人之所以能感知物體的顏色、形狀、動作和表情非透過視覺則無法達成。視覺的形成是眼睛接受各種刺激,諸如顏色、動作、深度以及形狀等,均由瞳孔進入,經水晶體、玻璃液體到達視網膜上;由視神經再傳達到大腦視覺皮質,進而產生視覺。(葉重新,2006:55)視覺與其他各種感官知覺在大腦皮層的更高級部分綜合,最後才達到對客體較完整的知覺,這裡經歷了物理——神經生理——感覺心理——知覺心理四個階段,以及它們之間的三次轉換,其中每一階段和每次轉換都包含了主體對客體信息的選擇和意識自身的「建構」過程,因此,經過多次選擇和建構所形成的反應,已遠超過客體的「鏡像」,而是主體化了客體形象。(陳慶輝:1994,63)可見,詩歌中的

物體形貌，由主觀的心意和客觀的物象互相融會而具現於語言文字中，是一種「視覺意象」。外現形象的主要窺孔是視覺，其次是聽覺和嗅覺，然後是味覺和觸覺「外現形象」的窺孔可以隨時打開，也可以隨時關閉。當窺孔打開時，我們的觀賞活動和認知活動，屬於感官感覺的生理活動，故睜眼所見的外物，是外現的形象；當窺孔關閉時，憑想像力閉眼所憶的外物，屬於心靈運作的心理活動，這時心眼所出現的憶影，就是具體的意象。因此開眼見出形象，閉眼現出意象，窺孔的旋開旋閉，形象意象的轉化，就存乎其中。（趙滋蕃，1988：141～142、161）有學者認為視覺意象是人心理上所造成的圖畫中，最普遍的一種，它包括光暗、色彩和動作。（張漢良，1977：8）光暗的視覺意象如杜甫〈春喜夜雨〉：「野徑雲俱黑，江船火獨明；曉看紅濕處，花重錦官城」，而色彩意象又和光影意象密不可分，上述杜詩故意將雨前雲霓寫得十分驚人，烏雲壓頂，野徑昏暗，只有一絲漁火在大塊的墨色下閃爍；早上雨過天青，再單用紅色重重，讓錦官城眾花競開的景象和黑雲形成強烈對比。（黃永武，1984：27）至於動作意象如《詩經》寫人物的名作《衛風・碩人》：「手如柔荑，膚如凝脂，領如蝤蠐，齒如瓠犀，蠑首蛾眉，巧笑倩兮，美目盼兮。」前面五個意象斤斤於神似，都十分平板，後面兩個意象一以寫笑的動作，一以寫眼睛顧盼神飛，使全詩頓時光采煥發，由此可知，視覺意象非止於「巧構形似」，須描寫物象的動態才能富於生命力。（李元洛，1990：177）

通感是五官以及心覺之間的相互引發、溝通、交融起來的一種心理現象和感覺方式；即在客觀事物刺激人的某一種感官，產生相應感覺的同時，引發出另一種或多重感覺。因此通感意象應包含兩種以上的感覺，即客觀物體刺激下的相應感覺，可以稱為「原發性的感覺」；而其他與主要知覺通感者為「派生感覺」。本節所指涉「視覺通感意象」是以視覺為「原發性感覺」，並作為主導，再經由聯想而延伸出視覺以外的「派生感覺」。如李商隱〈燕臺四首之冬〉：「蠟燭啼紅怨天曙」，有形狀、顏色，並能發光的蠟燭，所引起的「原發性感覺」

為視覺，因此在這首詩中「蠟燭」是一種視覺意象，由視覺延伸而來的「派生感覺」為「啼」屬於聽覺，「怨」則屬於心覺，在視覺的主導下，視、聽、心三種感覺互相補充，完成「通感意象」，因為被客體所引起的最初感覺為視覺，所以稱為「視覺通感意象」。

　　舉凡具有顏色、形狀、動作和表情的「物」皆能刺激眼睛產生視覺。袁行霈將意象分為五大類，分別是：自然界的，如天文、地理、動物、植物等；社會生活的，如戰爭、遊宦、漁獵、婚喪等；人類自身的，如四肢、五官；臟腑、心理等；人的創造物，如建築、器物、服飾、城市等；人的虛構物，如神仙；鬼怪、靈異、冥界等。（袁行霈，1989：62）其中所謂自然界的物象、人體自身和人工創造物皆可歸為「物」。陳滿銘將「物」定義為凡是存於天地宇宙間的實物或東西，它們是文章的材料，以較大的物類而言，如天（空）、地、人、日、月、星、山（陸）、水（川、江、河）、雲、風、雨、雷、電、煙、嵐、花、草、竹、木（樹）、泉、石、鳥、獸、蟲、魚、室、亭、珠、玉、朝、夕、晝、夜、酒、餚……等，物材種類繁多，不可勝數。（陳滿銘，2001：397～400）上述的「物」可分為三大類，其一為自然物性類，舉凡天文、地理、動植物、氣象、時節等；其二為人工物性類，包括人體、器物、飲食和建築；其三為角色性人物，所謂角色性人物，是指辭章中某種泛稱性的人物形象，例如：百姓、漁者等。（陳佳君，2004：222）有研究者就物象的屬性，將舉凡天文、地理、氣象、動物、植物、礦物歸為自然意象；舉凡人及人的各種活動，包括人的體態、人物造型、日常用具、建築、活動及想像世界則為人文意象。（鄭淳云，2005：24）綜合以上看法，本論文將李後主詞中所出現的「物」，分為自然風景和人文物貌以及女性態貌三大類，所持理由如下：陳滿銘所列舉的物中，「朝、夕、晝、夜」，以及陳佳君所謂的「時節」，是為大自然的規律變化，固然屬於自然意象，然而，本節所指涉的「視覺意象」為有顏色、形狀、動作和表情的「物」，能夠為「巧構形似之言」，因此將時節界定為一種意識，由世間萬物的推移中而產生的

一種意識，雖然從晝夜或季節的更替中看到景物的變化，但是還是要依靠具體的物象，才能顯現。另外，人的體態和類型本來應屬人文意象，但是由於詞本為歌臺舞榭間的產物，唐及五代詞中，「謝娘」、「蕭娘」等歌伎的代稱不時可見，更存在許多對女性形象的刻劃，例如韋莊〈荷葉杯〉「記得那年花下，深夜，初識謝娘時……」，又〈女冠子〉「依舊桃花面，頻低柳葉眉，半羞還半喜，欲去又依依……」，李後主詞風雖然和「花間派」大異其趣，不以香豔粉飾是尚，但畢竟身為帝王的他，不乏後宮粉黛，他的詞作也充滿了女性的形象，因此本論文特別將其獨立出來。茲將李後主詞視覺通感意象的來源與類型，作以下分類：（表 5-1-1 李後主詞視覺意象之類型）

表 5-1-1　李後主詞視覺意象之類型

| 詞牌及起句 | 自然風景 | 人文物貌 | 女性儀態、姿容 |
|---|---|---|---|
| 〈漁父〉<br>浪花有意千重雪 | 浪花、雪、桃李 | 綸 | |
| 〈漁父〉<br>一櫂春風一葉舟 | 花、波 | 舟、蘆縷、輕鉤 | |
| 〈一斛珠〉<br>曉妝初過 | | 杯深、繡床、紅茸 | 曉妝、羅袖、殷色、斜凭、笑、唾 |
| 〈玉樓春〉<br>晚妝初了明肌雪 | 水雲、月 | 春殿、燭花 | 晚妝、明肌、嬪娥 |
| 〈浣溪沙〉<br>紅日已高三丈透 | 紅日 | 金爐、地衣、 | 佳人、金釵 |
| 〈菩薩蠻〉<br>花明月黯飛輕霧 | 花、月、霧 | 香階、畫堂 | 衩襪、金縷鞋 |
| 〈菩薩蠻〉<br>蓬萊院閉天臺女 | 蓬萊 | 畫堂、枕、銀屏 | 天臺女、翠雲、繡衣、慢臉、笑 |
| 〈菩薩蠻〉<br>銅簧韻脆鏘寒竹 | 雲雨 | 繡戶 | 纖玉、秋波 |
| 〈子夜歌〉<br>尋春須是先春早 | 花枝 | 盞面、禁苑 | 縹色、玉柔、笑粲 |

| 詞牌及起句 | 自然風景 | 人文物貌 | 女性儀態、姿容 |
|---|---|---|---|
| 〈長相思〉<br>雲一緺 | 芭蕉 | 簾 | 雲、玉、衫兒、羅、黛螺 |
| 〈喜遷鶯〉<br>曉月墜 | 曉月、宿雲、天、餘花、片紅 | 畫堂、深院 | 舞人 |
| 〈采桑子〉<br>亭前春逐紅英盡 | 紅英、細雨 | 亭、綠窗、灰 | 舞態 |
| 〈采桑子〉<br>轆轤金井梧桐晚 | 梧桐、樹、雨 | 轆轤、金井、蝦鬚、玉鉤、瓊窗、鱗游 | |
| 〈擣練子令〉<br>深院靜 | 月 | 深院、小庭、簾櫳 | |
| 〈擣練子〉<br>雲鬢亂 | | 闌干 | 雲鬢、晚妝、眉 |
| 〈楊柳枝〉<br>風情漸老見春羞 | 長條、烟穗 | | |
| 〈謝新恩〉<br>秦樓不見吹簫女 | 風光、粉英、金蕊、垂楊 | 秦樓、上苑、瓊牕、碧闌干、 | 吹簫女 |
| 〈謝新恩〉<br>櫻花落盡階前月 | 櫻花、月 | 階、象床、熏籠、紗窗 | 雙鬟、雲、紅抹胸 |
| 〈謝新恩〉<br>庭空客散人歸後 | 新月 | 庭、畫堂、珠簾、小樓、金牕 | 怡容 |
| 〈謝新恩〉<br>櫻桃落盡春將困 | 櫻桃、斜月、花、枝 | 秋千、紗牕 | |
| 〈謝新恩〉<br>冉冉秋光留不住 | 紅葉、茱萸、晚煙、細雨、新雁 | 階、臺榭 | |
| 〈臨江仙〉<br>櫻桃落盡春歸去 | 櫻桃、蝶翻、輕粉、月、玉鉤、暮烟、煙草 | 小樓、羅幕、別巷、鳳皇 | 羅帶 |
| 〈破陣子〉<br>四十年來家國 | 山河、霄漢、玉樹、瓊枝、烟蘿 | 鳳閣、龍樓、干戈、沈腰、潘鬢、廟、教坊 | 宮娥 |
| 〈清平樂〉<br>別來春半 | 落梅、雪、雁、草 | 砌 | |
| 〈相見歡〉<br>林花謝了春紅 | 林花、春紅、水、胭脂淚 | | |

| 詞牌及起句 | 自然風景 | 人文物貌 | 女性儀態、姿容 |
|---|---|---|---|
| 〈相見歡〉<br>無言獨上西樓 | 月、梧桐 | 西樓、鉤、深院 | |
| 〈烏夜啼〉<br>昨夜風兼雨 | 流水 | 簾幃、燭 | |
| 〈望江南〉<br>閒夢遠 | 江面、綠、飛絮、<br>輕塵 | 船 | |
| 〈望江南〉<br>閒夢遠 | 江山、寒色、蘆花 | 孤舟、月明樓 | |
| 〈望江梅〉<br>多少恨 | 流水、馬、龍、花、<br>月 | 上苑、車 | |
| 〈望江梅〉<br>多少淚 | | 臉、頤 | |
| 〈子夜歌〉<br>人生愁恨何能免 | | 高樓 | |
| 〈浪淘沙〉<br>往事只堪哀 | 景、蘚、蒿萊、<br>月華、秦淮 | 庭院、階、珠簾、<br>金劍、玉樓、瑤殿 | |
| 〈浪淘沙令〉<br>簾外雨潺潺 | 江山、流水、落花 | 簾、羅衾、闌 | |
| 〈虞美人〉<br>風回小院庭蕪綠 | 蕪綠、柳眼、新月、<br>冰、清霜、殘雪 | 小院、闌、尊罍、<br>燭明、畫樓、滿鬢 | |
| 〈虞美人〉<br>春花秋月何時了 | 花、月、月明、<br>春水 | 小樓、雕闌、玉砌、 | 朱顏 |

# 第二節　自然風景通感意象及其美感

　　自然可以說是中國詩歌最重要的主題之一，早在六朝時代，中國詩人就已經把自然當作獨立的審美對象來感受。在西方，詩人常把自然看作是與人生對立的東西；而中國詩人則把自然看作與人生同一的東西。（邵毅平，1993：284～285）劉若愚曾說：「自然與人生的關係，在中國詩歌中正如中國哲學一樣，是極為重要的。大部分中國詩人視

人生為自然的一部分。」（劉若愚，1989：3）自然之所以可以和人聯繫起來，那是因為有相似點，例如天陰天晴，歷來在文學作品中，都是和人物情緒消沉抑塞或開闊高揚相連結的意象。根據心理學家和生理學家的研究，空氣的潮濕程度和人的情緒之間確實有著一定關係。至於自然界的其他種種物象，諸如日升日落，月圓月缺，夏去秋來，冬盡春回，山岳摩天，江河入海等，自古至今，人類的情緒無不與之相呼應，構成某種默契，從而形成對它們的普遍性美感。（胡有清，1992：90）這種相似點的尋求，在於人與物「同構」，因此詩人運用聯想能力，聯繫起表現性相似的意與象，而且這與作者個人的生活經驗常緊密結合在一起。（仇小屏，2006：188～189）例如「大漠」、「瀚海」、「寒風」、「雪磧」等，蘊含戰爭、死亡，也寄託著士人建功立業的希望。（陳銘，2004：44）此外，作者的個性，也影響了意象的選取，例如李白所選擇的意象大多體大、明亮；杜甫大多質厚、沉鬱；杜牧與李商隱之間也有顯著差異，前者在「落日樓臺一笛風」中見出瀟灑，後者在「東風無力百花殘」的描述中表達出無奈和抑鬱。這是審美情感和已成慣態的心理圖示驅使的意象選擇。（吳功正，2001：235）李後主身在江南水鄉，養在深宮之中，加上個性溫文儒雅，在他的詞作中不會出現「大漠」、「瀚海」，即便山岳摩天也很少見，其詞作中所選取的自然景物多屬於柔媚婉約，例如「花」、「月」、「水」、「雨」等。

　　《文心雕龍・明詩篇》：「宋初文詠，體有因革，莊老告退，而山水方滋，儷采百字之偶，爭價一字之奇，情必極貌以寫物，辭必窮力而追新，此近世之所競也。」（羅立乾注譯，1996：93）劉勰說明了六朝山水詩是一種運用視覺感官的文學，它主要以視覺感官描繪刻畫大自然中的草木花卉鳥獸，以及陰晴氣候變化等景觀。「山水詩」為六朝的一個特定文學類型，它從感官的描述中，賦予自然景觀玄理內涵，在具體的時空中與「道」冥合，感受者要去體悟山水景物背後的自然規律（道），因此，自然界的一草一木，將不再只是客觀的存在，

而是能夠給人心靈慰藉，甚至可以容納人的情思意緒，與其同憂樂。（陳昌明，2005：249～250）謝朓便是常將客觀景物融入主觀情思的山水詩人，他的〈暫使下都夜發新林至京邑贈西府同僚〉：「大江流日夜，客心悲未央，徒念關山近，終知返路長，秋河曙耿耿，寒渚夜蒼蒼，……」這首詩由視覺開始的，看到日夜不息的滾滾江水，興發了羈旅的客愁，秋天時分，眼前的江渚在深青色的暗夜中更顯寒冷，「寒渚」是眼睛所見，但是為何眼睛可以見到「寒」呢？一切是因「徒念關山近，終知返路長」，視覺藉由心覺的作用向觸覺挪移，再加上「蒼蒼」——深青色是冷色，所以心中的寒意更盛了。雖然自古以來，就出現了「寓情於景」、「情景交融」的描寫手法，然而到了「唐詩」的階段，景語的運用有了一個大的躍進，不僅作為人所活動的環境，而且已與詩人的主觀感情融合為一體，成為意境中的重要組成部分，即所謂「一切景語皆情語」。李後主身為土生土長的南方人，作品在一定程度上打著南方山川風物的烙印，吸取六朝詩歌的養分，是極自然的事；他並在唐詩的基礎上進了一步，善於寫自然景物的形象，且多半不是純為寫景，而是以情為主，景為從，寫景往往是為了渲染情感而設。（楊海明，1987：24～47）英文的「風景」原作 landscape，日人小川環樹考證「風景」一詞，最早乃見於《晉書‧王導傳》：「風景不殊，舉目有山江之易」，其中「景」字作「光」解，乃光所照臨之處，「風景」即「風光」，翻成英文便是「light and atmosphere」，正是近代繪畫用語。（小川環樹，1986：6）自然風景所強調的便是視覺感官的明暗、色澤、形貌，然而人是以全身心體驗世界的，尤其是詩人，所以視覺不能排除其他感覺單獨存在，因此在李後主的詞作中自然風景意象和除了主導感覺——視覺，同時也派生並聯繫聽覺、味覺及觸覺，最後統整於其詞作的中心思想——心覺之下。

　　自然物與自然現象最能使人精神奮發，而產生讚嘆之心，引發振奮高揚的崇高美感，對於大自然的雄偉壯麗，在中國詩歌中描寫最是細緻，例如李白〈望廬山瀑〉布：「西登香爐峰，南見瀑布水。挂流

三百丈，噴礐數十里，欻如飛電來，隱若白虹起……而我遊名山，對之心亦閑……」，詩人對於偉大造化，為之神往，所產生的崇高美感是美之大者。（姚一葦，1997：52）「崇高」一詞最先提出者為一世紀時代的郎京納斯（Longinus），主要探討語言或文字的崇高，中國的劉勰提出文有八體，其中有所謂「壯麗」的，曾國藩也提出「雄奇」之說，這些名詞雖然不同，涵義卻有通假之處。（同上：62～64）譚獻《復堂詞話》讚譽李後主詞作幽怨雄奇，足當太白詩篇，高奇無匹。（譚獻，1984：25）雖然從整體上來看，李後主的詞風多婉約秀逸，與李白、蘇軾等豪放作家相比，當然沒有那麼顯著，然而在穠麗綿密詞風籠罩下的晚唐五代，李後主在韋莊、馮延巳、李璟等的基礎上，擴大了蒼涼雄奇的一面，從而提高了詞的內容意境，這在詞學發展上存在著重要意義。（謝世涯，1994：154）王國維曾說：「詞至李後主而眼界始大，感慨遂深，變伶工之詞而為士大夫之詞。」又說：「『人生長恨水長東』、『落花流水春去也，天上人間』，『金荃』、『浣花』能有此氣象耶？」（滕咸惠校注，1994：112）王國維所舉的這兩個句子，分別出自〈相見歡〉和〈浪淘沙令〉，但是他並非透過自然風景意象來分析的，本節茲透過自然風景的視覺通感意象來探析李後主詞崇高美感。

〈虞美人〉：

> 春花秋月何時了？往事知多少。小樓昨夜又東風，
> 故國不堪回首月明中。
> 雕闌玉砌應猶在，只是朱顏改，問君能有幾多愁？
> 恰似一江春水向東流。

這闋詞是由視覺意象「花」與「月」開始的，又以「月」作為上片結尾，作者見到「月」而產生一連串的心理意緒。月光是白色的，而白色是冷色，「月」這個客觀的自然景象，除了引起視覺以外，還能引起觸覺（溫度的感覺）。結尾的「一江春水」，滾滾江水，滔滔不絕

是動態的，能引起視覺，而水是冷的，因此同時令人產生了觸覺。此處的「月」和「水」一改風花雪月的柔美特徵，由於「冷」的觸覺反應，而帶來陽剛的特質，而有雄奇沉鬱，蒼涼之風。月的陰晴圓缺，循環不已不曾改變，相對於不堪回首的故國人事全非；一江春水不捨晝夜，長流不斷，無窮無盡，相對於朱顏已老。「月」與「水」一脈相承，專說宇宙永恆不變之於人生短暫無常。江水永流不息，水勢浩大無邊，不知止於何處和時間的無始無終，造化當前，個體如此渺小，無不足道，被此種巨大之勢所震懾，連孔子都曾在川上有感：《論語‧子罕》:「子在川上曰:『逝者如斯夫，不捨晝夜』。」(謝冰瑩編譯，1991：164)囚徒末日的李後主意志是痛苦的，因此需藉助於一個外來的知性個體，以便超離盲目的意志世界。當自意志世界超脫出來，在時間和空間的巨大景象中，一方面他知道自己是一個個體，是脆弱的；另一方面，李後主安靜地領悟了這個理念，自然界的浩瀚無涯，便成了精神上的往而不返，大有不顧一切，衝決而出之勢，進而讓一個處於刀俎之上的亡國之君，氣勢壯闊的抒發亡國之恨，令人精神亦隨之高揚，進而產生崇高美感。除了崇高美感之外，這闋詞作還有其他通過通感手法而產生的審美特徵，例如「問君能有幾多愁？恰似一江春水向東流」，「一江春水」除了前述引發滔滔不絕的視覺意象及寒冷的觸覺意象之外，江水滾滾流動，撞擊江邊石頭泠泠作響，不絕於耳，同時帶來聽覺意象，滔滔為視覺，寒冷為觸覺，泠泠為聽覺，激盪出江水澎湃洶湧的雄奇陽剛之美，更和無盡無休的「愁」同為一發不可收拾，屬於相近的聯想，換句話說，李後主不直言其滿腔的悲憤，而是通過視覺、觸覺、聽覺和心覺「愁」意象互通，產生深曲之美。

〈相見歡〉:

> 林花謝了春紅，太匆匆！無奈朝來寒雨晚來風。
> 胭脂淚，相留醉，幾時重？自是人生長恨水長東。

　　這闋詞是從視覺意象「花」開始的，春花才綻放數日，便落紅繽紛，偏偏早晨的寒雨和黃昏的疾風，依舊無情地傷害著。林間的花朵遭風雨的摧殘，而至滿地落紅，既是寫花也是寫作者自己。「雨」由天空落下，是動態的能引起視覺，讓人聯想雨打在花身上也打在人身上，產生的不僅是寒冷的觸覺，甚至是痛覺，於是視覺向觸覺挪移。客觀的自然現象「雨」，由視覺所引起身體上的觸覺——既冷且痛，更帶來巨大的摧毀力。自然的力量威力之大，感覺到自身的無力與無法抵抗，但是繼之而起的是一種有力的反作用，一種精神的振起，一種把那受到阻礙或甚至消失了的自我，超越了阻礙與限制之外之感。（姚一葦，1997：78）不論是落花還是人，雖然無法挽回自己衰謝的命運，但仍要以其猶如美人沾著胭脂顏色的淚容，向人展示那最後一刻的絢麗，慇勤地勸人留在身旁醉賞殘萼，這又表現了多麼纏綣的生命意識。（楊海明：2002：50）愛爾蘭的政治家兼哲學家柏爾克（Edmund Burke）指出：自我保全之情感來自痛苦與危險，它實際發生時為純粹的痛感；當人們有此痛苦與危險的概念，卻置身於實際的痛苦與危險之外，則感到喜悅，凡能激發此種喜悅之感情者，是為崇高。（轉引自姚一葦，1997：67）風雨交加，寒冷痛楚，林花仍然不放棄最後的美麗，彷彿置身於痛苦之外，直到零落全休才肯笑笑的離開；李後主飽經國破摧殘，命在旦夕，猶如紅花，卻不畏風雨，義無反顧地將一腔真情傾注於作品中，此種誓死美麗的勇氣和力量是大的，令人產生振奮、高揚的情緒。然而摧花容易護花難，等到重開更何時？所以，作者終於在最後迸逼出了震撼人心的警句「自是人生長恨水長東」，正如「恰似一江春水向東流」，九個字重重地壓下來，一網打盡人生恨事，汪洋肆恣，奔放傾瀉，綜合視覺、觸覺和聽覺的感受，無盡無休的江水，氣勢磅礡，愁恨的深度和力道正在升騰流動者。另外，就上片，「無奈朝來寒雨晚來風」，風雨交加早晚持續，滂沱的雨為視覺意象，風勢之大，造成紅花遍地仍是視覺意象；然而風和雨也是一種綜合感覺的意象，能喚起瀟瀟的雨聲和風聲，暗指抽象的打擊和困厄。就下片，「自是人生

長恨水長東」明指人生旅程伴隨愁恨，滔滔江水為視覺意象，另外還
讓人聯想到江水泠泠作響。視覺與聽覺互相呼應出一片博大壯闊的意
境，同時寒意陣陣，又添加了一層觸覺感受，一重一重直指心覺，具
體的自然風景和抽象情思虛實相映，美感由此產生。

　　臣虜北遷的李後主身困囹圄，自然看不到長江，卻用遠離自己的
長江來作比，懷念故國之情也就更為深厚，將國破之恨，囚徒之苦，
發為悽愴痛絕之詞，聲情激越，有雄奇沉鬱之風；另一方面也隱含悲
壯藝術的成分。悲壯藝術表現於受害者，必包含「受難」，亦即肉體
或精神的折磨、痛苦，甚至是死亡，令讀者同情其際遇。（姚一葦，
1997：94）正如禁錮中的李後主，精神肉體兼受痛苦，其境遇之可悲；
另一方面，處於人生末途的他，道出「恰似一江春水向東流」、「自是
人生長恨水長東」氣度是雄肆的，雖然政治上一敗塗地，生命力道卻
從這裡發揚出來，沉哀中有雄放之致，氣象開闊，眼界擴大，其情之
可壯。此外，訴諸於視覺聽覺和觸覺，形象化的愁思，給予讀者某種
心靈上的生氣相通，讀者藉著它，替自己找到情感上的出口，世間的
人愁思內涵各異，卻都可以具有滾滾江水，滔滔不絕的外部表現型
態，於是，我們所憂慮的不只是李後主的遭遇，也憂慮我們自身。

　　〈清平樂〉：

> 別來春半，觸目愁腸斷。砌下落梅如雪亂，拂了一身還滿。
> 雁來音信無憑，路遙歸夢難成。離恨恰如春草，更行更遠更生。

　　很明顯地，這闋詞是由視覺開始的，「觸目」將視覺向觸覺挪移，
視覺本為高級感覺，身體化特徵最少，不需和客觀物體接觸；而觸覺
為低級感覺，身體化特徵最多，必需和物體接觸。「觸目」讓人產生
眼睛碰撞到物體的錯覺，眼睛是如此脆弱的器官，怎堪和物體碰觸，
於是讓人產生隱隱作痛的觸覺；這種想像的痛感指向心覺──「愁」，
抽象的愁思又緊接著指向具體痛覺──「腸斷」。「觸碰」和「斷裂」
造成身體上的疼痛，中間夾著抽象的「愁」，在詞的開頭已經形成實

虛實交錯的美感。接下來則把「觸目」所及聚焦在「梅」上。由「砌下落梅如雪亂」可知梅花是白色的，而且恣意蔓生，佔據極大的視覺空間，這是第一重感覺；「拂了一身還滿」落花灑滿了作者的身子，他下意識地將它們拂去，然而不斷落下的花瓣，又將他的衣襟沾滿，在視覺上疊加第二重感覺──觸覺，兩重具體感覺表象交互指向前面的心覺──「愁」，拂去的是梅，是雪，還是愁？在下片，「雁來音信無憑」幽禁於汴梁小樓的李後主，見到大雁自南方北還，期盼雁子帶來親人的書信，見到書信，如同親人在自己耳邊訴說近況，因此有以耳代目的「音信」，將視覺挪移向聽覺；這裡的「憑」雖作「依據」解釋，但它本來是「靠著」的意思，因此李後主心繫的書信，又從聽覺移向觸覺，然而是空的，所以「無憑」。夢本來是無形的，屬於心覺的範疇，夢的成否本不在乎路途的遠近，「路遙歸夢難成」夢轉為可以測量的距離，於是產生了可感的幅度。因為「難成」，所以「歸夢」成空，恰巧呼應了前面的「無憑」。最後將重重的離恨明喻成春草，是意象互通中的意通於象，一寸一寸地向上蔓延，又一寸一寸地向前滋長。蔓延、滋長，滋長、蔓延……，無際的春草是無垠的離恨啊！綜觀整闋詞，抽象的心覺，多維度，多層次的訴諸視覺、觸覺和聽覺，層層疊進，回環深曲，感有多重。而最後一句，大部分的版本作「更行更遠還生」，蔣勵材《李後主詞傳總集》作「更行更遠更生」，筆者認為連使用三個「更」字，比連用兩個「更」字、一個「還」字，更能表現青草的綿延不絕，展現一層一層向上升騰的力道，也呼應落也落不盡的白梅，而「青」色和「白」色均為冷色，空間與色彩互相渲染出一片蒼茫浩渺的雄奇之美。

　　以上所探析的三闋詞，均為李後主第四期的作品，也就是亡國後所作成的，三闋詞作中出現了「月」、「江」、「水」、「梅」、「雪」、「草」等自然景觀，月光是白色的、江水撞擊岸邊石頭激起的浪花是白色的、落梅如雪當然也是白色的，而草是青色的，根據《禮記・月令》記載：「孟春之月，……其味酸，其臭羶，……天子居青陽左个。乘鸞路，

駕蒼龍，戴青旂，衣青衣，服蒼玉……」又「孟秋之月，……其味辛，其臭腥，……天子居總章左个，乘戎路，駕白駱，戴白旂，衣白衣，服白玉……」（王夢鷗註譯，2009：274、276、306）古人將春天想像為青色而帶酸味，將秋天想像為白色而帶辛味，和上文分析出來的視覺、聽覺以及觸覺，交織出李後主滿腹辛酸，愁長恨深的幽囚歲月。

　　崇高的美感來自於作者心中的強烈情感，自然物與自然現象中，美之大者，激發出澎湃洶湧的感受；禾爾克特（J. E.Volkelt）曾指出對道德理想的熱情表出，具道德的崇高或人格的崇高性質，一個人如果其內在道德的自由性強或高，達到超乎一般人的程度，相形之下，足以消除鄙吝之心，而產生崇高的美感。十八世紀的英國作家艾迪遜（Joseph Addison）認為人們對於廣大無垠的自然景象，會陷入一種驚駭的喜悅，而且對於領悟它們時，在心靈中會感到一種愉快的寧靜與驚奇，例如寬闊的地平線為一種自由意象，眼睛有餘地可供瀏覽，自由遨遊於無邊視野，能引發內在的滿足與安適。（姚一葦，1997：66、80）年少時的李後主無心參與皇室的爭權奪利，自號「鍾隱」，別號「鍾山居士」、「鍾山隱士」、「蓮峰隱士」、「蓮峰居士」，摒棄世俗的名利，心靈上與伯夷叔齊同遊，展現自由高蹈的人格特質，探析其詞作〈漁父〉二闋，能從中體會不同於雄渾的另一種崇高美感。

　　〈漁父〉二闋：

> 浪花有意千重雪，桃李無言一隊春。一壺酒、一竿綸，
> 世上如儂有幾人？
> 一櫂春風一葉舟，一綸繭縷一輕鉤。花滿渚，酒滿甌，
> 萬頃波中得自由。

　　浪花洶湧，浪濤滾滾，一開始映入眼簾的便是如千重雪般的壯觀景象，同時也是活躍的動象，浪花有聲，因此兼具聽覺效果；桃李為視覺意象，用無言形容花開的姿態，視覺向聽覺挪移，表現的是靜態美，其中更暗示自己的真誠篤實。下一闋最後一句的「萬頃波」，和

上一闋的第一句「千重雪」前後呼應，使自然界的波瀾壯闊，浩瀚無涯變成了人精神上的意氣風發，自由馳騁，遨遊於無邊的自然之中，崇高壯麗的美感常表現於大自然中，我們經由本節舉出的五闋詞作，可以一窺李後主詞崇高的美感特徵，呼應了詞話家對李後主詞「意境開闊」的評價。然而這五闋詞作不足以偏概全，從而認定凡李後主詞中存在自然景觀意象的便具有崇高之美，生長在南方的李後主受自身的個性及生活經驗影響，詞作中的自然景物常富有水鄉澤國的氣息，多處洋溢著秀美婉約的面貌。

# 第三節　人文物貌通感意象及其美感

　　所謂的人文物貌即因人力加工而製成的東西，包含器物、飲食、建築三大類。舉凡盛裝食物的器皿、交通工具、樂器、工藝作品等生活中會運用到的各種器物皆屬於器物類。（陳佳君，2004：256）詩人掌握獨具特色的器物，便能夠和心中欲表達的情意相配合，同時能夠刻劃出鮮明的人物形象及營造出特殊的氛圍。例如杜牧〈贈別〉之二中的「蠟燭」：「蠟燭有心還惜別，替人垂淚到天明」，詩人將離情別緒轉嫁到眼前的蠟燭，詩中的蠟燭與詩人的心弦發生了生命的共振，蠟燭變成有表情、有動作的有機體，與詩人一樣多愁善感。（黃永武，1984：20）又如白居易〈長恨歌〉：「雲鬢花顏金步搖，芙蓉帳暖度春宵」，「金步搖」襯托出楊貴妃珠光寶氣的嬌容，「芙蓉帳」則製造出男女歡愛的浪漫氣氛，就像韋莊也有〈菩薩蠻〉：「香燈半掩流蘇帳」。舉凡酒、醋、餳、餉、香醪等則屬於食物類。（陳佳君，2004：259）例如杜甫〈客至〉：「盤飧市遠無兼味，樽酒家貧只舊醅」，藉由「盤飧」和「舊醅」展現主人的誠意和友朋之間的濃厚情誼。（嚴雲受，2003：110）舉凡人工所造的建築物，如橋、軒、亭、臺、樓閣、窗等，即為建築類物材。（陳佳君，2004：259）例如晏殊〈清平樂〉：「綠

酒初嘗人易醉，一枕小窗濃睡」，藉由「小窗」烘托出一種細、小、
輕、緩的富貴優游之感。

　　以上所舉的人文物貌相較於自然風景，少了壯闊雄偉，呈現的是
雅致、秀美的特質。雖然在未經人力雕琢的自然物中，多的是秀美之
物，例如花朵、鳥類、月等均屬於纖細、穠麗、陰柔的；人文物貌中
也不乏高聳巨大的建築，其雄渾的氣勢，引發崇高之美。李後主詞中
的自然意象存在許多陰柔美感，所以不能機械化的一分為二，認為自
然風景意象屬於崇高美，人文物貌意象屬於秀美之美，然而李後主詞
作中，除了〈破陣子〉：「鳳閣龍樓連霄漢」出現過高聳的宮闕以外，
其他的人文物貌多呈現出小巧、細緻、精美的特質，例如「繡床」、「金
爐」、「綠窗」、「珠簾」、「羅幕」等，其實就連此處高聳入雲的「閣」
和「樓」也是精雕細琢，流露穠麗之氣的。形成秀美的基本原則為比
例與勻稱，主要條件為細緻或弱小，因此秀美所引致的情緒為寧靜、
妥貼；而崇高所引致的情緒為振奮、高揚。明代張綖將詞之美劃分為
對立的兩類：「少游多婉約，子瞻多豪放，當以婉約為主。」婉約為
細緻的、含蓄的；豪放為壯闊、雄渾的。姚鼐更創陰陽剛柔之說，美
學家姚一葦認為陽與剛之美是為崇高，境界宏大；陰柔之美則為秀
美，境界約小。（姚一葦，1997：17～23）而時代背景加上地理位置，
造就了詞婉約陰柔的總體風格。

　　晚唐五代，是歷史上又一「衰世」，大多數的文人心中瀰漫著一
種危機感、苦悶感，因此不免於頹唐，不免於空虛；尤其到了干戈不
息的五代，文人對於人生更加地感到無常，從而轉變為一種及時行樂
的心理。在這個時候，大多數的文人把興趣轉向身邊的小天的中，對
於廣闊外部世界的「大天地」感到淡漠；盛、中唐詩人們所感興趣的
種種，如邊塞的烽火、大漠的狼煙、朝廷的修改、生民的疾苦，在他
們眼裡都不如手中的一杯酒，席上的一曲歌來得現實。另外，從春秋
戰國以來，產生於北方黃河流域的文學和產生於南方長江流域的文
學，兩者之間，質地上便存在著輕重、剛柔、華樸、婉直之分，大體

來說，北方文學多表現陽剛之美，而南方文學多體現陰柔之美。中唐以來，中國經濟重心南移，以西蜀和南唐為中心的南方經濟，五代時期蓬勃發展，綺靡的生活又為文人的心裡找到了合適的寄託處，於是詞便從聲色犬馬、歌台舞榭之中汲取充分的養料。（楊海明，1987：28～43）例如溫庭筠〈菩薩蠻〉：「如今卻憶江南樂，當時年少春衫薄，騎馬斜倚橋，滿樓紅袖招」，又如韋莊〈菩薩蠻〉：「須愁春漏短，莫訴金杯滿。遇酒且呵呵，人生能幾何」，由這兩闋詞中的人文物貌「春衫」、「橋」、「樓」、「紅袖」、「春漏」、「金杯」、「酒」可以看出文人流連南方青樓酒肆，沉溺於繡戶羅綺的小天地中。

　　生於南唐小朝廷的李後主，加上養在深宮之中，長於婦人之手，活在自己的小天地，他早期的詞作境界較約小，出現在詞作中的人文物貌柔美細膩，雖然和晚唐五代詞人一樣，李後主也寫男女之情，歌舞之樂，但他的詞風卻較花間詞人清新秀逸。王國維曾說：「溫飛卿之詞，句秀也；韋端己之詞，骨秀也；李重光之詞，神秀也。」（滕咸惠校注，1994：111～112）所謂「神秀」是指外在美和內在美達成和諧統一。神秀之美剛好呼應了姚一葦為秀美美感所下的定義：「所謂秀美的美感，首先由於外在形式的調和、圓滿、纖小與可愛，而產生純淨快感；同時當此種快感與吾人之理性相結合時，復造成精神上的融合、完遂、柔順與依戀；使吾人走出狹隘的自我世界，而進入美的世界。」（姚一葦，1997：45）本節茲透過人文物貌的視覺通感意象來探析李後主詞秀美美感。

　　〈采桑子〉：

　　　轆轤金井梧桐晚，幾樹驚秋，畫雨新愁，百尺蝦鬚在玉鉤。
　　　瓊窗春斷雙蛾皺，回首邊頭，欲寄鱗遊，九曲寒波不泝流。

　　這闋詞是由人文物材器物類「轆轤」、「金井」，這兩個視覺意象開始的。「轆轤」為井上汲水的工具，「金井」指的是井闌，因闌上飾物精美色調鮮明，所以稱金井。轆轤、金井常連用，例如周邦彥〈蝶

戀花〉:「更漏將闌,轆轤牽金井」。「梧桐晚」的「晚」,表面上是指
梧桐葉衰老,其實因為見到時光彷彿在金井轆轤中飛逝,而有美人遲
暮之感嘆。見到井上的轆轤不停的轉動,是由視覺所引起的感覺表
象,引起心覺——感到時光也像轆轤一樣不停流逝,意象互通,是通
感類型中的一種,其實也可以說是感覺挪移,就是視覺意象向心覺挪
移。接下來作者不直接從自己的愁思著筆,而輾轉從「樹」、「畫雨」
道出「驚」與「愁」,而作「幾樹驚秋,畫雨新愁」,呈現婉轉、深曲
之美;並引出接下來的「百尺蝦鬚在玉鉤」互為因果,「蝦鬚」是簾
子的別稱,簾子垂長所以說「百尺蝦鬚」,即使將蝦鬚簾子高掛在玉
鉤上,終日又有誰來呢?寂寞深閨,年華易逝,更增添愁思;「秋」、
「雨」能夠引起冷的觸覺意象,和井上不停轉動的轆轤,空捲的蝦鬚,
交織出一片冷寂的心境,也開啟下片一連串的心理意緒。下片的開頭
「瓊窗」,是指裝飾瓊玉的華麗小窗,縱使環境華美,但卻缺乏生活
樂趣,因為和所歡者舊情已斷。接下來的「欲寄鱗遊,九曲寒波不泝
流」則將心中思念寄託視覺,再移向觸覺,「鱗遊」是書信的代稱,
由〈飲馬長城窟行〉:「客從遠方來,遺我雙鯉魚,呼童烹鯉魚,中有
尺素書」可知,用「鱗遊」多了魚鱗閃亮耀眼的視覺效果,將情思化
為書信,而又曲又彎的寒波,無法逆流而上,就像作者的情思,幽曲
含蓄,無法直接向所愛的人表露。總體來看,這闋詞是由視覺意象「轆
轤」、「金井」開始的,接下來有「蝦鬚」、「玉鉤」、「瓊窗」、「鱗遊」,
這些人文物貌色彩耀眼,裝飾精美,而且形體較小。它們是有邊界的,
而非無邊界的,這也是作為劃分秀美美感與崇高美感的主要條件,一
個物體如果浩瀚無垠,無邊無際,相形之下吾人必感到自身的微末與
渺小,必不會產生秀美的感情。(姚一葦,1997:39)本章第二節所
討論的,「問君能有幾多愁?恰似一江春水向東流」國仇家恨如滔滔
江水澎湃無休;相較之下,「轆轤」、「金井」、「蝦鬚」、「玉鉤」、「瓊
窗」、「鱗遊」,所承載的愁思,是一種幽微的閨怨,不能大聲疾呼只
須淺唱低酌,空閨之怨朦朧幽約,而非豪邁剛烈,正好呼應了秀美藝

術的審美觀點——自外形的纖小到情感的柔順。綜觀整闋詞，以遠人不歸，美人遲暮為主題，而視覺聯絡其他感覺表象，被統整在這個主題之下，意境蘊藉秀美。

〈謝新恩〉：

> 秦樓不見吹簫女，空餘上苑風光。粉英金蕊自低昂；風惱我，纔發一襟香。
>
> 瓊窗□夢留殘日，當年得恨何長？碧闌干外映垂楊。暫時相見，如夢懶思量。

這闋詞是由人文物材建築類「秦樓」——視覺意象開始的。相傳秦穆公的女兒弄玉，喜歡善吹簫的簫史，穆公將弄玉許配給簫史，弄玉就從簫史吹簫，簫聲清亮，引動了鳳，於是夫婦駕鳳而去，後人因而把「鳳去樓空」作樓中人去，睹物思人的代語。（詹安泰，1991：99）這是李後主第三期詞作中，唯一一闋不為思婦代言，發話主體為男性的詞作，從詞意判斷這是闋思念女子的小詞，作者將已逝的妻子大周后比作善於吹簫，乘鳳仙去的弄玉。來到過去宴樂的樓閣，想起曾在這裡承歡夜宴的妻子，化景物為情思，象通於意，視覺引起心覺；而「吹簫女」還融合了聽覺感受，隨即又將心覺投射到眼前的視覺環境——上苑，然而簫聲不再，空餘雕樑畫棟的華美物象。東風是和煦的，本該引起溫暖的觸覺感知，然而「不見吹簫女」，只能反襯作者的心覺，而令人苦惱，徒增惆悵；花朵初放，發出襲人襟袖的芳香，「一襟香」的「襟」讓香氣產生具體形象，有了可以丈量的分量，衣襟承載無形的香氣，嗅覺向視覺挪移，從看不見到看得見，產生虛無向實體移動的美感。上片的中心思想「惱我」以「秦樓不見吹簫女」為因，由視覺引起心覺，因著主觀的移情，再將心覺投射於視覺（上苑、粉英、金蕊），投射於觸覺（東風），投射於嗅覺（一襟香）。上片眼前風物，感官所及皆傷心之色、惱人之風、斷腸之香，因此勾起下片一枕幽夢，「當年得恨何長」帶出「碧闌干外映垂楊」，好夢易醒，一旦永訣，徒留憾恨，此時憑闌顧盼，唯

見碧闌干外，垂楊掩映，一片孤寂冷清，「恨」是抽向的情緒，無法度量，將它轉化視覺，變得可以丈量，而產生了長短，將心覺投射於視覺。這闋詞表達李後主悼念大周后之情，沉痛的思念透過視覺、聽覺、觸覺、嗅覺一轉三折，意蘊極豐，於轉折中見沉哀茹痛。詞作中的「秦樓」、「上苑」、「瓊牕」、「碧闌干」等富麗華美的建築物貌，烘托出的詞境本來就較為婉約，加上在這些物象中用以否定字或是負面含意的形容詞，抑揚頓挫、騰挪移借，使意境層層疊疊，反覆曲折，迴旋不斷。例如「秦樓吹簫女」，本驚才絕豔，中間下「不見」二字，況味丕變；「上苑風光」，旖旎不盡，冠以「空餘」，頓成無限淒惶；「瓊牕之夢」纏綿繾綣，附加「殘日」，徒留缺憾；「沉碧雕闌」色澤穠麗，映以「垂楊」，離情蕭索；結尾處再點一個「懶」字，相思鏤肌刻骨，情懷逆折。（唐圭璋主編，1988：152）

〈謝新恩〉：：152

> 庭空客散人歸後，畫堂半掩珠簾。林風淅淅夜厭厭；小樓新月，回首自纖纖。
> 春光鎮在人空老，新愁往恨何窮？□□□□□□□；一聲羌笛，驚起醉怡容。

這闋詞的下片缺七字。所空七字，據《花草粹編》、《詞譜》、《全唐詩》、《歷代詩餘》均作「金牕力困起還慵」，然而李後主另有一闋〈謝新恩〉起句為「金牕力困起還慵」，以下全缺，這兩闋詞的關係為何，殊難臆斷，所缺七字，若是「金牕力困起還慵」，似與「驚起醉怡容」不甚調適。（詹幼馨，1992：146～147）

這闋詞是由人文物材建築類「庭」這個視覺意象開始的，客散而庭空，視覺所及是一個冷清寂靜的空間，只剩淅淅的風聲，風能引起聽覺及觸覺感知，這裡運用「林風淅淅」來表現「庭空」，空空蕩蕩的小庭，剛才的歌聲笑語隨著人歸而散去，淅淅的風聲突顯寂靜，林風帶來涼意，更顯冷清，用觸覺及聽覺來表現視覺上的「空」，視覺、

聽覺和觸覺勾動了漫漫長夜獨守空閨的心覺。下片的「春光鎮在人空老」，春天的風光，為視覺所感知，視覺為高級感覺，不需要接觸感知對象，這裡卻用「鎮在」——壓住的動作，視覺向觸覺挪移，然而就算鎮住了，仍於事無補，感嘆韶華無計可留，徒增「新愁往恨」，而陷入深深的思量中。恰在此時，響起了羌笛，突如其來的一聲羌笛在「庭空」的背景下，產生高音頻效果，聽覺向心覺挪移，振奮了作者，將他從意興闌珊的心境喚醒；「怡容」說明了面貌姣好，因此「人空老」不過是杞天之憂，透過聽覺，心境迴環轉折。

以上這三闋詞作，所選取的物象多為精緻華麗，例如「轆轤」、「金井」、「蝦鬚」、「玉鉤」、「瓊窗」、「麟遊」等外型精美、色彩豐富，最能刺激人的視覺感官，視覺與其他各種感官知覺互相聯絡、綜合，並且意象互通，蘊藉了隱約的相思，加上這些物象多為精約、細緻，最能和邃密情感互相聯結，令人萌生秀美的感覺。

# 第四節　女性態貌視覺通感意象及其美感

〈花間集序〉：「則有綺筵公子，繡幌佳人，遞夜夜之花箋，文抽麗錦；舉纖纖之玉指，拍按香檀，不無清絕之辭，用助嬌饒之態。自南朝之宮體，扇北里之倡風。」（朱恆夫注譯，1998：1）詞，本是「綺筵公子」在酒筵歌席上交付給「繡幌佳人」，佳人遂「舉纖纖之玉指，拍按香檀」來演唱。由於都是寫給歌女的歌辭，而那些辭韻柔美輕豔的歌辭，足可用來增加歌女妖嬈的姿態美，所以作者筆下少不了對女性情貌樣態的刻劃；而詞「文抽麗錦」的風格，則源自於南朝的宮體詩。宮體詩興起於南朝齊梁文壇，最顯著的特徵在於「豔」，即詠婦女的豔貌，寫男女的豔情。宮體詩以女性為主要描寫對象，包括外表的形貌與內心的情意兩方面，前者寫女性的形體、容貌、歌姿舞態和服飾衣物等；情意的描寫則包括各種喜、怒、哀、樂、愁、怨等個人

思緒。由於宮體詩人強調「寓目寫心」、「皆須寓目」,因此對於外表的形貌往往有著工細精緻的刻劃,例如蕭繹〈登顏園故閣〉:「妝成理蟬鬢,笑罷斂蛾眉」,又如何思澄〈南苑逢美人〉:「媚眼隨羞合,丹唇逐笑分」,宮體詩對於身體各部位的描寫極為工細具體,明顯呼應視覺感官的要求,彷彿人體「模特兒」的素描,對於臉、眉、眼、唇、髮、腕臂、腰枝、肌膚、手指、足趾等刻劃得具體而細微,對於女性的衣飾,包括衣、衫、裙、襦、袖、帶、裾、履、釧、釵、珥、珮等,例如蕭綱〈三月三日率爾成詩〉:「寶髻珊瑚翹,蘭馨起縠袖」,以鮮豔的顏色,生動的肢體語言互相搭配,不但刻劃肉體與服飾,更捕捉栩栩如生的情態,已達「寓目寫心」的追求,從靜態擴及動態,從外表的描寫到內心的揣摩。(陳昌明,2005:270~273)晚唐五代詞之所以成為「豔科」,是由於它和南朝齊梁君臣所作的宮體詩基於同一歷史和同一地域,號稱「花間鼻祖」的溫庭筠,他的代表作十餘闋〈菩薩蠻〉詞全部寫的是女子的服飾、容貌和情思,例如「雲鬢欲度香腮雪」描寫女子的髮和臉頰,「新貼繡羅襦,雙雙金鷓鴣」形容的是女子的衣著;花間的另一位大家韋莊,也以寫他的悼亡姬、懷舊歡的詞而著稱於西蜀詞壇,例如〈女冠子〉:「依舊桃花面,頻低柳葉眉,半羞還半喜,欲去又依依」,便是從女子的容貌寫到女子的情思。五代詞有兩個重鎮,分別是西蜀與南唐,因為這兩個國家是當時的經濟重心,城市生活旖旎,歌吹舞榭不輟。這樣的歷史環境和經濟環境滋長了倚紅偎翠的抒情詞。李後主早期的詞作和花間詞風十分相似,加上他養在深宮,粉黛相伴,自然少不了描寫婦女情態和容貌的作品。詞學家詹安泰曾評論李後主早期作品,寫的是豪奢和豔情的生活,從活躍明靚的形象中顯示出嬌媚的情態,並且精緻地刻劃人物活動、表達心理活動。(詹安泰,1991:19)就人類的身體構造和性格來說,女性較於男性,對於秀美美感的形成,可謂得天獨厚,因為女性的身體,尤其面貌的柔和,肌肉的纖細,神經構造的微妙,最符合秀美成立的基本要件;而精神方面,就感性而言,一般婦女係以感性來支配感性,

故經常表現為內在情感的美好融合，而這正是男性所缺乏的。女性外形的可愛必引起對其精神上的依戀，人對於可愛之物必萌發依戀之情，進而生占有之慾，然而此種情況便產生了審美上的一個問題，因為當吾人對物之感情為慾望或占有所充塞或支配時，便超越出美的範圍。（姚一葦，1997：33～34、42）近代美學大師朱光潛也認為：

> 看美人所生的快感，可以為美感，也可以不為美感、如果你覺得她是一個可希求的配偶，你所謂「美」，就只是說滿足性欲的條件；如果你能超脫本能的衝動，只把它當作線紋勻稱的形相看，絲毫不動欲念，那就和欣賞雕像或畫像一樣了。美感的態度不帶意志，所以不帶佔有慾。許多收藏書畫、古董的人，往往把占有某人的墨跡，或某朝的銅器為誇口的事，這種人大半只有滿足占有慾所產生的快感，而不能有美感。（朱光潛，2008：92）

　　欣賞美人，情緒為其天生麗質，儀態萬千所軟化，心中的依戀無法隱藏，而發生男女之情，因此刻畫女性態貌的詞作，除了秀美之外，總是離不開豔情。本節茲透過女性態貌的視覺通感意象來探析李後主詞秀美美感與香豔之情。

　　〈一斛珠〉：

> 晚妝初過，沈檀輕注些兒箇。向人微露丁香顆；
> 一曲清歌，暫引櫻桃破。
> 羅袖裛殘殷色可，杯深旋被香醪涴。繡床斜凭嬌無那；
> 爛嚼紅茸，笑向檀郎唾。

　　這闋詞的開頭「晚妝」，〈全唐詩〉、〈歷代詩餘〉、〈詞譜〉均作「曉妝」。（唐文德，1981：35）「曉妝」是為了適合白晝的光線而作的化妝，雖然也是染黛施珠，然而一般多以較淡雅的色調為主；而「晚妝」則是為了適合燈燭的光線而作的化妝，朱唇黛眉的描繪都不免較為色澤穠麗，所以用「晚妝」，可以讓女主角更加光豔照人。（葉嘉瑩，1970：

125）這闋詞相傳是為吟詠大周后所作，生動地由女子的「嘴」這個視覺意象，活現了嬌媚浪漫的美人姿態。「沉檀」即沉香與檀香均為薰香料，而檀香木淺絳色，顏色類似美人唇上的絳膏，美人的嘴輕點絳膏，十分誘人，彷彿散發著沉檀芳香，這裡將視覺轉化為嗅覺；「丁香」又名雞舌香，葉橢圓而尖，花蕾芬芳，「向人微露丁香顆」——美人露出小巧的舌尖，此時視覺再次向嗅覺挪移，雞舌花的香氣撲鼻而來，到此為止，是第一重通感即視覺（美人的嘴）向嗅覺（沈檀、丁香）挪移。接下來美人的口輕輕地張開，吐出的歌聲清潤婉轉，為聽覺感知，「暫引櫻桃破」——「櫻桃」甜蜜多汁，將美人的嘴由視覺向味覺挪移，此為第二重通感；而「破」引起被剖開的觸覺感知，視覺又向觸覺挪移，此為第三重通感。這闋詞的上片讓視覺、嗅覺、觸覺互相溝通，並加入聽覺，細緻地描繪美人紅豔欲滴的小嘴。下片「羅袖裛殘殷色可，杯深旋被香醪涴」——美人口飲香醪，嘴充滿著酒的芳香，用羅袖擦拭喝酒的嘴，把嘴可愛的鮮紅色給弄殘了，可是酒色卻立刻染上美人的嘴，這裡運用視覺和嗅覺讓美人的嘴更為誘惑。最後作者看著倚在繡床的美人，口嚼紅茸笑著向自己輕唾，產生觸覺感知。這闋詞完全是在描寫女子小巧可愛的嘴，幾乎動用了所有的感覺能力，體現出秀美的審美情趣，五官感覺發揮整體功能，也展現出通感意象的整體之美。顏色、香味、聲音等交相呼應，細緻地刻劃出美人含情脈脈的一張小嘴，結尾的「笑向檀郎唾」，從外在的形容帶入女子內心的情意，作者同時也作了回應，透過視覺、嗅覺、聽覺和觸覺等感覺表象的疊加，用具體感官活潑地詮釋出男女間的蜜意濃情，然而也讓純粹的秀美美感增添了幾分香豔之情。

〈菩薩蠻〉：

> 花明月黯飛輕霧，今朝好向郎邊去。衩襪步香階，手提金縷鞋。
> 畫堂南畔見，一向偎人顫！奴為出來難，教君恣意憐。

據馬令《南唐書・繼室周后傳》載，此闋詞是李後主為小周后所作。（馬令，1985：254）這闋詞塑造出一個相當活潑的女性形象。月色朦朧，眼前一片霧，因為視覺上的迷濛，產生了重量——「輕」的感覺，輕是由視覺衍生出來的，視覺向觸覺挪移，疊合出浪漫夜晚的神秘氣氛。一雙僅穿著絲襪的金蓮小足，輕盈地踏上畫堂前的玉階，纖細動人的小腳不禁令人產生綺麗的幻想，於是視覺向嗅覺挪移，玉階是香的，女主角可愛的小腳更是芬芳；而一只纖纖玉手提著一雙金絲繡成的鳳鞋，這女子正躡手躡腳，小心翼翼向幽會地點走去，「衩襪步香階，手提金縷鞋」——作者見女主角不敢穿鞋，行走時以襪著地，自然產生靜悄悄的聽覺感知。女主角來到幽會地點——畫堂，投向作者的懷中，由於緊張的原故，身子還微微顫抖著，在作者耳邊嬌聲道：「奴為出來難，教君恣意憐」，懷中抱著溫而軟的女主角，是觸覺感知，而耳邊的嬌語為聽覺感知，兩種感覺表象同時引起心覺，產生象通於意的通感意象，作者的心中滿是對女主角的愛憐。這闋詞最突出的地方在於烘托出那一雙小腳，纖細柔軟的三寸金蓮秀美可愛，然而作者心中對於女主角的慾念，讓台階和雙足瀰漫著誘人香味，增添了豔情。

〈菩薩蠻〉：

> 蓬萊院閉天臺女，畫堂晝寢人無語。拋枕翠雲光，繡衣聞異香。
> 潛來珠鏁動，驚覺銀屏夢。慢臉笑盈盈，相看無限情。

這是一闋描寫美麗少女春睡嬌態的詞，這個少女應該是小周后，因為詞意中透露著神祕的偷戀。相傳「蓬萊」是仙人的居所，借指女主角晝寢的畫堂；「天臺女」指的是多情美麗的仙女，借指小周后。「拋枕翠雲光，繡衣聞異香」——「雲」為綜合感覺的意象，除了視覺外還能引起「柔軟」的觸覺感知；「光」除了視覺，還能引起「溫暖」的觸覺感知。由下片的「潛來珠鏁動」可知，此時的作者還在屋外，見到女主角如同綠雲的頭髮，灑滿枕上，還未以手觸摸，就將柔軟和

溫暖的觸覺感知投射於視覺上；同樣的，還在屋外的作者照理來說，聞到女主角身上所散發的體香，可能性不高，雖然嗅覺和視覺一樣，感知主體不需要接觸到感知客體，然而少女的體香應該是淡淡的幽香，不至於濃郁到連站在屋外的作者都聞得到，因此此處的「異香」是一種想像的嗅覺，作者見到所愛之人身穿美麗「繡衣」，而將視覺轉化為嗅覺。到上片為止，作者動用了視覺（蓬萊、天臺女、翠雲、繡衣），觸覺（雲、光）和嗅覺（異香），然而關鍵在於聽覺（人無語），聽覺發揮醞釀的功能，讓所有物象靜靜地在空氣裡流動，情緒寧靜、祥和，呈現秀美美感，然而這種下降的情緒卻催化出作者「潛來」一親芳澤的的慾念，換句話說，視覺、觸覺、嗅覺和聽覺同時轉化為心覺。而「潛來」也是呼應上片的「人無語」，本來想偷偷的、秘密的，然而，還是不小心碰動了門上的珠鏁，驚醒了女主角的夢兒，「夢」本無形，屬於心覺的範疇，此處將它轉化為視覺意象，「銀屏夢」讓夢有了可感的具體形象，彷彿銀屏般的美麗，也彷彿女主角的夢兒，躲在銀屏後面，神祕而曖昧。這闋詞和前面一闋〈菩薩蠻〉同為偷歡之作，前一闋小周后「剗襪步香階，手提金縷鞋」，而這一闋李後主報以「潛來珠鏁動，驚覺銀屏夢」。另外，兩闋詞同樣產生靜悄悄的聽覺美感，這樣的聽覺感受，象徵著兩人之間不能公開的的戀情。

　　以上所探析的三闋詞，均為李後主第二期的作品，作成之時正是最意氣風發的時候，情感與色彩在詞中競豔，所使用的色彩，不僅代表帝王尊貴的身分，更表現出大小周后的熱情。三闋詞作的色彩意象，以紅色和金色為主，先就紅色言，〈一斛珠〉，清一色使用紅色，「沈檀」「丁香顆」、「櫻桃」、「殷色」、「紅茸」，而「繡床」雖然是彩色的，底色仍然以紅為主，深淺不一的紅渲染出兩人飲酒作樂的放肆；〈菩薩蠻〉兩闋雖然沒有明顯可見的色彩字，但就客觀物象所呈現的色彩，可以判斷為紅色，例如「畫堂」，古代宮廷建築和紅色是密不可分的；而第一闋的〈菩薩蠻〉「花明」，雖然花不一定都是紅色，但是顏色必是鮮明的。次就金色言，最明顯的是「金縷鞋」，而「繡

床」和「繡衣」是彩色的，但其中當然少不了金線點綴（繡線），「珠鎖」為門上之鑲有珠玉的環形鎖環，既是鎖環應為金屬的顏色。紅色和金色都屬於暖色，也是高明度的顏色，令人聯想到優美、女性化。（林書堯，1983：153）和這個期間的李後主充滿愛與美的生活相互輝映著，象徵喜悅、愛情、熱情和興奮，態度是積極有活力的。暖色系與明亮的色彩，在嗅覺關係上容易使人聯想到香或較好的味道。（同上：149）〈一斛珠〉「向人微露丁香顆」、〈菩薩蠻〉「衩襪步香階」、〈菩薩蠻〉「繡衣聞異香」，從視覺聯想到嗅覺。金黃色代表果實成熟，具有可以摘食的意義，甚至於代表著甜蜜和豐收。（同上：162）色彩的選擇含有各人的感情作用，飲酒之樂、偷歡之樂，讓李後主的心情容易為優美的色調所吸引，並反映於詞作。

　　「生於深宮之中，長於婦人之手」的李後主，可以說是在女人堆裡打轉的，描述女性的詞作為數不少，且都具備精細的刻劃。然而，在這些刻畫女性的詞作中，就以本節所提出這三闋詞中的女性最具鮮明的個性特徵，充滿各人的動作和心理活動，不僅把女主角的形貌、情態、聲音、笑容乃至撒嬌，活靈活現搬演至讀者眼前，並表現出相當的主動性和活動力。（詹安泰，1991：40～41）例如〈一斛珠〉的女主角大口喝酒並主動求歡；〈菩薩蠻〉（花明月黯飛輕霧）的女主角作為一個幽會的女人，雖然有所顧慮，但卻仍然炙熱而大膽的追求；〈菩薩蠻〉（蓬萊院閉天臺女）被情郎竊視的女主角，驚醒後先是神情恍惚，立即滿懷甜蜜，並和情郎對望，會心一笑。這三闋詞中的女子在場合中具特有之點，因應特定的時間、地點和情況所展現出特有的動作、表情及心理活動，而其他描寫女性的詞作所出現的聲情態貌卻可以套用在任何女性身上。（詹伯慧編，1997：347）一般人往往以為只要將一些事物予以正常、合理與和諧的配置，即可造成秀美的藝術，這是對秀美藝術的重大誤解，如果只是將美麗的眼睛、加美麗的鼻子、加美麗的口……，便成為美麗的臉孔；美麗的臉孔，加美麗的軀體、手足，即成為美人，那麼月曆上所畫的美人，不正是秀美藝術

嗎？但此種拼湊而成的美人對我們而言是無感的，因為它缺乏一個藝術家的個性與人格，而藝術家的個性和人格為藝術品的特殊性與創造性的基本動力。（姚一葦，1997：43）李後主以客觀的全知敘述者，各闋都各自是一則故事，充滿戲劇化的情節，而李後主自己也加入演出，秉客觀之筆，描寫自己與他人的牽連。（孫康宜，1994：28、118、128）

# 第六章　李後主詞的聽覺通感意象

## 第一節　聽覺通感意象的界定與類型

　　《呂氏春秋·大樂篇》:「萬物所出,造於太一,化於陰陽;萌芽始震,凝寒以形;形體有處,莫不有聲;聲出於和,和出於適。和適先王定樂,由此而生。」(朱永嘉注譯,1995:209)宇宙萬物處於永恆的運動之中,一年四季的循環更替,日出日落亙古矩步,一呼一吸的生命律動,一起一伏的脈搏跳動,構成了周期性、有節奏的、和諧的物質運動形式。聲音起自振動,物體的振動在空氣中形成波浪,向四外伸展;當這種波浪到達人的耳裡,便使人的耳膜振動;這種振動到達人的腦中,於是聽到「聲音」。(艾石模著、狄朝明譯,1971:2)音是物體運動的受力現象,「共振」是物體運動的一種表現形式。客觀的世界裡,只要是具有形體的物質,就會發出聲音,因此,除了視覺,人類最重要的感官當屬聽覺。聽覺和視覺一樣,都是屬於高級感官,即感知對象不須接觸身體,而聽覺最突出的功能,在於它是人類和外界溝通的主要途徑。黛安娜·艾克曼(Diane Ackerman)曾說,對失明,或缺了手臂、或沒了鼻子的人而言,世界仍然有意義,但若喪失聽覺,重要的線索就會消失,使人失去了生命邏輯的軌跡,讓人與世界的交通隔絕,彷彿成為埋葬在土壤中的根莖,因為聲音使我們生活中的感官濃郁,我們也仰賴聲音協助我們闡釋、溝通,和表達我們周遭的世界。(黛安娜·艾克曼著、莊安祺譯,1993:166、167)《文心雕龍·物色》:「詩人感物,聯類不窮。流連萬象之際;沉吟視聽之區。寫氣圖貌,既隨物以宛轉;屬采附聲,亦與心而徘徊。故『灼灼』狀桃花之鮮;『依依』盡楊柳之貌;………『喈喈』逐黃鳥之聲;

『嚶嚶』學草蟲之韻。」（羅立乾注譯，1996：706～707）詩人運用其視覺和聽覺，並在主觀意識的觀照下，描寫聲氣、圖畫形貌。美學家姚一葦也認為美感的產生，主要是來自視覺與聽覺，一個人若失去了視與聽的能力，當與美的世界絕緣。西塞羅認為耳和眼同樣為非常巧妙的辨別器官，它能辨別不同的音調、音高、和聲樂、管樂與絃樂中的主調，以及許多不同的音質，宏亮與沉悶、平滑與粗糙、低音與高音、柔和與僵硬，都是由人類的耳朵來區別其不同。（姚一葦，1993：5～6）章太炎《語言緣起說》：「諸言語皆有根，先徵之有形之物，則可覩矣。何以言雀？謂其音即足也；何以言鵲？謂其音錯錯也；何以言雅？謂其音亞亞也。何以言雁？謂其音岸岸也；何以言駕鵝？謂其音加我也；何以言鶡鴠？謂其音磔格鉤輈也。此皆以音為表者也。」（轉引自黃慶萱，2005：73～74）可見中國語言文字與「聽覺」存在著密切關係，大抵說來，除了鳥獸之類，多取其呼聲為名；無聲之物，也取其撞擊之聲為名，如鈴聲丁令，即名為鈴；鐘聲丁東，即名為鐘；車聲骨隆，即名為轂輪；雷聲轟隆，即名為忽雷。金銀銅鐵錫，無不取其相碰之聲來命名。（黃慶萱，2005：74）基於中國語文富於聽覺性的特點，中國歷代文學作品中不乏摹聲之詞，以《詩經》為例，〈關雎〉：「關關雎鳩，在河之洲」，又〈螽斯〉：「螽斯羽，薨薨兮」，又〈終風〉：「曀曀其陰，虺虺其靁」，〈鹿鳴〉：「呦呦鹿鳴，食野之苹」，其中「關關」為鳥雄雌相互應和聲，「薨薨」為螽斯群飛之聲，「虺虺」為雷將發而未震之聲；《楚辭》也有關於聲音的摹寫，例如屈原《九歌・山鬼》：「風颯颯兮木蕭蕭，思公子兮徒離憂」，「颯颯」為風聲；南北朝梁時吳均〈與宋元思書〉：「泉水激石，泠泠作響；好鳥相鳴，嚶嚶成韻」，其中「泠泠」為水沖刷岩石之聲，「嚶嚶」為鳥鳴；〈木蘭詩〉：「唧唧復唧唧，木蘭當戶織」、「但聞黃河流水鳴濺濺」、「磨刀霍霍向豬羊」，其中「唧唧」為織布機聲，「濺濺」為流水聲，「霍霍」為磨刀聲；李白〈送友人〉有「蕭蕭」形容馬鳴聲──「揮手自茲去，蕭蕭班馬鳴」；柳宗元〈鈷鉧潭西小丘記〉有「瀯瀯」形容清幽的水

聲——「潛營之聲與耳謀」，〈漁翁〉中的「欸乃」摹狀船槳畫過水面的聲音——「煙銷日出人不見，欸乃一聲山水綠」；白居易〈琵琶行〉：「嘈嘈切切錯雜彈，大珠小珠落玉盤」——形容琵琶的樂音；歐陽修〈秋聲賦〉：「初淅瀝以蕭颯，忽奔騰而砰湃」、「鏦鏦錚錚，金鐵皆鳴」，其中「淅瀝」和「蕭颯」是摹狀秋風之聲，「鏦鏦錚錚」本為金屬碰撞的聲音，在此用來譬喻風聲；蘇軾〈赤壁賦〉：「餘音嫋嫋，不絕如縷」用絲線比喻聲音細微悠長，似斷非斷；杜牧〈阿房宮賦〉：「雷霆乍驚，宮車過也；轆轆遠聽，杳不知其所之也」，其中以「雷霆」形容車聲之震動，「轆轆」則是摹狀車聲；司馬遷《史記‧刺客列傳》有「蕭蕭」摹狀風聲——「風蕭蕭兮易水寒，壯士一去兮不復還」；杜甫〈登高〉中的「蕭蕭」則為落葉聲——「無邊落木蕭蕭下，不盡長江滾滾來」；《古詩十九首之十‧迢迢牽牛星》有「札札」形容織布機轉動的聲音——「纖纖擢素手，札札弄機杼」；杜甫〈兵車行〉：「車轔轔馬蕭蕭，行人弓箭各在腰」其中「轔轔」為馬車聲、「蕭蕭」為馬嘶聲；溫庭筠〈常林歡歌〉有「呃喔」摹狀雞啼——「錦薦金爐夢正長，東家呃喔雞鳴早」；黃庭堅〈考試局與孫元忠博士竹間對衡戲作竹枝歌三章和之〉則以「吾伊」狀誦書聲——「南窗讀書聲吾伊，北窗見月歌竹枝」；白居易〈燕詩示劉叟〉：「卻入空巢裡，啁啾終夜悲」，以「啁啾」狀燕子叫聲，〈慈烏夜啼〉：「慈烏失其母，啞啞吐哀音」，則以「啞啞」狀烏啼聲；韋莊〈菩薩蠻〉：「遇酒且呵呵，人生能幾何」，以「呵呵」狀笑聲；白居易〈新豐折臂翁〉：「應作雲南望鄉鬼，萬人塚上哭呦呦」，「呦呦」則作哭聲解。諸如此類描摹聲音的詞句在中國古典詩文中不勝枚舉，可見中國文學裡，描聲字和狀聲詞佔有很重要地位。然而，就以上所舉的例子觀之，詩文中聲音的摹寫其來源不出於兩方面，即來自自然界與來自人為，而自然界的聲音又可細分為兩類，即「天籟」和「地賴」。

　　聲波是空氣的振動，欲製造聲波必先振動空氣，實驗證明，聲音不能通過真空傳遞，周圍的空氣，讓人得以生活在一個有聲音的世界

裡。（艾石模著、狄朝明譯，1971：12）《莊子·齊物論》：「子綦曰：『……女聞人籟而未聞地籟，女聞地籟而未聞天籟夫！』子游曰：『敢問其方。』子綦曰：『夫大塊噫氣，其名為風。是唯無作，作則萬竅怒呺，而獨不聞之翏翏乎！』……子游曰：『地籟則眾竅是已，人籟則比竹是已。敢問天籟。』子綦曰：『夫吹萬不同，而使其自己也，咸其自取，怒者其誰邪！』」（黃錦鋐註譯，1997：60）這裡莊子提成了三個概念：「人籟」、「地籟」和「天籟」，籟，就是指聲響，人籟比較容易理解，它是吹奏簫管所發出的聲音，筆者暫且將它擴張解釋為所有人工物性類之物體所發出的聲響。「大塊噫氣，其名為風」，大塊指的大地，風則為流動中的空氣，風是無聲的，我們聽到風的音聲，是風振動物體後，相互摩擦所發出來的；若從另外一個角度解釋，物體先發生振動，在空氣中形成波浪，我們聽到的是空氣振動。如此的解釋則和聲音產生的科學原理不謀而合，因此「地籟則眾竅是已」，大地所孕育的萬物，包羅萬象，舉凡山川土石，蟲魚鳥獸等物體上都有竅孔，大地所孕育的物體震動了空氣，產生聲波，筆者將其歸類為「地籟」。至於天籟，根據莊子的主張，天籟為悄無聲息的境界，然而自古天和地即為一組相對的意涵，例如范仲淹詞作〈蘇幕遮〉：「碧雲天，黃葉地」，天乃為日月星辰所羅列的空間，即天空，韓愈〈原道〉：「坐井而觀天，曰天小者，非天小也」；「天」也可以作時節、氣候解。筆者為分類方便，採取天地相對的概念，暫且把氣候相關的聲音，稱為「天籟」。況且，荀子在《荀子·天論》也主張：「天有其時，地有其財，人有其治。夫是之謂能參。」（梁啟雄，1980：222）蓋天、地、人各有職分，各盡其能。中國以農立國，大多數老百姓都從事農業生產，如果天候正常，沒有天災，風調雨順，而且土壤肥沃，加上人民努力耕耘，則當年豐收可期。天氣，土地，人民，三要項缺少任何一項都會影響收穫。所以常說一件事要圓滿完成，天時，地利，人和，缺一不可。因此衍生出天、人、地的觀念。茲將李後主詞聽覺通感意象的來源，作「人籟」、「地籟」和「天籟」的分類：（表 6-1-1 李後主詞聽覺意象之類型）

## 表 6-1-1　李後主詞聽覺意象之類型

| 詞牌及起句 | 天籟 | 地籟 | 人籟 |
|---|---|---|---|
| 〈漁父〉<br>浪花有意千重雪 | | 浪花 | 無言 |
| 〈一斛珠〉<br>曉妝初過 | | | 清歌 |
| 〈玉樓春〉<br>晚妝初了明肌雪 | | | 鳳簫、霓裳、歌 |
| 〈浣溪沙〉<br>紅日已高三丈透 | | | 簫鼓 |
| 〈菩薩蠻〉<br>蓬萊院閉天臺女 | | | 無語、珠鎖動 |
| 〈菩薩蠻〉<br>銅簧韵脆鏘寒竹 | | | 銅簧、韵、鏘、<br>新聲、諧衷訴 |
| 〈子夜歌〉<br>尋春須是先春早 | | | 詩、揭鼓 |
| 〈長相思〉<br>雲一緺 | 風、雨 | | |
| 〈喜遷鶯〉<br>曉月墜 | | 雁聲、鶯啼 | 無語 |
| 〈采桑子〉<br>亭前春逐紅英盡 | | | 冷靜 |
| 〈擣練子令〉<br>深院靜 | 風 | | 靜、寒砧 |
| 〈謝新恩〉<br>庭空客散人歸後 | | 林風淅淅 | 羌笛 |
| 〈謝新恩〉<br>櫻桃落盡春將困 | | | 漏暗 |
| 〈謝新恩〉<br>冉冉秋光留不住 | | 新雁咽寒聲 | |

| 詞牌及起句 | 天籟 | 地籟 | 人籟 |
|---|---|---|---|
| 〈臨江仙〉：櫻桃落盡春歸去 | | 子規啼 | |
| 〈破陣子〉四十年來家國 | | | 別離歌 |
| 〈清平樂〉別來春半 | | | 音信 |
| 〈相見歡〉無言獨上西樓 | | | 無言 |
| 〈烏夜啼〉昨夜風兼雨 | 風、雨、颯颯 | | 漏斷 |
| 〈望江南〉閒夢遠 | | | 管弦 |
| 〈望江梅〉閒夢遠 | | | 笛 |
| 〈望江梅〉多少淚 | | | 說、鳳笙 |
| 〈浪淘沙〉往事只堪哀 | 天靜、風 | | |
| 〈浪淘沙令〉簾外雨潺潺 | 雨潺潺 | | |
| 〈虞美人〉風回小院庭蕪綠 | 風 | 竹聲 | 無言、笙歌 |

## 第二節　天籟通感意象及其美感

　　中國人是個愛好自然的民族，中國文學擅長表現自然，中國詩人以音樂家特有的耳朵捕捉天籟、地籟。在古典詩文中讓我們讀到許多聲響，宇宙間各種自然生命的節奏、韻律和詩人的知覺、記憶和想像互相滲透融合，而產生聽覺意象，它是一種與作者生命意識相連的聽

覺體驗重現，加上中國文字本身有許多直接摹擬自然聲響的詞彙，因此古典詩文中屬於自然聲籟的聽覺意象十分豐富。舉凡天文、地理、氣象、動物、植物、礦物歸為自然意象，有研究者將自然意象中的「氣象」再細分為雲、風、雨、嵐、霧、雷等。（謝美瑩，2008：116）氣象顧名思義即為天氣的現象，其中能發生聲響的為風、雨、雷三種，筆者將其界定為「天籟意象」。

　　一年四季中，春風和煦、夏風薰暖、秋風蕭瑟、冬風凜冽；從天而降的雨，時而紛紛、時而滂沱。風和雨不僅影響了人們的生活，更牽動著人們的心情，不論是春風時雨還是疾風甚雨，甚至是狂風驟雨，自古以來風雨即為文人歌詠的重要題材。無形的風、有形的雨均不會發出聲響，風和雨碰到了物體後相互摩擦才會發出聲音，因此風聲和雨聲有大有小、忽強忽弱、時高時低，容易讓人產生聯想，產生相契合的感悟，聽覺意象十分豐富。早在先秦時期的文學作品就存在著風雨的聽覺意象，《詩經・鄭風・風雨》：「風雨瀟瀟，雞鳴膠膠。既見君子，云胡不瘳」，《楚辭・九歌・山鬼》：「風颯颯兮木蕭蕭，思公子兮徒離憂」，其中的「瀟瀟」為風暴雨疾的聲音，而「颯颯」則是風聲；這兩段文字除了摹寫風雨瀟瀟、颯颯的聲響，同時也隱喻作者的思念之情，是象通於意的通感表現形態。後漢趙壹〈迅風賦〉：「吐神氣而成風……啾啾颼颼，吟嘯相求，阿那徘徊，聲若歌謳」單純賦寫風的聲音，並未將其意象作進一步的延伸。到了唐代，孟浩然著名的詩作〈春曉〉：「夜來風雨聲，花落知多少」，由風雨的聲音猜想到花落委地的景象，聽覺向視覺挪移，是一種感覺挪移的通感表現形態。杜甫〈春夜喜雨〉：「好雨知時節，當春乃發生；隨風潛入夜，潤物細無聲」，春雨因為綿細所以無聲，詩人用「潛入」暗中侵入的視覺形象，摹寫春雨的悄然，是聽覺向視覺挪移的通感類型。

　　中國人對於雷聲的情節十分矛盾，可謂既期待又怕受傷害，當久旱不雨，引頸企盼那一聲「雷」，接著是雨滴落下的喜悅，生計得到保障；當雷雨過多，造成澇災，或是雷電引起的火災，「雷」聲便成

147

了上天的示警。在這種知識和迷信互相拉扯下，中國人對於雷聲存在著複雜的心理意緒，早在《詩經‧召南‧殷其靁》：「殷其靁，在南山之陽。何斯違斯，莫敢或遑」，聽到殷殷的雷聲，作者就想到離開家遠征的丈夫。《楚辭‧九歌‧山鬼》：「靁填填兮雨冥冥，猨啾啾兮又夜鳴，風颯颯兮木蕭蕭，思公子兮徒離憂」，雷鳴猿啼和風聲交織成淒涼的山林夜景，隱喻作者的失落與懊悔。唐代杜甫〈雷〉：「巫峽中宵動，滄江十月雷。龍蛇不成蟄，天地劃爭迴。卻礙空山過，深蟠絕壁來。何須妒雲雨，霹靂楚王臺。」則以視覺形象形容屬於聽覺形象的雷聲。

　　自古以來，人們便對於天存在著高不可攀的敬畏之心，風聲、雨聲和雷聲，是三種來自於天氣的聽覺意象。雷鳴電閃，震耳欲聾的暴風雨，其威勢之雄偉無與倫比，人類無法與之抗衡，面對浩瀚無涯的天，感到人之個體極為渺小，微不足道，但是在審美或靜觀時，不是將吾人壓倒，而是激發起吾人自身的無限性，進而為之高揚奮發，老子曾說：「故道大，天大、地大，人亦大。域中有四大，人居其一焉。」（許作新注譯，1981：35）人類與動物不同，人除了有「魂」、有「體」，更有「心靈」的力量，與「精神」的追求，於是此一自然的「大」或形式的「大」成為吾人精神偉大的表徵，即為從外在的崇高到內在的崇高。崇高美感含有兩個層面或階段，第一個階段有一種阻滯、挫折或麻木，甚至被排拒或被脅迫之感，似乎有某種東西影響吾人不敢去接受、把握或抵抗；在某種情形下，我們感到退縮不前，宛如被它迫害，感覺自身之無力與微不足道，但繼之而起的第二階段為一種有力的反作用，一種精神的振起，或是一種把那受到阻滯或甚至了消失的自我超越所有阻礙與限制之外之感。（姚一葦，1997：78）

　　李後主填詞注重個人主觀情感的抒發，並非為歌女代言，中後期的作品並吸收了詩境較為開闊的特色，開創了豪放派的詞風，詞作中存在著雄奇之氣，而雄奇之氣係建立於造句及選字上，更能由所運用

的意象來顯現出來，本節茲選李後主詞作中風和雨形成的聽覺通感意象，來探析李後主詞崇高美感。

〈烏夜啼〉：

> 昨夜風兼雨，簾幃颯颯秋聲。燭殘漏斷頻欹枕，起坐不能平。
> 世事漫隨流水，算來夢裡浮生，醉鄉路穩宜頻到，此外不堪行。

這闋詞是由聽覺意象「風聲」和「雨聲」開始的，深秋雨夜常可聽到的聲響，在多愁善感的李後主聽來，構成了一種令人「起坐不能平」的秋聲世界。風號雨泣，加上簾幃颯颯風聲，一片淒淒，處處牽動著愁腸，外面聲響的會合，逐漸地移入人心，而產生下片只能飲醉夢中的劇烈痛苦。這裡是由聽覺表象引發心覺感受，屬於象通於意的通感類型，一個亡國君主，一顆悲傷慘淡的愁心，在風雨之中，在秋聲裡哭泣哀鳴。另外，風和雨不僅是聽覺表象，同時能喚起觸覺，是一種綜合感覺的意象，很容易令人產生冰冷的感覺，不禁聯想到李後主被寒風吹涼的一顆心，和被雨淋濕的靈魂，外在的景象——聽覺和觸覺，和內心的意緒 ——無限的不平，交織纏繞出冷冷清清、空蒼蒼而風淒淒的景況。在這闋詞作中，未出現一個「愁」字，更不著一個「恨」字，不似〈虞美人〉：「問君能有幾多愁」，也沒有〈相見歡〉：「自是人生長恨水長東」，愁不直言愁，恨不直說恨，而是通過聽覺表象與心覺互通，產生一種深幽之美，狂風驟雨象徵足摧毀一切的巨大力量，幾乎將人壓倒，不是「愁」字和「恨」字所能形容的。為什麼自然界的風雨聲能讓李後主產生「起坐不能平」的心情呢？答案在下片揭曉——「世事漫隨流水，算來夢裡浮生」，這才是問題的本質，才是和聽覺表象產生互通的根源，愛子夭折，愛妻早逝，弟弟從善使宋不歸，加上自己病痛纏身，然而最關鍵的還是自己的國家經不起風雨摧殘而滅亡了。這闋詞由「風」和「雨」這兩種物象，引發出浮生若夢的喟歎，由聽覺表象開始，帶領讀者進入觸覺聯想，最後進入李

後主的內心世界。聽覺表象風聲和雨聲——從天而來的聲音，來勢洶洶，產生一種氣勢壯闊的崇高美感，雖然在意境上，比起「問君能有幾多愁」以及「自是人生長恨水長東」顯得較於平弱少力，但是和第二期及第三期的詞作相較，則算是郁勃蒼涼。

〈浪淘沙〉：

> 往事只堪哀，對景難排，秋風庭院蘚侵階。一行珠簾閒不捲，終日誰來？
> 金劍已沈埋，壯氣蒿萊。晚涼天靜月華開，想得玉樓瑤殿影，空照秦淮。

這闋詞起始兩句，就把心底的哀怨全都傾訴出來了。滿腦子令人悲哀的事情，在主觀心理意緒的影響下，就連呼嘯庭院中的秋風，如此單純的自然現象，卻如此地令人難以排解，正是所謂意通於象。秋風有聲而無形，聲音是一種時間上的流動，是看不見的，作者將看不見的風聲轉化為看得見的「蘚侵階」，是聽覺向視覺挪移的通感類型，不用「颯颯」來摹狀風聲，而是通過亂草傾斜讓風產生了具體形象，比使用摹聲詞更加令人強烈感受到秋風的狂嘯，因為那侵階的苔蘚，登堂入世的架勢，展開通感意象的新奇之美。這裡不僅刻畫了秋天的風聲，也刻畫了心靈上、現實中秋的景象；不但是秋風呼嘯庭院，同時秋風也襲擊心靈，一聲聲敲痛作者的心；當作秋風襲擊心靈的審美觀照時，此處的秋風除了聽覺表象，同時喚起讀者的觸覺感受；換句話說，秋風由一開始的聽覺意象轉化為視覺意象，通過心覺再轉化為觸覺，層層疊疊，感有多重。

「秋風庭院蘚侵階」和下片「晚涼天靜月華開」作了聲音上的對應，一則有聲，一則無聲。所謂「大音希聲」，天之於人是絕對的大，最高不可攀的；最大的聲音是一片寂靜，悄然無聲，作者卻賦予它一個具體的形象——「月華開」，是一種聽覺和視覺的互通。由上片的

「一行珠簾閒不捲」可知作者人在室內，而且珠簾垂放，看不見室外的景象，月光四射是作者因為「天靜」而來的猜測和聯想，因為聲音和光線不同，靠的是空氣的振動來傳遞，因此雖然人在屋內，依然可以聽到屋外的動靜，因此，可以推測「天靜」是真實的聽覺，而「月華開」則替聽覺作補充，是想像的視覺。

　　這闋詞上片和下片分別出現兩個天籟意象，即「秋風」和「天靜」。「秋風庭院蘚侵階」讓人聯想到大自然的力量漫天號嘯，無法抵擋，顯得人是多麼渺小，然而「金劍已沈埋，壯氣蒿萊」卻在「秋風庭院蘚侵階」的威壓下，燃起一點點反抗的火花。身陷禁錮，無力反抗，於是想到過往，透露了對於過去豪情加以感嘆的心情，寫出當年的血性，儘管作者實際的景況並無什麼真正雄偉的抱負，但是在這個時候能寫出這兩句，還是展現出一種精神的振起。（詹幼馨，1992：123～124）由「秋風庭院蘚侵階」到「金劍已沈埋，壯氣蒿萊」，體現了吾人產生崇高美感的兩個階段，第一個階段為受制於某種強大的力量，感覺自身的微不足道；但繼之而起的是一種反作用力，產生超越限制之感，即便金劍沉埋，雄心壯志付諸於野草，剛剛燃起的一絲火花，馬上被吹熄，然而卻沒有完全熄滅，接下來的「晚涼天靜月華開」，將「金劍已沈埋，壯氣蒿萊」往上托了一把，讓低沉的局面展向開闊，讓讀者產生豪放雄壯的審美觀照。這闋詞始見於南宋無名氏輯本《南唐二主詞》，近人因這闋詞的風格比較豪放，而認為非李後主所作；其實從美感特徵來看，它與李後主最後一期填的〈虞美人〉和〈浪淘沙令〉等詞並無很大差異，都是直抒胸臆，一氣呵成之作。（唐圭璋主編，1988：146）

　　〈浪淘沙令〉：

簾外雨潺潺，春意闌珊，羅衾不耐五更寒。夢裡不知身是客，一餉貪歡。

　　獨自莫凭闌，無限江山，別時容易見時難。流水落花春去也，
　　天上人間。

　　很明顯，這闋詞是由聽覺意象「雨聲」開始的，*潺潺*原本指的是
流水聲，這裡卻用來摹狀雨聲，可知雨下得很大。作者並沒有描寫景
物，只有一句「簾外雨潺潺」，而且由「簾外」二字可知作者置身室
內，即使雨聲含著衰颯、蕭條的氣味，也只是聽來的，通過雨聲「聽」
到春天已經走向盡頭，景象必定衰敗、凋殘，是一種聽覺向視覺的挪
移；若是既「雨潺潺」之後，接著描繪春天的殘花敗柳之視覺意象，
則顯得一覽無餘，美感盡失；滔滔不絕的雨聲，和視覺上一片亂紅飄
零的景象，易於產生連結，繞個圈子方能完成意象的深幽之美。而「春
意闌珊」不僅產生視覺意象，同時喚起落寞的心覺。另外，因為這殘
春的景象影響作者的心情，在頹唐的心緒之下，暮春的五更天也寒意
襲人。到此為止，只有「雨潺潺」是實際存在的感覺表象，「春意闌
珊」不論指的是視覺上的凋殘，還是心情上的寂寞，都是由「聽覺」
而來的聯想，屬於派生的感覺，用來補充聽覺。

　　在雨聲淅瀝的奏鳴中，追想著剛才夢中片刻的歡樂，甜美的夢反
倒告誡著作者「獨自莫憑欄」，因為「無限江山」早已不屬於自己所
有；「無限江山」原本是一片空闊廣大的氣象，給人一種讚嘆和歌頌
的崇高美感，可憐亡國君主，江山再無限，美景再無邊，也只能空餘
遺恨；「別時容易見時難」──越是表現自己心中多麼期盼再相見，
於是也就更顯出了上片「夢裡不知身是客，一餉貪歡」的美夢多麼短
暫，多麼令人迷戀；結尾的「流水」、「落花」、「春去」，過去的生活
再也回不來，現在的處境再也改變不了，兩者之間霄壤有別「天上人
間」，流水落花，春去人逝。從「夢裡不知身是客」到「流水落花春
去也，天上人間」，都是因為淒切的雨聲中止了作者夢裡一餉貪歡，
而引發這一連串沉痛的浩歎。（詹幼馨，1992：139；唐文德，1981：
167～168）

　　這闋詞的上片即形成一種崇高的審美特徵，用潺潺的雨聲，足以讓春天僅剩下的殘紅變得黯淡、蕭索，這種聽覺意象帶來的是一種壓倒性的美感；下片「流水落花春去也，天上人間」在無盡的浩歎中境界隨之開闊，王國維也曾說：「『是人生長恨水長東』、『落花流水春去也，天上人間』，『金荃』、『浣花』能有此氣象耶？」（滕咸惠校注，1994：112）詞起於燕樂，尤其是花間詞難免流於豔麗輕薄，李後主使用廣闊無邊以及永世循環的自然之聲，傾瀉他悽惻哀慟的身世，深刻、濃厚的悲哀，抬高了詞的意境，他的詞不但集五代之大成，還替後代詞開拓了豪邁壯麗的新境界。

## 第三節　地籟通感意象及其美感

　　中國以農立國，天氣現象關乎農作物的收成，天降甘霖，風調雨順，則五穀豐收，民和年稔；另外，除了陽光、空氣和雨水外，土地也是動植物生長不可或缺的自然要件，更是人類安身立命的所在，是孕育萬物的母親。《詩經・小雅・大田》：「大田多稼……田祖有神，秉畀炎火。有渰萋萋，興雨祁祁。雨我公田，遂及我私」。（朱令譽編注，1992：165～166）由此可知從先民開始，對於土地和天氣就十分重視，「有土斯有財」、「安土重遷」的觀念深植民心。植物出於土地，大部分動物以植物為糧食，動物吃土地上的植物，並且生活在土地上，如此地依靠土地生存，也可以說是來自於土地。除了人類以外，出於土地之物可分為無生命和有生命兩類，其一為河海土石，其二為蟲魚鳥獸植物，來自於這些物體的聲音筆者稱為「地籟」。

　　萬物有聲，聲聲傳情，聲聲浮泳在這塊亙古不變的靜謐土地上，各種自然生命的節奏、韻律和創作主體的生命感受交織融合，形塑出詩人心靈神馳與嚮往的外化體現；常人難以察覺的，或者是縱使聽到也隨即擦身而過的聲響，都被詩人所捕捉，並錘鍊進詩歌中。中國詩

文地籟意象紛繁且複雜，尤其是蟲魚鳥獸等動物，不需要藉由其他物體摹擦撞擊本身就能發聲，而且和人類一樣生老病死，其聲響更是成為詩人心靈的載體。其中哀猿之聲和子規之聲是被廣泛描寫的悲哀音響，戴叔倫〈夜發袁江寄李穎川劉侍御〉：「孤猿更叫秋風裡，不是愁人亦斷腸」，用秋風來寫猿啼聲，聽覺向觸覺挪移，秋風喚起觸覺「冷」，不僅皮膚感到「冷」，且冷到心裡去了，呈現感有多重之美，透過感覺表象的疊加，讓無愁之人亦愁，有愁之人愁上添愁。羅鄴〈聞子規〉：「蜀魄千年尚怨誰？聲聲啼血向花枝」，杜鵑的啼聲彷彿聲聲和著鮮血，用「血」來形容聲音，聽覺向視覺移轉；又「血」和「痛」常為因果關係，因此還能喚起觸覺，感覺表象一層疊過一層，交互為用，表現杜鵑極盡淒厲的叫聲。除了子規，詩人被鳥類所喚起的聽覺通感十分豐富，李商隱〈天涯〉：「鶯啼如有淚，為濕最高花」，詩人用觸覺和視覺狀寫聽覺，當花兒開到花枝的絕頂，便即將謝幕，黃鶯啼出了生命的盡頭；杜甫〈絕句〉：「兩個黃鸝鳴翠柳」，則是用視覺來狀寫聽覺，盎然的綠意讓黃鸝歌聲更顯輕快。植物和沒有生命的河海土石一樣，本身不會發出聲響，須要藉著和其他物體的摩擦碰撞才能夠發聲，風吹林間是為風聲；雨打葉面是為雨聲，兩者均屬於天籟意象；排除風和雨的作用，植物和其他出於土地之物體發生作用，所產生的音效，我們才把它歸類為地籟意象，例如動物（包括人）腳踩落葉而發出的聲音，又如果實落地聲。王維〈過乘如禪師蕭居士嵩丘蘭若〉：「行踏空林落葉聲」，和〈秋夜獨坐〉：「雨中山落果」，這兩句詩均能喚起聽覺和觸覺。另外，河水流動的聲音和土石撞擊的聲音，如李賀：〈自昌谷到洛後門〉：「石澗凍波聲，雞叫清寒晨」，詩人運用聽覺與觸覺的通感，訴諸聽覺的波濤聲產生彷彿被凍結似的觸覺感受；高適〈使青夷軍入居庸〉：「溪冷泉聲苦」，屬聽覺的泉聲，通於味覺的「苦」，充份詮釋邊塞的寒冷和艱苦。

　　物體的聲音，所呈現的美感特徵，大部分和本身在客觀的形態上存著密切關係。有生命之物中的鳥類，大多外型穠纖合度，玲瓏飽滿，

花彩斑斕，姿態輕巧；鳥類的鳴叫，大多清脆圓潤，婉轉動聽，不論外型和聲音皆展現出秀美特徵，尤其是大部分的鳥鳴讓人感到舒適柔和，使情緒軟化。李後主詞作兼具婉約和雄渾兩種美感；其境界亦有大小之分，小的境界相當於秀美，大的境界相當於崇高。境界建立於行氣，以及所選取的意象，李後主詞作中的地籟意象並不多見，只出現過四處鳥叫聲。本節茲藉由李後主詞作中地籟意象——鳥鳴，探析其秀美美感。

〈喜遷鶯〉：

> 曉月墜，宿雲微，無語枕頻攲。夢回芳草思依依，天遠雁聲稀。
> 鶯啼散，餘花亂，寂寞畫堂深院。片紅休掃儘從伊，留待舞人歸。

這一闋詞雖然是從視覺意象開始，然而上片的「無語」承接著下片的「寂寞」，讓整闋詞顯得安靜，安靜是一種聽覺表象，是聲音意象所營造出來的。上片的「雁聲稀」，和下半闋的「鶯啼散」是產生意境的基點，可由此深入意境，獲得多層次的美感。

一開始用「曉月」和「宿雲」點出時間，「無語枕頻攲」則透露徹夜孤枕難眠的處境，可知作者孤眠的況味。在這種心情下，聽到遠方傳來幾聲雁鳴，企盼雁足傳書，「雁聲稀」卻代表音信無憑，大雁不捎來所思之人的消息；「天遠雁聲稀」，用「天遠」形容雁子的鳴叫隱約而模糊，將聽覺轉化為視覺；而「稀」是稀疏、不稠密的意思，是一種空間次元的語詞，最初來源域屬於視覺，因此「雁聲稀」也是聽覺向視覺挪移的通感類型。因為聽不清雁子的叫聲，所企盼的雁足傳書落了空，難掩失望，此處的聽覺已轉為心覺，象通於意；思念之情綿綿無絕，就像芳草一樣恣意生長，無邊無盡，「芳草思依依」讓心覺又轉化為視覺，意通於象。透過感覺挪移與意象互通，賦予聽覺意象——「雁聲」多層次的審美特徵，達成深曲之美。

　　下片的「鶯啼散」呼應「雁聲稀」，製造出更加寂靜無聲的聽覺效果。雁聲雖然不稠密，起碼還聽得到一點點；此處黃鶯的叫聲卻已經散去了，不復聽見。「散」指的是空間上的移動，屬於視覺的範疇，用「散」形容聲音，和「雁聲稀」相同，是聽覺向視覺挪移的通感類型。鶯啼已經消失了，代表春日將去，那想必花朵也已零亂殘缺。聲音是一種時間的流動，原本看不見，摸不著，更何況是已經散去的鶯啼，更是無法捕捉；在這裡，作者透過了視覺上的具體形象——零亂殘缺的花朵，和空無一人的畫堂，「散」代表一個由聚集到消失的動作，可見黃鶯的聲音由喧擾漸漸歸於悄然；春天的花朵由盛開怒放到零零落落，昔日和情人相依相偎的畫堂，如今人去樓空。以由聚集到散去、從有到無的視覺效果，來表現時間的流動，視覺描繪聽覺，用看得見的景物襯托看不見的聲音，以實寫虛，呈現出通感意象的虛實之美。

　　當聲音與人自身內在所形成的音形象和諧一致時，乃有音的美感產生，當此內在的音形象所伴隨的情感活動為柔和與細緻時，便屬秀美的範圍。（姚一葦，1997：19）雁子在鳥類中雖然屬於身形稍大的一種，其鳴叫聲也不若其他鳥類婉轉，然而，這闋詞中雁子的聲音從遠方傳來，所以是細小而微弱的，且聯想到的視覺意象「芳草」，和〈清平樂〉中「雁來音信無憑，路遙歸夢難成。離恨恰如春草，更行更遠更生」相較，雖然旨趣相同，但是卻沒有〈清平樂〉的力道，「雁聲稀」和「無憑」對照，是一絲希望之於完全絕望；更行更遠更生的春草相較於「芳草」是多麼無邊無際；「離恨」和「思依依」對照，是壯闊之於低迴要眇、思慕哀怨。另外，黃鶯的聲音本來就優美婉轉，聯想到的音形象——「餘花」和「畫堂」，一則嬌媚，一則精美，同屬秀美的範疇。這一闋詞由「雁聲稀」和「鶯啼散」，聲音的細小到消失，所引起的情緒是下降的，雖然滿懷思念，但是幽微婉轉，因此詞作所呈現的美感是屬於秀美的。

〈謝新恩〉：

> 冉冉秋光留不住，滿階紅葉暮。又是過重陽，臺榭登臨處，
> 茱萸香墜。
> 紫菊氣，飄庭戶，晚煙籠細雨。離離新雁咽寒聲，
> 愁恨年年長相似。

　　這是一闋懷人之作，一開始的「冉冉秋光留不住」和最末句「愁恨年年長相似」互相承接，也是整闋詞中僅有描寫抽象情感的兩句，它是心覺的描寫，是整闋詞感時懷人的旨趣所在。一開始意通於象，象徵秋天的紅葉接近尾聲，落了滿階，無法將它火紅的盛況保存下來，就像逝去的時光一樣。「冉冉」為緩慢行進的樣子，而時間是一種知覺意識，本無形貌，這裡用冉冉來形容，心覺向視覺移動，但是究竟是什麼物體正在漸漸移動著；於是，作者賦予時間意識具體的形象——紅葉，藉由楓葉從絢爛到落紅滿地，來說明時間的推移。接下來是一連串物象的描繪，最後一句才又回到心境的抒發——「愁恨年年長相似」。因為雁子的鳴叫聲引起作者的愁思之情，在這裡是象通於意，聽到雁子的鳴叫，想到雁子為候鳥，秋天自北來南，春日自南去北，周而復始，不曾改變，就好像自己的思念之情。「新雁咽寒聲」，雁子的叫聲悲淒滯塞，彷彿一陣寒氣襲來，用「寒」來形容雁鳴，聽覺向視覺挪移，讓這種寒冷的感覺直通於心，雁子的悲淒叫聲不僅聽在耳裡，也刺進心裡，愈發作者思人之愁。從「離離新雁咽寒聲」到「愁恨年年長相似」，單純從雁子的叫聲就已經引發作者的思念，這本來就是象通於意的通感類型，然而「咽寒聲」讓雁子的叫聲經過感覺挪移，轉為觸覺，再由觸覺引發心覺，若是單單象通於意（聽覺通心覺），中間沒有經過觸覺，則缺少寒冷刺骨的痛楚，這樣的思念之情流於表面，不夠深刻，經過一重曲折，才能達到審美的幽深境界，而不是一覽無餘，即賞即盡的表面層次。

　　這是一個充滿顏色、形狀、聲音、和溫度的世界、世界是一個不可分割整體，人和大千世界作接觸，也是用全身心來感受世界，並動用所有的感官。視覺和聽覺為最靈敏、最細緻、最豐富的兩種感官。這一闋詞由視覺意象紅葉開始，便於引發真切的形象感；最後在淒寒的雁鳴聲中結束，透過聽覺激盪出空靈的飄渺感。視覺和聽覺前後對應，思人之愁在其中若隱若顯，並不作一股腦兒地傾洩，尤其是「新雁咽寒聲」，雁子的叫聲低微凝滯，伴隨的情感是淺淺的愁思，並不是澎湃劇烈的，讀者在作審美觀照時，易於產生秀美美感。

〈臨江仙〉：

> 櫻桃落盡春歸去，蝶翩輕粉雙飛，子規啼月小樓西。玉鉤羅幕，惆悵暮煙垂。
> 別巷寂寥人散後，望殘煙草低迷。爐香閒裊鳳皇兒，空持羅帶，回首恨依依。

　　看到「櫻桃落盡」，而想到春天將去，是屬於象通於意的通感類型；「春歸去」為時間知覺，屬於心覺的範疇，作者以落盡的櫻桃和飛去的蝴蝶，將抽象的意識具體化，擬虛為實，為心覺賦予可視的畫面，呈現通感意象的虛實之美。傳說這一闋詞是李後主在宋軍圍城時所作。（唐文德，1981：57）作者感嘆「春歸去」，應該不是單純的惜春之情，而是宋軍兵臨城下，國家朝不保夕，卻無力挽回的自傷。因此，全詞的意境皆由最後一句的「恨」字生出，雖然「子規啼月」是這一闋詞僅有的聽覺意象，但是卻掌握著整闋詞的展開發展，因為整闋詞幾乎是以輕柔、朦朧的意象所組成的，例如，「櫻桃」、「蝶」、「暮煙」、「煙草」、「爐香」和「羅帶」等，皆為淡筆，伴同的情感也是隱微的，看不出作者宋軍壓境的心境；「子規啼月」為較重的一筆，是最明顯能感受到山河危殆之恨的一句。子規，相傳為失國的蜀帝杜宇之魂所化，這就加深了亡國的預感。子規，即杜鵑，其啼聲似：「不如歸去，不如歸去！」十分淒厲，以「泣血」稱。國家將亡，其心悲

痛可想而知。(唐圭璋主編，1988：132)但是畢竟還未嘗過真正階下
囚徒的難堪滋味，因此在意境上和氣勢上，還沒有達到最後一期高
昂壯闊的境界，風格仍然顯得委婉含蓄，正呼應「悃悵」、「寂寥」
等幽幽的情緒，此處的「恨」用「依依」來形容，哪是「一江春水」
之「恨」所能比擬的。這裡的情緒是幽微隱約的，因此不用「泣血」
形容子規悲啼，而用「啼月」，配合詞作朦朧的氛圍。「子規啼月」
是以視覺摹寫聽覺，用月光來形容子規啼聲。月色朦朧，迷離渺茫，
讓子規的哀啼顯得隱隱約約，月光是一層薄薄的紗，輕籠著子規啼
聲，沖淡了它的淒厲，伴隨而至的情緒是下降的，所呈現出來的是
秀美美感。

## 第四節　人籟通感意象及其美感

我們常說一件事要圓滿完成，天時，地利，人和，缺一不可。以
自古以來中國賴以維生的農業生產為例，縱然天候正常，沒有天災，
風調雨順，而且土壤肥沃，若是百姓不努力耕耘，還是不會有豐稔的
收成，可見「人」扮演著關鍵的角色。本節所討論的「人」，除了人
體以外，也包括與人體有關的人工物，《莊子‧秋水》:「牛馬四足，
是謂天；落馬首，穿牛鼻，是謂人。」(黃錦鋐註譯，1997：201)可
見所謂「人」是人為刻意介入的一種狀態。那麼「人籟」則可定義為：
人體以及所有人工物所發出來的聲音，而其中最常出現的當屬樂器
類，樂器本為人工性物品，加上人的演奏，才能形成所謂的音樂，正
好呼應《莊子‧齊物論》:「人籟則比竹是已。」(同上：60)

《樂記‧樂本篇》:「凡音之起，由人心生也；人心之動，物使之
然也。感於物而動，故形於聲；聲相應，故生變；變成方，謂之音；
比音而樂之，及干戚羽旄，謂之樂。」(王夢鷗註譯，2009：655)可
見音樂以聲音為媒介，反映宇宙萬物和人類心靈運動的節律，正所謂

「意先乎音，音隨乎意」。音樂不僅是人類感情的產物，它是隨著時間進行的線性藝術；以聲音呈現，其本質是抽象的，然而卻能撥動詩人易感的心靈，透過詩人的感知，經由聯想與想像，創造出以耳為目，聽音類形的聽覺通感意象，甚至將音樂形象以文字表達出來。聽聲會意，隨意幻形的通感心理活動，最典型的例子便是「高山流水識知音」的故事，據《列子・湯問》載，俞伯牙每鼓琴奏曲，鍾子期均能聽其音，類其形，從琴聲中想像到高山流水、霖雨崩山，所以被視為「知音」。（陳育德，2005：114～117）在中國古代不少詩詞中，都具體生動地表現了音樂與物象、聽覺與視覺感通的藝術效果，正如韋莊〈聽趙秀才彈琴〉中所形容的「巫山夜雨弦中起，湘水清波指下生」。明代石沆〈夜聽琵琶〉：「娉婷少女未關愁，清夜琵琶上小樓。裂帛一聲江水白，碧雲飛起四山秋。」詩人並未具體描述樂音如何美妙動人，著重表現的是「裂帛一聲」收音後的藝術感受和審美效應，它令人神思飛揚，浮想聯翩，眼前幻現出一片寂然無聲的景象，江面浮動著銀白月光，秋山飛起層層碧雲，心中引發無限閨情愁緒。（陳育德，2005：119～120）將音樂幻化為形象，再透過文字呈現詩詞中，這類的作品當以〈琵琶行〉最為耳熟能詳。白居易以一個欣賞者的角色，將聲情透過想像，賦予形象，並融入自己的情感經驗，以創作者的身分，創造了文學作品中的藝術想像，詩中聽覺通感意象最為豐富。例如「間關鶯語花底滑，幽咽泉流水下難；水泉冷澀弦凝絕，凝絕不通聲暫歇」，這幾句將逐漸淡出的聲音表象，轉化為視覺表象——已然幽杳輕悄花底間的鶯語，和凝滯難流的泉伏冰下；又如「銀瓶乍破水漿迸」，是琵琶激烈掃弦，以致聲音迸散的視覺聯想。透過聯想將聽覺化為視覺，讓讀者更容易感知音樂的聲情，作者超越了原曲內容的藩籬，將自己的抑鬱憤懣寄託於聲情上，也才能將自己的蕭索不遇投射在琵琶女上，從而生出「同是天涯淪落人」的悲憫與同情。（李時銘，2004：111～112）白居易將音樂轉為視覺形象，最後全化作心中的情懷，藉由想像也將讀者帶入作者的感情世界，充分展現通感意象的美

學效果，除了音樂以外，以人發出的聲音作為通感的起點，也常出現在文學作品中，例如劉鶚《老殘遊記》：

> 王小玉便啟朱唇，發皓齒，唱了幾句書兒。聲音初不甚大，只覺入耳有說不出來的妙境：五臟六腑裡，像熨斗熨過，無一處不伏貼；三萬六千個毛孔，像吃了人參果，無一個毛孔不暢快。唱了十數句之後，漸漸地越唱越高，忽然拔了一個尖兒，像一線鋼絲拋入天際，不禁暗暗叫絕。……恍如由傲來峰西面攀登泰山的景象……愈翻愈險，愈險愈奇。那王小玉唱到極高的三四疊後，陡然一落，又極力騁其千回百折的精神，如一條飛蛇在黃山三十六峰半中腰裡盤旋穿插。……從此以後，愈唱愈低，愈低愈細，那聲音漸漸地就聽不見了……約有兩三分鐘之久，仿佛有一點聲音從地底下發出。這一出之後，忽又揚起，像放那東洋煙火，一個彈子上天，隨化作千百道五色火光，縱橫散亂。（劉鶚，1990：20～21）

首先作者用「五臟六腑彷彿被熨斗熨過般」形容令人舒服暢快的美妙聲音，將聽覺向觸覺轉化，是第一重通感；聽到令人舒服的聲音好像吃了人果參般，再將聽覺轉化為味覺，又是一重通感；接著聲音忽然高起「拔了一個尖兒」，「尖」形容高而細的聲音，喚起了觸覺，再疊加一重通感。接下來則用一連串的視覺形象形容聲音，拋入天際的鋼線迴環轉折於高峰奇嶺間是形容聲音越唱越高；用飛蛇在山腰盤旋穿插，描寫聲音愈唱愈低，愈低愈細；最後用色彩和火光形容聲音迸發。作者運用多重通感，以聽覺表象為基礎，讓想像自由馳騁，一覺興奮，多覺應和，產生連鎖反應，聯合觸覺、味覺和視覺，巧妙地表現人聲的抑揚頓挫，千變萬化。錢鍾書則認為這樣的筆歌舞墨不例外於「聽聲類形」四字的原理。（錢鍾書，2001：78）

除了以上所舉的例子外，人工物類所發出來的聲音種類繁多，不勝枚舉，例如，擣衣聲、更漏聲、爆竹聲……等。然而，誕生於歌台

舞榭的詞本身即是文學與音樂相結合的複合藝術，加上李後主個人音樂素養極高，因此出現於李後主詞作中的「人籟」，以樂器所發出來的聲音最為頻繁。事實上，音樂所喚起的情緒可分別為兩種主要類型，即愉快的情緒與不愉快的情緒。恐懼、心靈的壓抑、疲憊、沮喪⋯⋯為不愉快的情緒；鼓舞、柔和、興奮、寧靜⋯⋯為愉快的情緒。在愉快的情緒中，柔和、寧靜為下降的，屬秀美的範圍；鼓舞、興奮為上升的，屬崇高的範圍。例如貝多芬的「第九交響曲」，述說的是人類兄弟的情誼，表現出崇高美感。（姚一葦，1997：61～62）雖然音樂中多的是崇高藝術，但是讓李後主所沉溺的音樂並不屬於這一類。唐代的音樂多元而豐富，當時西域音樂、西北少數民族音樂和中原音樂互相融合，將音樂發展帶入一個嶄新的階段，形成新的音樂，稱為「燕樂」；當時所使用的樂器十分廣泛，其中琵琶、箏、笙、笛和羯鼓等，在燕樂中均佔有重要地位。琵琶、箏、笛，間隔短、聲調高，變化多、節奏快，用高聲調表現快節奏，使人體態躁動而心神蕩漾；羯鼓的特點是音量大、音域寬，節奏急促，變化豐富，從鼓點中能感覺出樂曲的情緒。燕樂形式富於變化，形成聽覺美感，具有強烈的抒情性；燕樂相較於「中正和平」的雅樂，走的是極端，高則過高，低則過低，哀樂極情，沒有節制。這種音樂達到情感盡情的宣洩，一吐為快的作用，符合人對音樂「歡放而欲愜」的審美心理。（吳惠娟，1999：126～131）從晚唐五代上層社會的享樂環境可知，燕樂通常伴隨著歌、舞、酒、色，因此呈現出側豔的美學特徵。從南唐宮廷畫家顧閎中筆下的「夜宴圖」可知，嘉惠燕飲間，演奏樂器者多為女性，偎香倚軟，再配上原本就引人遐想的樂曲，自然是春色無邊。據王灼《碧雞漫志・卷一》載，北宋的李薦曾為一個善謳歌的老翁作過一首戲詞：「唱歌須是玉人，檀口皓齒冰膚，意傳心事，語嬌聲顫，字如貫珠。老翁雖是解歌，無奈雪鬢霜鬚。大家且道：是伊模樣，怎如念奴。」（王灼，1971：9～10）可見當時，人們偏愛的是「女音」。音樂的女音化，決定了音樂的軟媚化。音樂的軟媚化，所引起的快感使人舒適柔和，而

讓情緒軟化。快感產生時容易摻雜人之意欲或是占有的慾望，快感雖然不是美感，然而兩者間卻存在著密不可分的關係，因為在人的審美過程中，必容含了人的感性成分，所以美感必不能脫離快感而存在。（姚一葦，1997：44～45）本節茲以李後主詞作中的音樂（演奏及歌唱）的聽覺通感意象為主，來探析李後主詞秀美美感以及香豔之情。

〈玉樓春〉：

> 晚妝初了明肌雪，春殿嬪娥魚貫列。鳳簫吹斷水雲閒，重按霓裳歌遍徹。
> 臨春誰更飄香屑，醉拍闌干情味切。歸時休照燭花紅，待放馬蹄清夜月。

這一闋詞雖然是從視覺意象開始的，詞作的意境卻是聽覺所營造出來的，縱然嬪妃眾多，明豔照人，若無音樂的流動，充其量只是一個靜止的畫面。然而通篇表現出一種全無反省和節制，完全沉溺於享樂中遄飛的意興，必須是令人心神蕩漾的音樂，才足以讓作者整個靈魂都在這迷醉了。

「鳳簫吹斷水雲閒，重按霓裳歌遍徹」──歌舞正式登場。「鳳簫」二字所製造的視覺感受是樂器的繽紛華麗、精雕細琢，視覺補充聽覺，讓人彷彿感受到節奏和旋律的複雜多變；「吹斷」是盡興吹至極致之意，「斷」雖是「盡」的意思，然而卻製造出「截開」的觸覺感受，聽覺向觸覺挪移，是一重通感，更顯音樂的極盡享受；接下來的「水雲閒」，乃指鳳簫之聲飄蕩於水雲之間，一方面寫所見之水雲閒颺之致，一方面又與「鳳簫吹斷」相應，指簫聲直欲與水雲同其飄蕩閒颺。（唐圭璋主編，1988：150）「水雲」所喚起的感覺表象，除了視覺以外還摻雜「涼」之觸覺感受，是一種綜合感覺的意象，用「水雲」來形容鳳簫的樂音，聽覺向視覺與觸覺挪移，又是另一重通感。水流閒適，雲飄悠然，這兩種自然動態，正好呼應任憑鳳簫吹斷，呈

現出沒有節制的聽覺享受，更為下一句作鋪墊，不但引出下一句，還
把歌樂推向高潮。

　　接下來重奏〈霓裳〉之曲。「按」指的是「按奏」，用手向下壓之
意，清越可聽的樂曲從纖纖玉指一按一壓而來，這裡用「按」來統稱
手指頭和琵琶的接觸，用觸覺（按）來表現聽覺（霓裳），是一重通
感，而且由白居易〈琵琶行〉「輕攏慢撚抹復挑」，約略可知彈奏琵琶
的其中四種指法。「重按」乃重奏、再奏、更奏之意，李後主與大周
后皆精通音律，情愛甚篤，而〈霓裳羽衣曲〉又為唐玄宗時代最著名
的大曲，經過李後主和大周后的發現，並親自整理，當演奏此曲時，
歡愉耽樂之情，當然不是一般尋常歌舞宴樂可以相比，所以單單「按」
是不足的，需要「重按」。「鳳簫吹斷」，且更重奏〈霓裳〉之曲，由
「吹斷」和「重奏」可知音樂使李後主歡放而欲愜，任縱其中，無所
節制。除了「吹斷」和「重按」，更繼之以「歌遍徹」，「遍」、「徹」
皆為大曲名目，大曲有所謂排遍、正遍、袞遍、延遍等諸曲，其長者
可有數十遍之多；至於徹，則為入「破」之最後一遍，曲至入破則高
亢急促。「歌遍徹」其歌曲之長、之久，以及其音調之高亢急促，皆
在此三字表露無餘。（唐圭璋主編，1988：150）李後主耽享縱逸之情，
以及燕樂之「繁聲淫奏」的聽覺快感，可想見矣。

　　「鳳簫吹斷水雲閒」和「重按霓裳歌遍徹」之聽覺通感，全部轉
化為下片首句「臨春誰更飄香屑」之嗅覺感官。據《南唐拾遺》載，
李後主宮中設有主香宮女，掌焚香及飄香之事。（毛先舒，1985：348）
「飄香屑」，指宮女持香料之粉屑散布各處，宮中處處香氣瀰漫。「臨
春」二字一作「臨風」，葉嘉瑩認為作「臨風」更為活潑有致，且與
「飄」呼應，臨風飄香，香氣飄送更為廣遠瀰漫。（唐圭璋主編，1988：
150）筆者採取以上看法，且將「臨春」改為「臨風」在嗅覺感官之
上，又疊加一重觸覺感受。歌樂聲隨著香風所播，飄送各處，美音飛
送，聽覺隨著嗅覺和觸覺渲染出一大片燦爛而甜蜜的美情，是一重通
感，並導致「醉拍闌干情味切」將聽覺再轉化為味覺，又是一重通感。

從上半闋的「鳳簫吹斷水雲閒」和「重按霓裳歌遍徹」到「臨春誰更飄香屑」，一覺（聽覺）興奮，多覺應和，感有多重，作者運用多重通感，疊合視覺、觸覺、嗅覺和味覺，各種感覺交互為用成功表現出聽覺快感的沉溺。也因著這份深切的情味，到了最後兩句「歸時休照燭花紅，待放馬蹄清夜月」，明明已歌罷聲歇，然而李後主將聽覺上的感官享受，轉化為意味盎然，興致未已的奔放情致，趁著餘興，要以馬蹄踏著滿路的月色歸去，所以連美麗的紅燭也不許點燃。「待放馬蹄」一作「待踏馬蹄」，筆者認為「踏」較「放」字能喚起多重的感覺。清夜的一片月色，以「踏」字讓月色產生一份質感，視覺向觸覺挪移，是一重通感；踏在馬蹄之下的是月光，彷彿「得得」之蹄聲入耳，喚起聽覺，再疊加一重感覺。

葉嘉瑩認為這一闋詞通篇描寫夜晚宮中歌舞燕樂之盛，其間並沒有什麼高遠深刻的思致情意可求。（葉嘉瑩，1992：124）然而李後主以奔放自然之筆，極力寫出耳目五官等多方面的享受。

〈浣溪沙〉：

> 紅日已高三丈透，金爐次第添香獸，紅錦地衣隨步皺。
> 佳人舞點金釵溜，酒惡時拈花蕊嗅，別殿遙聞簫鼓奏。

這一闋詞從起句至倒數第二句，充滿豐富的視覺、嗅覺、觸覺及味覺意象，然而最後一句才出現的聽覺意象，卻是闋詞作的旨趣所在，而且被視覺、嗅覺、觸覺及味覺所點染、襯托著。由「別殿遙聞簫鼓奏」可知簫鼓陣陣，處處笙歌，寫一景而照全景，此殿歌舞、別殿歌舞、殿殿歌舞，形成一團好音，令人耳不暇聽，讓人想到珠歌翠舞，急竹繁絲，已經瀰漫了整個南唐小朝廷。（唐文德，1981：100）再者，音樂是舞蹈的靈魂，沒有音樂，舞蹈就沒有了生命，空空洞洞的；飲酒作樂更需要音樂的助興，因此狂歌曼舞，醉酒荒宴，這些行

為都是隨著音樂而擺動著，雖然「簫鼓奏」於末句方才出現，事實上簫鼓、笙歌自頭到尾都流動著，並且貫穿整闋詞。

開始的「紅日已高三丈透」用視覺意象，說明歌舞的時辰，更讓人產生歌樂一直從昨夜延續到今晨的流動感，可以說是用視覺來描繪聽覺的通感意象。「香獸」是以炭末為屑，染以香料，做成各種獸形的燃料，在它的前面著一「次第」，則「金爐」陳列之多，歌舞歷時之久，都在字裡行間透露出來，舞樂就像馥郁且瀰漫不絕的香氣，熱烈而不停歇，將聽覺轉化為嗅覺，又是一重通感。「紅錦地衣隨步皺」則是對宴會場面的具體描繪，由「地衣」的皺，再看到舞步的輕捷，讓視覺的層次歷歷如繪；同時繁弦疾管齊奏，由舞步飛速旋轉，急步、快步、旋舞，可知旋律層遞而上，音符趨密，節奏漸緊。然而，音樂歌舞在上片還結束不了，過片點出「溜」字，帶出音樂的流暢和急促，而「舞點」可以理解為腳步停留在一點上，身體迅速旋轉，舞得酣沉，舞得盡興，以致頭上的金釵不自覺的溜丟了，更顯出音樂令人如癡如狂。（詹幼馨，1992：15）以上兩句透過舞蹈賦予音樂看得見的動作和速度，以及形象，呈現通感意象的深曲之美。雖說是「酒惡」，然而酒不醉人，人自醉，歌聲舞影中，酣飲歡宴，到底是樂舞醉人還是美酒醉人，已不需說明，因為作者縱情其中，動用全部的感官沉溺其中，感官實中帶虛，虛中有實，用味蕾品嘗音樂，同時也用耳朵來聆聽醇酒的滋味。

這位以尋歡取樂為能事的李後主，更是個高明的欣賞者，浸淫享樂並善於對整體的把握，觀賞舞蹈並不僅止於視覺，聆聽音樂並不限制於聽覺，舐嚐美酒超越了味覺，也能從香氣中連絡其他諸感覺。現實生活中的形體、顏色、芬芳和聲音全融合為有機統一的整體，並以此為審美觀照、體驗和理解為基礎，以情感溝通的橋樑，想像力為中介，心靈和五官感覺之間相互應和，相互為用，由此可知對整體的把握為通感意象的美學特徵。

〈菩薩蠻〉

　　銅簧韵脆鏘寒竹，新聲慢奏移纖玉。眼色醉相鈎，秋波橫欲流。
雨雲深繡戶，來便諧衷素。讌罷又成空，夢迷春睡中。

　　這闋詞的第一句便是對聽覺的摹寫，所描寫的內容，原應生於第
二句，把美人奏樂的模樣移後，先寫出樂音，使人耳目俱新。（詹幼
馨，1992：41）聽覺和視覺感官互相應和，不論是以目聞聲，還是以
耳觀樂，均傳遞出通感之美。李後主眼前這位樂伎，正款移玉指，吹
奏笙簫，奏出的是一首新譜樂曲，樂聲清脆曼妙。首句的「銅簧」指
的是樂器「笙」。這種樂器，編竹管列置瓠中，施銅簧於管底。不直
接說出名稱，而以「銅簧」之樂器的局部借代樂器整體，和接下來不
說「手指」而代以「纖玉」，這種寧用具體感性物象，而不取較抽象
名詞的作法，加諸於讀者的是更強烈的感官效果。（唐圭璋主編，
1988：145）「銅簧韵脆」聽覺向觸覺移轉，「脆」即是「脆」，現代漢
語多半用它來形容食品之易碎而適口，然而根據一般認知，「脆」的
感覺是經由舌頭、牙齒和唇，與食物接觸而來，並非味蕾，而且它原
是物體容易被折斷的意思，因此是一種觸覺詞。（楊淳婷，2000：47）
「鏘」則是形容金石撞擊的聲音，〈禮記・玉藻〉：「進則揖之，退則
揚之，然後玉鏘鳴也。」（王夢鷗註譯，2009：550）笙吹奏出來的樂
音悠揚可聽，鏗然宛如竹屹立於寒霜之中，視覺及觸覺被聽覺凝結在
一起，從而多層次地詮釋燕樂的特色；「銅簧」為吹奏樂器內含的銅
製小薄片，受氣流震動，能發出聲音，因此「銅簧韵脆鏘寒竹」製造
出來的聽覺意象十分具體而鮮明。「慢奏」的「慢」字，原指奏樂的
速度，是一種時間的流動，屬於聽覺的範疇，然而連繫下文看，教人
聯想到「漫」字，如：浪漫，樂伎演奏的音樂，不僅放縱了作者的聽
覺；「眼色醉相鈎」──進而情不自禁地和其眉目傳情，聽覺通於心

覺；「醅」指未過濾的酒，在靡靡之音的催化下，作者醉倒於美目盼兮，再疊加一層味覺。

接下來上演的是一齣精神戀愛的戲碼。「銅簧韵脆聲鏘似寒竹」使作者風流蕩漾，引起遐想，曼妙的音樂撩起作者愛意，聽覺通心覺；進而產生意淫的感情體驗，與樂伎共赴「雨雲」──「雨雲深繡戶」在聽覺上又疊加一層觸覺。「雨雲」原意為「巫山雲雨」，〈高唐賦〉中有言：「妾在巫山之陽，高丘之臺，旦為朝雲，暮為行雨，朝朝暮暮，陽臺之下。」寫的是傳說中有個神女，她能行雲布雨，誰能夢到她，就能與之交歡，後來便用它來借指男女歡合。然而「讌罷又成空」，作者的「性幻想」隨著宴飲的結束、隨著笙歌的流逝而宣告終止，讀者卻從中體會到當時的燕樂使人放情肆志。

〈禮記・樂記・樂化篇〉：「故樂者，審一以定和。」（王夢鷗註譯，2009：701）古代的音樂崇尚溫良、安靜、疏達、謙和，總體風格為溫柔敦厚，旋律以平和為主，節奏則為緩和缺少變化；然而相對於這種「雅樂」，在那個時代有一種常被統治者排斥，而為世人所喜好的「鄭衛之音」，卻是極端放縱、毫無節制，是所謂的「淫邪之樂」。當時鄭國男女錯雜，為鄭聲相互引誘取悅，男女聚會，謳歌相感，故「鄭聲淫」。所謂的「淫」，除指男女之慾外，淫也是過多的意思，在音樂的概念上指音域的擴、音階的繁複、律度的提高、節奏速度的多變，造成曲調的變化多方，加上演奏技巧的恣意求新，其所呈現的風貌，迥異於雅樂的雍容（李時銘，2004：3，31）以上所探析的三闋詞作，聽覺意象和美色緊緊相扣，甚至於還產生肌膚之親的通感意象，可見當時的音樂蕩心塞耳，使人精神鬆弛，心曠神怡，引發人們內在的激情，教人心動神馳，興奮不已，這種狎昵之聲和鄭聲十分類似。另外，精雕細琢的樂器，奏出動人悅耳的樂曲，然而樂曲是運動的，舊的印象會在瞬間消失，而新的印象繼起，透過聽覺通感，能將音樂和活色生香的美女作連結，女性的面貌柔合，肌肉纖細，最適合呈現秀美美感，令人產生依戀之情，然而若是情感摻雜了情慾的成

分，便越出秀美的範圍，向側豔靠攏了。接下來要討論的是，除了音樂以外，其他人工物體所發出來的聲音。

〈擣練子令〉：

> 深院靜，小庭空，斷續寒砧斷續風。
> 無奈夜長人不寐，數聲和月到簾櫳。

這一闋詞是從聞砧上擣練之聲而起念，逐漸地湧現自我的惆悵。作者對於「擣練之聲」的描述有限，然而它卻深深的攪亂作者的千絲萬緒，心潮起伏，不得安眠，豈是「斷續」、「寒」和「數聲」能夠形容的呢？所以用「深院靜，小庭空」──廣大深沉的門院，和空空蕩蕩的小小天井，視覺上的「幽深」和「空蕩」，營造出空間的孤寂，來表現一聲聲的砧杵，才足以呼應「無奈夜長人不寐」的寂寞心境。第三句是這闋詞的核心，自古以來，砧上擣衣或是擣練的聲音，一直是夫婦或是情人彼此相思回憶的詩料，因為婦女常在秋天洗製冬衣寄贈遠人，思念之情化為一聲聲的砧杵。「斷續寒砧」──作者聽到這種聲音而引起了相思的愁緒，聽覺向心覺挪移，象通於意；「砧」聲訴諸聽覺，屬於高級感覺，耳朵是不需接觸到物體本身；「寒」訴諸觸覺，皮膚必須接觸到物體才能產生冷覺。用「寒」來形容聽覺，彷彿一聲聲的砧聲，已附著在皮膚上，是那麼的真切；庭院愈靜，砧聲愈響，那斷續的砧聲，不僅滲入皮膚，更擊打在心頭，似乎令人隱隱作痛，再疊加一層痛覺，感有多重。一般而言，在砧上擣衣或是擣練，應該是富有節奏的，一聲與一聲之間總有短暫的間歇，而這種斷續的、富節奏的擣練聲並沒有從頭至尾，一聲不漏地送入小庭深院中來，這是因為風力時強時弱的緣故，這就使得深居深院的作者有時聽得到，有時聽不到，有時候聽得到砧聲，有時只聽得到風聲，若斷若續，時有時無，把訴諸聽覺板滯沉悶的狀態給寫活了。夜深了，砧聲仍斷斷續續地響著，形態上從時間的流動轉為空間的靜止，並染上銀

白的月色，投射在窗簾和窗牖上，砧聲除了轉為視覺形象之外，在原本的寒字上，更添加一層涼意。（唐圭璋主編，1988：140～141）

這闋詞的內容和詞牌的含意相容，所以是一闋本義詞。「白練」是古代一種絲織品，製作過程要經過在砧石上，用木棒槌搗這道工序，一般都是由婦女操作。絲織品本來就以細緻、柔軟為條件，再加上女性操作時嬌柔無力，「搗練聲」充分呈現出秀美特徵；多少的思念，多少的哀怨，甜蜜的回憶，繾綣的纏綿，內心的激情，由動態的砧聲而起念，而又以靜止的砧聲為結，全詞不著一個情字，多少的情思全部化為砧聲。雖然有學者認為這闋詞未能直抒胸臆，落入一般詞人窠臼。（詹幼馨，1992：68）然而內心的激情蘊藉在砧聲的背後，剛好呈現出詞的含蓄婉約之美，讀者在審美觀照，能品嘗其秀美特徵。

〈謝新恩〉：

> 櫻桃落盡春將困，秋千架下歸時；
> 漏暗斜月遲遲花在枝，徹曉紗牕下，待來君不知。

這是一闋閨怨詞，由最後一句「待來君不知」可知對方辜負了良宵密約，「春將困」和「秋千下架」兩種停擺的狀態，形成空間上的寂靜，苦苦等不到情人的憐愛，世界彷彿也凝滯住了，更漏聲是唯一的動態。在這樣寂靜的環境中，聽覺特別敏銳。「漏」指的是更漏聲，也就是古代計時器滴水的聲音，陸游〈夜游宮〉：「睡覺寒燈裡，漏聲斷月斜窗紙」。「暗」指的是不光明、光線不足的意思為視覺詞。「漏暗」——用「暗」來描繪更漏聲漸稀，視覺補充聽覺，讓人聯想到更漏聲彷彿將殘的燈火，朦朦朧朧、隱隱約約。「斜月」直貫「徹曉」說明戀思之久，徹夜未眠，也透露出漏聲的持續。漏聲是一種聽覺表象，隨著時間的更迭，舊的聽覺印象會消逝，而新的印象繼起。整夜的漏聲持續著，由深夜到破曉，舊的聽覺印象用「斜月」來取代，新的聽覺印象則化為「薄曉」，視覺補充聽覺；而「月」和「曉」這一組相對的視覺意象恰好呈現出時間的推移，描繪出整夜的漏聲。這一

闋詞和〈擣練子令〉一樣，作者不直言多少的愛戀，多少的寂寞難耐，
而是訴諸模模糊糊的更漏聲，從聽覺意象中，去細細體味幽深的閨
怨，呈現出含蓄秀美的特徵

# 第七章　李後主詞的其他通感意象

## 第一節　嗅覺、味覺和觸覺通感意象的界定與類型

　　美感經驗的主要來源，是經由人眼和耳的通路所產生的感覺，也就是所謂的高級感覺——視覺與聽覺；相對於高級感覺，嗅覺、味覺和觸覺，在美學上被稱為低級感覺，此類低級感覺雖有時能對美感經驗有所增益，但只能位居輔佐作用，絕非主導的功能。（姚一葦，1993：4～5）西班牙美學家桑塔耶那（George Santayana）認為，觸、味、嗅等感覺，雖然能具有顯著的功用，但對於知能方面的各種意義，它們所具有的作用卻不像視、聽來得重要。由於它們一般只存留在意識背景中，而且對人類各種客觀化了的觀念只提供最小部分的貢獻，與它們相連結的那些快樂，也必是不關情的（detached），因此也無用於審美之欣賞的目的。它們因此被稱作非審美的、較低的感覺（the lower senses）。（桑塔耶那著、杜若洲譯，1972：101）所謂「較低的感覺」，並非指觸、味、嗅這些感覺之任何內在肉慾性或低下性的緣故，而是指它們在我們的經驗裡所具有的作用。例如觸、味、嗅同具有一個缺點：即是無法像聲音或語言圖象那般能夠達到組織的形式，因此也不能在趣味上提供任何類似音樂的主觀感覺之展現。朱光潛素來強調美感的產生與心理距離密不可分，我們必須在觀賞的對象和實際人生之中闢出一種適當的距離（不即不離），才能獲致審美的態度及感動。（朱光潛，2008：26）但觸、嗅、味覺的肌質是非得親身觸摸、親自品嘗，所謂「如人飲水，冷暖自知」。如此主觀的生理反應（雖然視、聽覺也很主觀）確實較難闢出適當的美感距離。另外審美生理快感是人類精

神上的欲求所帶來的身體反應，而非觸、嗅、味覺獲得飽足後所產生的興奮或快樂，它們的關係可做如下標示：精神渴望透過五種官能，必能產生美感；感官欲望透過觸、嗅、味覺的探索獲得飽足，但不一定能夠對應精神上的欲求及美感。由此可知，「美感」的產生多偏向精神性，源自人類對真（真實感）、善（道德感）、美（純粹精煉）的渴求。而「快感」是較偏重感官性的生理現象，尤可能伴隨觸、嗅、味覺的誘發與摸索，縱使它們未必能滿足人類精神層面的審美欲求，但依舊有其重要性（趙路得，2006：133～134）德國美學家也指出，各個感官並非孤立，它們是一個感官的分支──多少能夠互相代替，一個感官響了，另一感官作為回應，作為和聲，作為看不見的象徵，也就起了共鳴。這樣，即使是次要的感官，也並沒有被排除在外。（費歇爾，1964：5）

　　王維的〈竹里館〉：「獨坐幽篁裡，彈琴復長嘯；深林人不知，明月來相照。」或李白的〈望廬山瀑布〉：「日照香爐生紫煙，遙看瀑布挂前川。飛流直下三千尺，疑是銀河落九天。」以上兩首詩的意象，純粹由視覺或聽覺這兩種「高等感覺」或「美的感覺」所建構出來，呈現出不食人間煙火、不沾實用的意趣，但是畢竟身為人類，尤其是敏感的詩人，總是用全身心去感受、探索這個世界，所以才會存在著「暗香浮動月黃昏」、「三杯兩盞淡酒，怎抵他晚來風急」、「客去茶香餘舌本」、「冰肌玉骨，自清涼無汗」等名句；有些美學家認為美感限於耳目兩種「高等感官」，至於舌、鼻、皮膚等「低級感官」則不能發生美感，近代美學大師朱光潛則認為，「低級感官」未嘗不可發生美感，況且生來就聾盲的作家海倫凱勒就是以美感敏銳著名。（朱光潛，2008：89～90）其實純粹由「高級感官」所營造出的意象過於超塵絕俗，和欣賞者拉開的距離太遠；相對的，李後主繁弦急管、狂歌漫舞，醉酒荒宴，沉湎於膩粉脂香中，詞作中所出現的官能感受及情緒性的字眼，反而較能觀照普羅大眾的心聲，也較能擄獲讀者的心思意念，進而贏得共鳴。觸、嗅、味覺雖屬次要的感官，但如果在我們的生命中缺席，就會喪失許多探索世界的細緻管道。因此茲將李後主

詞嗅覺、味覺及觸覺通感意象的來源，作成以下表格：（表 7-1-1 李後主詞嗅覺、味覺及觸覺意象之類型）

表 7-1-1　李後主詞嗅覺、味覺及觸覺意象之類型

| 詞牌及起句 | 嗅覺 | 味覺 | 觸覺 |
|---|---|---|---|
| 〈漁父〉<br>浪花有意千重雪 | | 一壺酒 | |
| 〈漁父〉<br>一櫂春風一葉舟 | | 酒滿甌 | 春風 |
| 〈一斛珠〉<br>曉妝初過 | 丁香、沉檀 | 櫻桃、香醪 | |
| 〈玉樓春〉<br>晚妝初了明肌雪 | 香屑 | 情味 | |
| 〈浣溪沙〉<br>紅日已高三丈透 | 香獸、花蕊嗅 | 酒 | 拈花蕊 |
| 〈菩薩蠻〉<br>花明月黯飛輕霧 | | | 偎人顫 |
| 〈菩薩蠻〉<br>蓬萊院閉天臺女 | 異香 | | |
| 〈菩薩蠻〉<br>銅簧韵脆鏘寒竹 | | 醅 | 香鉤 |
| 〈子夜歌〉<br>尋春須是先春早 | | 醅浮 | |
| 〈長相思〉<br>雲一緺 | | | 輕顰 |
| 〈喜遷鶯〉<br>曉月墜 | 芳草 | | 枕頻欹 |
| 〈采桑子〉<br>亭前春逐紅英盡 | 香印 | | 不放雙眉 |
| 〈采桑子〉<br>轆轤金井梧桐晚 | | | 雙額皺、寒波 |
| 〈擣練子〉<br>雲鬢亂 | 香腮 | | 攢、嫩、和淚、<br>倚欄干 |
| 〈楊柳枝〉<br>風情漸老見春羞 | 芳魂 | | 拂人頭 |

| 詞牌及起句 | 嗅覺 | 味覺 | 觸覺 |
|---|---|---|---|
| 〈謝新恩〉<br>秦樓不見吹簫女 | 一襟香 | | 東風 |
| 〈謝新恩〉<br>櫻花落盡階前月 | | | 倚、淚沾 |
| 〈謝新恩〉<br>冉冉秋光留不住 | 香墜、紫鞠氣 | | |
| 〈臨江仙〉<br>櫻桃落盡春歸去 | 爐香 | | |
| 〈破陣子〉<br>四十年來家國 | | | 銷磨、揮淚 |
| 〈清平樂〉<br>別來春半 | | | 觸、腸斷、拂、憑 |
| 〈相見歡〉<br>林花謝了春紅 | | | 晚來風、寒雨 |
| 〈相見歡〉<br>無言獨上西樓 | | 滋味 | 上、鎖、剪、理 |
| 〈烏夜啼〉<br>昨夜風兼雨 | | | 斷、頻欹枕、起坐、穩 |
| 〈望江南〉<br>閒夢遠 | 芳 | | |
| 〈望江梅〉<br>多少恨 | | | 春風 |
| 〈望江梅〉<br>多少淚 | | | 斷臉、橫頤、吹、腸斷 |
| 〈子夜歌〉<br>人生愁恨何能免 | | | 銷魂、雙淚垂、上 |
| 〈浪淘沙〉<br>往事只堪哀 | 壯氣 | 、 | 秋風、沉埋、晚涼 |
| 〈浪淘沙令〉<br>簾外雨潺潺 | | | 五更寒、憑闌 |
| 〈虞美人〉<br>風回小院庭蕪綠 | 香暗 | | 憑闌 |
| 〈虞美人〉<br>春花秋月何時了 | | | 東風 |

　　在美學方面，嗅覺、味覺和觸覺的感官印象常被忽略，若要進行對感覺、香氣和品嘗等方面的美學討論，似乎是不可能的，因為這些經驗太短暫、太肉體性、太過於和人類的基本需求連結在一起；但若因此而認為嗅覺、味覺和觸覺是較低層次的感官機能，其實是不正確的，客觀地說它們是近距離的感官機能。視覺和聽覺的感知往往伴隨著空間上的距離，對我們的身體是遠的，而且和人體的維生並不存在直接關係。當我們要觸碰某物時，其距離必不超過手臂的長度，且與我們感知對象的接觸猶如肌膚之親；和觸覺相較下，味覺又更貼近些，因為我們必須把想品嘗的東西置入口中。另外，觸覺、味覺和維生必需的營養與繁殖行為緊密相連；嗅覺則居於迷人的中間位置，它同時具備遠距及近距官能的要素，我們可以聞到在遠距離之外的某個氣味，然而它也作為味覺的親密夥伴，因此也算是近距離的官能。與看和聽相較，近距離的官能常被認為是較原始的，此說法帶有價值評斷的意涵，較好的方式是以人類「較具體的」或「較形而下的」感官機能來形容它。（海德倫‧梅克勒著、薛文瑜譯，2004：11～13）英國語義學和修辭學家烏爾曼（Stephen Ullmann）曾調查十九世紀許多詩人的作品，發現通感手法的運用都存在著一些內在的規律——百分之八時是用低級感官來表現高級感官。觸覺和味覺屬於身體化特徵較多的基本認知域；視覺和聽覺則屬於身體化特徵較少的高級認知域。人們往往用身體化特徵較多的感知來表達身體化特徵較少的感知，因為身體化程度越高，感知越具體、越真切；相反則越抽象、越間接。以具體事物或現象為基礎，完成對抽象事物或現象的認知，是人類認識的普遍規律。（劉宇紅，2005：28～30）越是較低級的感官，感知主體與被感知物之間的關係越直接，可及性越強，反之就越弱，因此，由觸覺、嗅覺、味覺向聽覺、視覺投射較多；而由視覺、聽覺同觸覺、嗅覺、味覺投射較少，大陸學者將此種較少發生的表現稱為「逆向投射」。較低級的感官向高級感官投射，予以藝術表達真切感，同時也因與被感知對象的距離近，由於審美心理的逼仄而產生一定的限制

性；而高級感官不需和刺激物接觸，甚至可以保持遙遠的距離，由此而產生了美感，實現一種審美的提升。（雷淑娟，2010：21）不論形而上的感知向形而下的感知投射，還是形而下的感知向形而上的感知投射，審美的過程就是在拉近和推遠之間，感官交錯間；忽近忽遠，時而具體時而抽象，似乎清楚又好像模糊，通感之美也就存乎其中。本章茲將以嗅覺、味覺和觸覺為討論核心（不一定是主導、直接感覺），探析李後主詞作通感審美特徵。

## 第二節　嗅覺通感意象及其美感

　　嗅覺的刺激來自各種物質，經化學變化產生氣體，散佈於空氣中，產生有機分子。人呼吸時，這些分子進入鼻腔，往上達到嗅覺纖毛細胞，嗅覺感應器就在這些細胞上。當嗅覺纖毛細胞接受氣體刺激後，其訊息再往上傳遞到嗅球，持續通往嗅覺神經，最後往上傳導到大腦嗅覺中樞，產生嗅覺現象。（葉重新，2006：63）大致說來，氣味有幾種基本範疇，例如薄荷（薄荷香）、花香（玫瑰）、幽香（梨）、麝香（麝香鹿）、樹脂（樟腦）和辣苦味（醋）……等。究竟大腦如何辨別、記錄這麼多的氣味？由艾默爾（J. E. Amoore）在一九四九年提出的「立體化學」（stereo chemical）理論，分子的幾何形狀與其產生之氣味有關聯，當正確形狀的分子出現時，能夠嵌入神經細胞的空格內，引發神經衝動，向大腦發出訊號。例如麝香氣味的分子是圓盤型，能嵌入神經細胞中橢圓如碗的空格內；薄荷氣味有楔形分子，能嵌入 V 形空格內；樟腦的氣味有球形分子，能嵌入比容納麝香分子更小的橢圓格內；花香味則有圓盤附尾狀的分子，配合碗及槽狀的空格；有些氣味同時能夠配合數個缺口，因此散發多種氣味，或是呈現其混合的味道。（黛安娜・艾克曼著、莊安祺譯，1993：15～17）嗅覺除了可以傳達身體內的感覺，告知口腔內食物的氣味外，也可以

傳達身體外界物體的訊息。嗅覺常讓人留下深刻的印象，重新找回以為消失的記憶，使過去的事物清晰再現。亞理斯多德便認為，嗅覺是處於抽象感覺和非抽象感覺的結合點上，氣味難以用科學概念或哲學概念來掌握，反而它藉助更多的是詩歌的回想，作家和詩人廣泛用氣味來喚起記憶。嗅覺又稱「記憶感覺」，它比視覺記憶要可靠得多，美國研究機構的研究結果表明，人們回想一年前的氣味準確度為百分之六十五，回憶三個月前看過的照片，準確度僅百分之五十。文學家普魯斯特在其作品中提到「香味能產生思想，和相對的回憶」，說明了嗅覺力量引起的聯想。（李麗娟，2003：8）正所謂「氣味比起景物和聲音來，更能使你的心絃斷裂」。只有在光線足夠時，我們才能看；只有在嘴裡有食物時，我們才能品嘗；只有在與人或事物接觸時，我們才能摸；只有在聲音夠響時，我們才能聽；但我們卻隨著每一次呼吸，時時在嗅聞。蒙上眼睛，我們就看不見；搗住耳朵，我們就聽不到；但若是摀住鼻子想停止呼吸，就會死亡。然而嗅覺卻是沉默的知覺、無言的官能，我們缺乏字彙形容，只能在歡樂與狂喜的汪洋中，摸索著言辭。當我們看事物時，可以滔滔不絕的描述細節，運用成串的意象，以各種視覺形容詞如紅、藍、明亮、大的等等描述，但誰能畫出氣味呢？在我們用煙味、硫磺味、花香味、水果味、甜味等字彙描述氣味，其實是用其他的事物作比喻；換句話說，就是用視覺、味覺等來形容嗅覺。有時描述它使我們產生的感受，也就是嗅覺向心覺挪移，例如某物聞起來「令人噁心」、「醉人」、「使人愉快」、「好聞」、「教人血脈噴張」、「昏昏欲睡」或「令人厭惡」。雖然人類的嗅覺可以達到非常精確的地步，但要向未曾嗅過某種味道的人，描述其氣味，卻幾乎不可能，幸好透過涌感，能夠將「氣化」的物質具體呈現出來。由字源學上來看，英文的呼吸（breath）並非呆板無趣的靜態，它表示炊煮的空氣──我們永遠生活在小火熬煮中，宛如細胞裡有個火爐，呼吸時，我們讓整個世界穿過身體，輕輕地醞釀，再將之釋出。（黛安娜・艾克曼著、莊安祺譯，1993：9～11）另外，嗅覺和味覺

好比連體嬰，當我們有滿嘴好吃的食物，想要慢慢咀嚼細細品味，就會深深吸氣，使口中的空氣散布至鼻腔，讓我們更容易聞到它的氣味。

　　集詩人、探險家、記者以及文學教授於一身的黛安娜・艾克曼認為詩人真正的試煉在於他們對香氣的描寫，如果他們描述不出教堂聖壇的香氣，讀者又怎能相信他們能夠描述心靈世界。（同上：21）由於氣味缺乏字彙形容，若非通過聯想，以視覺和聽覺甚至味覺和觸覺來呈現，實在難以具體捕捉，美國電影《女人香》（Scent of a Woman）中的盲者嗅覺異常靈敏，可以透過對方的香水味道，識別其身高、髮色乃至眼睛的顏色，很明顯的，這是一種嗅覺向視覺挪移的通感現象。中國古典詩文中，以其他感覺來描寫嗅覺的詩句，其實還不少，例如：李賀〈五粒小松歌〉：「蛇子蛇孫鱗蜿蜿，新香幾粒洪崖飯」和〈新夏歌〉：「曉木千籠真蠟彩，落蕊枯香數分在」，一則用「幾粒」作為「香」的單位量詞，一則以「枯」形容「香」；另外，林甫〈山園小梅〉：「疏影橫斜水輕淺，暗香浮動月黃昏」，用「暗」形容「香」。以上均為以視覺形容嗅覺的通感意象。李賀〈感諷五首・其五〉：「侵衣野竹香」，香氣彷彿滲入衣服裡，嗅覺向觸覺挪移；李賀〈花遊曲〉：「舞裙香不暖」，本該說「花香裙不暖」，卻顛倒錯綜地將嗅覺的香與觸覺的暖聯想在一起，香向觸覺挪移而產生了溫度。李商隱〈王濬墓下作〉：「松柏愁香澀」則是用心覺「愁」和味覺「澀」，來形容松柏的氣味。

　　李後主終日飲酒觀花，偎香倚暖，宴游崇侈，重視物質享受，照理說諸如嗅覺、味覺和觸覺越是低級的感官，感知主體與被感知物之間的關係十分直接，可及性強，最能誘發「快感」，滿足生理性的需求；然而，李後主三十七闋詞作中，以嗅覺、味覺和觸覺為主導感覺的意象並不多見，以嗅覺為例，只有「沉檀」、「香屑」、「香獸」、「花蕊」、「異香」、「芳草」、「香印」、「香腮」、「芳魂」、「一襟香」、「香墜」、「紫鞠氣」、「爐香」、「芳春」、「壯氣」、「香暗」等，可見如美學家姚一葦所言：「低級感覺雖有時能對吾人美感經驗有所增益，但只能是輔佐的作用，絕非主導的功能。」（姚一葦，1993：4）另外上述之嗅

180

覺意象多為花香，以及少女或是精美器物所發出的，偏向纖細、穠麗，因此在審美特徵上屬於秀美的範疇。本節茲選取李後主詞作嗅覺通感意象，探析其秀美美感。

〈菩薩蠻〉：

> 蓬萊院閉天臺女，晝堂晝寢人無語。拋枕翠雲光，繡衣聞異香。
> 潛來珠鏁動，驚覺銀屏夢。慢臉笑盈盈，相看無限情。

這闋詞在第五章曾討論過，本節重點放在「異香」，茲探析其以嗅覺為最初的感覺來源域，所派生出來的其他感覺。動物界包括人類、哺乳動物、昆蟲等，同物種之間相互溝通，並發出求偶、警戒、社交、合作等訊號的訊息分子，這種分子稱為「費洛蒙」，它是身體自然發出的體香。動物若沒有體味分泌，就難以活得長久，因為他們無法標記領土或選擇感受性強烈、繁殖力強的配偶。美國曼哈頓有些時髦的女性抹著一種稱為「體味」的香水，這種香水可以讓女性聞起來充滿誘惑力，縱使是柳下惠也不免受魅惑，而成為欲望的奴隸。（黛安娜・艾克曼著、莊安祺譯，1993：30～31）體味成了在人們進化之初就遺留給人的天賦，在求偶或交配時都需要它。「繡衣聞異香」——小周后身上那種若有似無的幽幽暗香，淡淡淺淺的，無論是香料的味道，還是少女自身的體香，都吸引著李後主，讓他不由自主地想偷偷靠近——「潛來珠鏁動」。更何況對於官能極度敏感的李後主，沒有比所愛之人身上的香味更迷人的。花香使人激動，因為花有健全而充滿活力的性生活，花的香味向全世界宣告了它是能生育的；同樣的道理小周后身上散發著少女的體香，就如同花朵向人宣告正期待著受孕，以及怒放青春的痕跡，並等待情人一親芳澤。作者吸入屬於少女的芳香，便忘卻了年齡，在慾望熾烈的世界中，感到年輕而期待伴侶。氣味協助人散發誘惑力，也引導人走入誘惑，喬治亞大學官能失調中心所做的研究顯示，約有四分之一嗅覺喪失的人認為他們的性慾消

失。（同上：45～46）氣味隨著歡樂和慾望悸動，暗示了美好和歡愉的事物，使人感受到身體的快樂。當小周后的體香飄入李後主鼻中時，感受到如甜點般的花朵飄入感官內，那是一種非常年輕的氣息，專屬少女的，天真無邪，充滿了柔軟的波紋。

　　由詞的下片「潛來珠鏁動，驚覺銀屏夢」，可知在此之前作者都還沒有進入小周后午睡的畫堂，只是停留在用嗅覺探索的階段，循著那股屬於少女身體獨有的芳香，嗅覺向視覺挪移，李後主腦海浮現「蓬萊院閉天臺女」的旖旎畫面。蓬萊山相傳為仙人所住的地方，而相傳漢時劉晨和阮肇曾在天臺山遇見仙女，被留同住半年，雲霧繚繞的海上蓬萊仙山，彷彿是小周后所住的地方；小周后更是那一位天臺山上的多情仙女。其實這是一種十分尋常的嗅覺通感，如下的情景或許成為愛情故事的陳腔濫調：當某人的戀人離去，某人會痛苦地從衣櫥中，取出一件戀人昔日所穿的衣物，貼在臉上，心中充滿柔情蜜意，嗅覺向視覺及觸覺挪移，彷彿看見戀人回到自己身邊，並投向懷抱。由飄散出來的體香，而聯想到美麗多情的少女，甚至於想像和其同住。作者並沒有露骨地直接道出對青春肉體的渴望，只用嗅覺來暗示，呈現出嗅覺通感意象的深曲之美，然而這闋詞仍然透露出某種程度的性渴望，超出了秀美，增添了香豔之情。

　　〈望江南〉：

> 閒夢遠，南國正芳春。船上管弦江面綠，滿城飛絮混輕塵，
> 忙殺看花人。

　　氣味可以使人極端懷舊，它能勾起強烈的形象和情感，我們的所看和所聽，也許會很快消失在短期回憶的混合物中，但氣味幾乎沒有短期記憶，全都是長期的。氣味就向威力強大的地雷般，隱藏在歲月和經驗之下，在記憶中安靜的爆炸；只要觸及氣味的引線，回憶就同時爆發，而複雜的幻影也由深處浮現。許多作家都曾對氣味寫過精采

的文章，法國女作家柯綠蒂的花香，使她回到童年的花園和母親的身邊；吉卜齡對雨濕刺槐的敘述，使他想起了家，和軍旅生活的複雜。（黛安娜‧艾克曼著、莊安祺譯，1993：18）大部分的學者都同意這闋詞是李後主亡國以後，囚禁汴梁小樓中所作，春天來臨了，作者悶坐愁居，偶然飄來花香，不覺夢馳故國。香味通常令人印象深刻，汴梁春天的花香和江南的一樣芬芳，喚起作者的回憶，過去的事物清晰再現。這闋詞是由芬芳的氣味開始的，香味是最初的，也是實際的感覺，由這樣的嗅覺表象，引起閒夢已遠的感嘆，意象互通，也是嗅覺向心覺挪移的通感型態。因著汴梁的花香而懷念江南春天的芬芳，再由春天的氣味，憶起碧綠的江水（視覺），依稀聽見江面上的畫舫傳來絲竹之聲（聽覺），滿城的柳絮混著飛揚的塵土（嗅覺、觸覺），隨著音樂瀰漫風中。最後的「忙殺看花人」呼應起始的「芳春」，江南的花香也好，汴梁的花香也罷，作者沉醉在花香中，越是沉醉，愁恨哀傷也就越多。據《清異錄》載，江南人愛花，尤其是蘭花，因為蘭花香氣馥郁，瀰漫一室，十日不散；李後主更是熱衷於賞花聞香，每逢春盛時節，必命人於梁棟窗壁，柱栱階砌，以竹筒作花器，密插雜花，稱為「錦洞天」；另外，盧山僧設有麝囊花，顏色紫，類似丁香花，稱為「紫風流」，李後主下詔，取數十根種於殿內，並賜名為「蓬萊紫」。（陶穀，1991：856、860、861）又是一年的春天，花香處處，即使身陷囚牢仍然聞得到香氣，因為引起嗅覺的刺激是氣化的化學物質，氣化物靠空氣擴散，因此個體不必直接與刺激物接觸。花的味道引起作者相應的感覺——嗅覺，同時，還會在想像聯想、情感體驗的推動下、激發下，以記憶中儲存的其他感覺經驗補充、豐富和發展主導感覺。李後主春遊賞花，乘船游江，船上歌伎演奏管弦，散播一片美妙音樂，這些視覺和聽覺效果均是在記憶裡被喚起的，身處汴梁是不會發生的，透過通感的心理過程，賦予嗅覺所不能直接反應的視覺和聽覺，從而構成虛實結合，有無相生的審美意象。

## 第三節　味覺通感意象及其美感

　　味覺是人類最具體的知覺，因為當我們「品嘗」食物，必須將其置入口中，和味蕾作親密接觸。味覺的感受器稱為味蕾，人舌頭上約有九千個味蕾，每一個味蕾的表面覆蓋舌上皮細胞與味孔。味蕾內部有支持細胞與毛細胞。產生味覺的刺激必須是液體，食物經唾液消化後，才能產生味覺，液體經由味孔傳入味蕾，由味覺神經，經視丘傳達到大腦皮質，產生味覺。（葉重新，2006：64）味蕾分布在口中不同的部位：我們由舌尖品嘗到甜味；苦味味蕾位於舌根（因此我們對苦的忍受度較高）；舌中部兩側是酸味；至於鹹味則散佈在舌的表面各處，但主要是上部。分辨甜與苦在我們的生活裡如此重要，因此我們的語言中充滿了有關甜、苦的詞彙──歡樂、可信任的友人、孩子和愛人全都可稱為「甜心」；而悔恨、敵人、疼痛、失望、吵嘴全部為「苦澀」。（黛安娜・艾克曼著、莊安祺譯，1993：133、134）

　　許慎《說文解字》：「味，滋味也。」滋味本是咀嚼食物的感受，然而日人笠原仲二論及中國傳統的「美」意識時，認為「美」乃原於味覺，然後由味覺再擴及討論視、聽、嗅、觸等知覺。（笠原仲二著、魏常海譯，1987：1～15）乍看之下，這樣的看法似乎和西方主張藝術的感性事物，只涉及視和聽兩個認識性感覺的美學傳統有所出入。事實上，中國是將「味」的使用由感覺認知進入非感覺認知，進而轉入審美理念的探索。（陳昌明，2005：311）誠如大陸文學理論家張利群所主張，味，尤其是美味在引起人生理快感的同時，也能引起人精神、情感的美感。中國古代的美感與飲食品味的快感有關，最初的美感起源於品味的快感，或者說美感與快感在品味時結合為一體。「羊大為美」不僅從字體的象形上指出了美與味的關係，而且說明了飲食的品味快感中包含了最初的美感。後來飲食又講究色、香、味，從而

使它不僅具有味覺的快感，而且具有視覺、嗅覺的快感特徵，使味感成為一種通感，聯繫於五官和心靈的感覺。同時色、香、味俱全的美味，不僅引起人的味覺美感，而且引起人的視覺美感，能引起人的想像、聯想、回憶、比較，從而引起人的心理活動、情感活動和審美活動。（張利群，2000：36）雖然味覺器官是攝取食物的主要管道，然而食物的口味包括其質地、口感（視兼觸覺效果）、氣味（嗅覺效果）、溫度（觸覺效果）、色彩（視覺效果）和刺激（如香料、辣椒）等等特色。人無法遠距離地品嘗食物，所以味覺是一種親密的知覺、接觸的感官，然而通過近距離與遠距離的參與，飲食上的快感在兩個距離之間來回擺動，使得飲食成為一種美學上的享受。不僅舌頭和上顎是天生的品嘗器官，我們所有的感官都是，例如，一碗熱氣騰騰的「羅宋湯」向我們撲面而來，當舌頭慢慢地接觸到湯匙，眼睛已滿是淚水，鼻子早已充滿羅宋湯的香氣，慢慢地，五臟六腑都為它所動，血液為之沸騰起來的時候，香氣已經完全征服了身體，眼睛也早已享用了這紅色的湯水。（海德倫・梅克勒著、胡忠利譯，2007：184）味覺與視覺更是緊密相連的，我們會欣賞紫得發亮的高麗菜、綠油油的菠菜、清爽而明亮的沙拉和悠遊在融化奶油中的馬鈴薯。彷彿以雙眼吃最精華的部分──審美能力先遍嘗佳餚的精髓，如食物的靈魂般；至於隨後送入口中那些只是沒有靈魂的剩餘物。（海德倫・梅克勒著、薛文瑜譯，2004：182）除了嗅覺、視覺和觸覺，甚至是語言也影響著我們與食物的關係，如果只說「我喝湯」，那麼可以感覺到這關乎飢餓與急需並企望獲得飽足，而且幾乎可以聽到胃裡嘰哩咕嚕作響；當我們說的是「我喝著一道秋意濃濃的南瓜湯」，或「我煮了一鍋鮮綠色的春季湯品」，則將顏色、香氣與想像力加入其中，讓人覺得這道餐點更為輕盈、自由，更富樂趣。（海德倫・梅克勒著、薛文瑜譯，2004：208）

味的使用具有超越性，超越其生理性而具有心理性，超越其物質性而具有精神性，中國古典詩詞中有許多超越味覺器官的感受，而產生通感效果的詩句，例如黃庭堅〈阮郎歸〉：「摘山初製小龍團，色和

185

香味全。………金甌雪浪翻,只愁啜罷水流天,餘清攪夜眠。」以「水流天」形容飲茶的美妙感受,味覺向視覺挪移;晏殊〈清平樂〉:「金風細細,葉葉梧桐墜。綠酒初嘗人易醉,一枕小窗濃睡。紫薇朱槿花殘,斜陽卻照闌干。雙燕欲歸時節,銀屏昨夜微寒。」「綠酒」是一種呈現天然翡翠色的酒,入口醇厚綿軟,令人不覺多飲,作者雖沒有明說初嘗綠酒的滋味,但下片即將凋謝的「紫薇」、「朱槿」,和夕陽西下燕子南歸一連串的景象,呈現出下降、慵懶的氣氛,投射到綠酒綿軟的滋味。通常我們很容易描述所見之物,卻不容易說出嘗到的感覺,這裡用看得到的景物,讓味覺向視覺挪移,具體描繪出綠酒的滋味。陳允平〈少年游〉:「蘭屏香暖,松醪味滑,湖蟹薦香橙」,所謂「醪」是糯米發酵後形成的一種汁滓混合的酒,味甜,詩人用「滑」形容「醪」的口感及甜味,味覺向觸覺挪移。陳允平〈柳梢青〉:「沁月凝霜,精神好處,曾悟花光。帶雪煎茶,和冰釀酒,聊潤枯腸」,茶和酒滋潤了枯腸,也是味覺向觸覺挪移的例子。

　　由上述例子可知,有時喝酒飲茶也可以成為一種藝術,但藝術的滋味,不在於飲酒所得口腹方面的快感,而在飲酒使人忘去現實而另闢一片天地,陶潛、李白都是用酒來把實際人生的距離推遠,酒對於他們,只是製造美感經驗的工具。(朱光潛,2008:92)不同的人生階段,酒之於李後主也存在著不同的意義,壯年酣樂時期,醉酒荒宴,喝美酒所得的快感由味覺得到所需要的刺激,酒的滋味在於滿足口腹方面的快感,沾染著實用目的,然而快感卻是美感中的一個環節,美感無法脫離快感而存在,說得更明白些,李後主暢飲醉酒是快感,當他填詞時回憶當時的美酒滋味,快感便摻雜了美感。到了中年憂傷期及晚年哀苦期,酒之於李後主已超越了滿足口腹之慾的味覺享受,而是藉著酒抒發愁情思緒,表達對人生、對現實的無奈,酒不僅激發著李後主澎湃的詩情,更重要的是,酒在他的生活中擔任了多種功能,是不可或缺的角色,甚至是一種精神支柱。可見對李後主而言,酒是用來忘憂的,是用來遠離那些令人煩惱的紅塵俗事的,是他孤獨時的

夥伴，痛苦時的寄託。「酒」這個味覺意象，常出現於李後主亡國前的詞作中，例如，〈漁父〉二闋中的「一壺酒」、「酒滿甌」、〈一斛珠〉的「香醪」、〈浣溪沙〉的「酒惡」、〈子夜歌〉的「醅浮」等；然而「酒」在亡國以後的詞作，卻未曾出現。據《類說・翰府名談》載：「江南李主一目重瞳，務長夜之飲，內日給酒三石。藝祖敕不與酒，奏曰：『不然何計使之度日？』遂復給之。」（曾慥，1993：908）李後主暮年沉湎於酒，在詞作中卻未曾出現「酒」字，正足以說明此時的酒已經全然超越了酒本身所帶來的快感，為他帶來的是一種審美體驗，折射出詞作中澎湃，不能自己的審美特質，產生出酒的另一種特質——火，為其內心點燃的仇恨悲痛，任憑燃燒，無法抑制。（洪玉鳳，2011：60～64）亡國後的他，醉著比清醒時多，酒讓他時時處於半夢半醒的狀態，酒裡有他無法言喻的孤獨，但只有酒能為他拉開人生的真相，以一種美感觀照的心靈自由，面對痛苦與醜惡。由於所在乎的不再是酒的滋味，即便喝酒，詞中卻不著一個「酒」字，酒的滋味已經由味覺昇華為心覺，象通於意，由夢境呈現出來。例如〈烏夜啼〉：

> 昨夜風兼雨，簾幃颯颯秋聲。燭殘漏斷頻欹枕，起坐不能平。
> 世事漫隨流水，算來夢裡浮生，醉鄉路穩宜頻到，此外不堪行。

第五章第二節曾就這一闋詞作的聽覺通感意象，進行討論，現在則把重點放在「酒」所引起的心理意緒。在愴然沉痛中，感傷著人事茫茫，過去的美好家邦，全如同過去了的夢，浮生如夢，如今徒留惆悵和悲傷。此時此刻，只能夠用酒來麻醉自己，麻醉自己不要思念往事。李後主喝酒不在於滿足口慾，酒讓他進入一片平坦之境，為他帶來一條安穩可行的道路，味覺幻化成觸覺，酒醉是真實的感覺，而這條出現於夢境中的康莊大道，是幻想的，呈現虛實相生的通感審美特徵。

〈望江梅〉、〈子夜歌〉和〈浪淘沙令〉等三闋詞，雖然沒有提到酒，但從作者的處境和生活習性可知，身為一個亡國奴、階下囚，竟然無懼宋的疑心，高唱「還似舊時遊上苑」、「故國夢重歸」等，終日

緬懷故國的美好，等於是將自己暴露於危險之中，這是需要幾分勇氣的。於是他藉酒壯膽，夢吐真情，就在半夢半醒，亦醉亦醒間，隨心所欲，旁若無人，痛痛快快地自言自語，澈澈底底的傾吐心聲。

〈望江梅〉：

> 多少恨！昨夜夢魂中。還似舊時遊上苑，車如流水馬如龍，
> 花月正春風。

〈子夜歌〉：

> 人生愁恨何能免，銷魂獨我情何限。故國夢重歸，覺來雙淚垂。
> 高樓誰與上？長記秋晴望。往事已成空，還如一夢中。

〈浪淘沙令〉：

> 簾外雨潺潺，春意闌珊，羅衾不耐五更寒。夢裡不知身是客，
> 一餉貪歡。
> 獨自莫凭闌，無限江山，別時容易見時難。流水落花春去也，
> 天上人間。

「夢」給予作者很大的安慰，遠離現實，讓他回到往日的歡樂時光。嬪妃簇擁，共遊上苑，車像是流水一樣，多得不可勝數；馬如游龍雄健高大，來去如飛；春風吹拂，花兒紅豔盛開，月兒明亮光輝，這都是酒精的作用所產生的幻覺。只有「故國夢重歸」、「夢裡不知身是客」，置身於如真似幻的夢境中，才能重歸故國，才能擺脫降為臣虜的殘酷事實；「多少恨」、「覺來雙淚垂」清醒時只有哀哭切齒，然而末日暮年的李後主有失眠的習慣──「燭殘漏斷頻欹枕」，越不願意清醒，卻越是無法入睡，於是選擇了「醉鄉路穩宜頻到」，因為除了喝醉以外，再也沒有其他法子讓自己不要從夢裡醒來。喝了酒，然而所在乎的不是酒的滋味，由味覺幻化出視覺，為的是能看見雕梁畫棟的上苑，車馬穿流不息，一片花好月圓的景象；甚至被春風輕輕吹拂，連幻想的觸覺也出現了。

　　人類出生後品嘗的第一件事物，是來自母親的乳汁，伴隨愛與情感、撫觸、安全感、溫暖與幸福，而食物在大多數人的生活中，也是愉悅的主要來源，給予身、心兩方面的複雜滿足。人類可以獨自欣賞其他感官知覺之美，但味覺則富有社交的特性，例如，婚禮以喜筵壓軸、兒童以冰淇淋和蛋糕慶生、宗教儀式提供食物作為奉獻祭祀之用，味覺屬於社交的知覺，在歷史上和社會文化中，品味都具有雙重意義。（黛安娜‧艾克曼著、莊安祺譯，1993：123～124）雖然味覺經驗沾染著較強的實用性，較於肉體性，然而人類還是創造了「品味」，這樣一個以味覺來比擬的語彙，品嘗是人類第一個感官經驗，在品嘗時培養出區辨及批判的能力，而此精準的味覺，正是我們最原始的判斷力。（海德倫‧梅克勒著、薛文瑜譯，2004：11～12）味覺經驗的特殊之處，在於真正的品嘗後還能回味它所遺留下來的印象。一個滋味不會一聲不響的消失，而是會留給我們具體的回憶，味覺經驗也不是在我們吞下最後一口的那一剎那就結束。（同上：201）飲食與味在中國古代社會中，都具有超越自身的價值、涵義和意義。飲食就不單單是飲食，味不僅僅是味，而是文化的表徵和反應，也就是說飲食與味都超越了它們自身的生理意義，而具有心理意義，超越物質性而具有精神性，超越味覺器官的感受，而具有通感的效果，超越快感而具有美感。（張利群，2000：34～35）因此，味覺被轉為審美的術語，感官知覺從酸、鹹、甜、苦、辣的味覺感受，轉變為美學上的品評，味覺的快感孕育了美感，藉由其感官的「感通」與包容性，將其他視、聽、嗅、觸的感官知覺活動，融注其中。（陳昌明，2005：321）以下茲從味覺文化表徵和心理意義的角度出發，討論李後主詞作〈玉樓春〉：「醉拍闌干情味切」和〈相見歡〉：「別是一般滋味在心頭」中的「味」。

　　〈玉樓春〉：

　　　　晚妝初了明肌雪，春殿嬪娥魚貫列。鳳簫吹斷水雲閒，重按霓
　　　　裳歌遍徹。

臨春誰更飄香屑，醉拍闌干情味切。歸時休照燭花紅，待放馬
蹄清夜月。

第一句不僅寫出宮娥的明麗，也寫出李後主面對這群明豔照人的
宮娥，一片飛揚的意興，此為一「味」；為了適合夜裡燈燭的光線，
宮娥們朱唇黛眉的描繪色澤濃麗，妝成初罷，是女子妝容最為勻整明
麗的一刻，所以更繼之以「明肌雪」三字，形容其肌膚光采明豔，接
下來寫宮娥之眾，「春殿」二字足見時節與地點之美，「魚貫列」不僅
寫出宮娥眾多，而且寫出宮娥隊伍之整齊，「晚妝初了明肌雪，春殿
嬪娥魚貫列」──作者愈寫愈健，視覺上的趣味一發而不可遏。接下
來歌舞正式登場，不僅吹斷鳳簫，且更重奏霓裳之曲，「吹」曰「吹
斷」，「按」曰「重按」，此等用字呈現出李後主沉溺於聽覺趣味，此
為第二「味」。下片，主香宮女持香料之粉屑散布各處，宮中處處香
氣瀰漫，臨風而飄香，香氣飄散更為廣遠，不見持香之宮女，卻遙聞
香氣撲鼻，此為第三「味」──嗅覺趣味。接下來的「醉」字又展現
口所飲的另一種享受，此為第四「味」──味覺趣味。到此，真是所
謂極色香味之娛，其意興之飛揚，一節較一節更為高起，於是不自覺
神馳心醉，手拍闌干，完全沉溺於如此深切的情味之中，所謂的「情
味」早已超越了味覺感官，是全身心的陶醉。「味」通過比喻、象徵
等形式，使味的內涵意義得到延伸和擴大，表現出主體與客體高度交
流的狀態。最後作者還意味盎然，餘興未已，為了要以馬蹄踏著滿路
的月色歸去，所以連絢麗的紅燭也不許點燃了，李後主真是一個最懂
得生活趣味的人。

這一闋詞極盡描繪感官上的享受，並沒有深微的情義可供闡述，
所表達的感受屬於較形而下的，較具體性的，然而呈現十分深刻的感
官印象，乍看之下似乎這些都僅只是生理上的快感，然而快感是美感
中的一個環節，快感孕育了美感，藉由其感官的包容性，將視、聽、

嗅、味、觸的感官知覺活動，融注其中，才能寫出文學上的「滋味」，
它並不僅只於味覺，而是具有高度的統合作用。

〈相見歡〉：

> 無言獨上西樓，月如鉤。寂寞梧桐深院鎖清秋。
>
> 剪不斷，理還亂，是離愁。別是一般滋味在心頭。

「別是一般滋味在心頭」是離愁的滋味，怎樣的離愁讓人盤踞心
頭？恰好是作者不願意道破的，然而在詞中卻一再給予暗示，換句話
說，是以其他的感官來描繪心頭的這一番「滋味」。從一開始的「無
言獨上西樓」——懷著滿腹幽怨登上西樓，心中有千言萬語，這時又
能夠說什麼呢？縱然能說，又要向誰訴說呢？因此只能「無言」，不
是沒有話說，而是話沒法說，用聽覺上的沉寂無聲描寫心頭滋味；月
亮不再圓滿，如同一個彎彎的鉤，秋風陣陣，梧桐葉落，庭院蕭索，
用視覺上的淒涼景象描寫心覺，因著淒涼的景象，同時還喚起了觸覺
上的一絲絲涼意。聽覺、視覺和觸覺全指向「滋味」，由它貫通其他
知覺，進入審美的層次。這樣的離愁，想剪斷了它，卻剪也剪不斷，
想整理一下，把它收藏起來，卻漫無頭緒，無從整理，說明了它永遠
存在，佔據著自己全部的身、心、靈，任怎樣也逃脫不了的。作者將
如此深沉、如此糾結的愁恨寫得含蓄，留給讀者反覆吟詠的空間，別
有餘味，體會其言外之意，味外之味，是一種脫離感官的「味」，從
生理上的快感、形式的美感，進入審美的意識中，這裡的「滋味」，
已然從感官認知，進入非感官認知的意識層次。《文心雕龍・隱秀篇》
指出「深文隱蔚，餘味曲包。」（羅立乾注譯，1996：618）說明文學
創作必須含蓄方能有味，「餘味」是隱秀的具體呈現，指的是可以反
覆咀嚼、回味，止所謂言已盡而意無窮，語言令人回味深思。

# 第四節　觸覺通感意象及其美感

觸覺產生的過程，是由皮膚上觸覺接受器接受物體壓力或觸及物體之後，觸覺點將刺激訊息傳導至脊髓，再傳導至腦幹，經由視丘到達大腦半球頂葉的體覺皮質（somatic sensory cortex），進而產生觸覺（葉重新，2006：66）。觸覺是屬於皮膚感覺的一種，是以皮膚表面為感受器接受外來的刺激，從而獲得觸覺、痛覺、溫覺等感覺的歷程。（張春興，2002：103）觸覺亦稱壓覺，指皮膚表面觸及某物體或承受某物體壓力時所生的感覺，依情況又可分為：主動觸覺（active touch）和被動觸覺（passive touch）。主動觸覺以肢體主動接觸物體所產生，被動觸覺係由外來物體碰觸到皮膚所產生的感覺，若以相同物體刺激來比較，主動觸覺的敏銳度高於被動觸覺（葉重新，2006：66）。身體不同部位的觸覺敏感度不同，在舌尖、口唇、指尖等感覺細胞密集之處，觸覺敏銳；在背部、臀部、腳部感覺細胞稀疏之處，其觸覺遲鈍。而痛覺是皮膚受到物理或化學刺激傷害時，所產生的一種感覺。對個體的安全而言，痛覺具有警示作用，因疼痛的感覺而注意到避開具有傷害性的刺激。痛覺具有很大的心理作用，有時皮膚稍受傷害即感到刺痛，但有時傷害很重卻未必感到劇痛。另外溫度覺是皮膚表面對溫度變化時所產生的一種感覺，包括熱覺與冷覺。人體表面的溫度，一般在 32 度 C 左右；若外在溫度高於皮膚溫度 0.4 度 C 時，即生熱覺；外界溫度低於皮膚溫度 0.15 度 C 時，即產生冷覺。由此可知，皮膚對冷的刺激較為敏銳（張春興，2002：103）。我們的外皮最怕冷，是永遠保持警戒的衛兵，只要提高皮膚的溫度三至四度，就能夠感到十分溫暖；只要降一至兩度，就會使人感到相當寒冷，身體會矯正溫度，寒冷時我們會摩擦雙手、顫抖；炎熱時我們會沖涼或喝冰飲。（黛安娜・艾克曼著、莊安祺譯，1993：89）

　　觸覺是最古老之覺、也是最重要的知覺。牙齒尖利的老虎爪子搭上我們的肩膀時，我們非得立刻知道不可，第一次的觸覺或觸覺有所改變（如輕柔變為刺人）時，會使腦部開始一連串的動作，而持續的低度接觸則成為背景。當我們故意觸碰某物──我們的情人、新車的擋泥板、企鵝的舌頭時，就會啟動觸覺細胞的複雜網路，使它們暴露在某種感覺之下，因而有所反應，加以改變，再使它承受其他感覺。腦部像讀摩斯密碼般，讀出其反應，並紀錄光滑、粗糙、寒冷等。而觸覺受體可能因持續單調而遭忽略，當我們剛穿上厚毛衣時，可以敏銳的察覺其質地、重量、觸感，但不久後，我們就完全忘記它的存在。我們首先感受到持續的壓力，啟動觸覺受體，然後卻不再發揮作用，因此穿毛衣、戴手套或項鍊並不會使我們心煩，除非天氣轉熱，或是項鍊斷裂，當有了變化，觸覺受體開始發動，使我們突有所感，也正因為如此，我們不會因輕軟毛衣附在皮膚上的感覺而發瘋，或因微風不止而發狂。研究顯示，雖然感覺受體有四種主要形態，但還有許多其他種受體，才能造成各種反應，畢竟我們的觸覺不只是冷、熱、痛和壓力，還有更詳細的區別。例如許多觸覺受體交互作用才會產生劇痛，又如痛、癢、擦傷的不同；舔、拍、擦、撫愛、揉的觸感；刺痛、瘀傷、輕觸、擦刮、重擊、摸索、親吻、輕推等種種感受。如果我們失去觸覺，肌肉會彷彿屍體，將活在模糊而死氣沉沉的世界，可能喪失了腿而不自知，燒傷了手而不自覺，也可能不知自己身在何處；相反的，對於既聾且瞎的人，只憑觸覺仍然可以活得好好的（如海倫凱勒）。（同上：80～82）觸摸，使我們在黑暗中或是不能充分利用其他感官時，找到我們的路，我們能夠觸摸一件物體就知道它是重是輕、是氣體狀態、是軟是硬、是液體還是固體。觸覺是人類最原始對外界的首度體驗，它可以幫助眼睛對外界事物蒐集更多訊息。在二度空間的世界裡，透過皮膚的觸摸，可以清楚感受物質實體的特性。這親密的感覺涉及身體的直接接觸，呈顯人類最真實的情感。（同上：93）根據美國的一項實驗，在密西西比州牛津市的兩家餐廳中，由女侍輕輕且不

突兀地觸碰進餐者的手或肩，遭觸碰的顧客雖然未必認為食物或餐廳比較好，但給的小費卻高許多。（同上：119）因此，觸覺對於人的情感具有深層的影響力，肌膚接觸常伴隨情感信息的交流與傳遞。另外，觸摸不同材料或溫度會產生不同的心理感受，例如觸摸絲質的綢緞、高級的皮革，和精緻的陶瓷等，這些材質的表面給人細膩、柔軟、光滑、濕潤等生理感受，進而在心理上產生一種舒適如意、興奮愉快的感覺；溫暖的感覺會讓人感到放鬆、愉悅；清涼的感覺會讓人感到冷漠、清醒、理性。語言中充滿了觸覺的比喻，我們稱情感為「感覺」（feeling），我們深受「感動」；問題很「棘手」，或燙手；Noli tangere 拉丁文「不要插手干涉」，字面上的意思就是「不要碰我」。人類依賴自己的溫血為生命力，當我們讚美、關懷或是憐憫他人，都稱給予人「溫暖」。（同上：72）

李賀〈馬詩二十三首・其九〉：「夜來霜壓棧，駿骨折西風」，入夜之後，厚厚的嚴霜積蓋在馬棚上邊。在此李賀將自己比喻為駿馬，而駿馬的處境卻是忍飢受寒，骨頭凍得好像快要折斷了，顯然還在觸覺的範疇裡打轉，未構成通感意象，只能說是用痛覺來形容溫度覺。另外一首詩〈夜飲朝眠曲〉：「薄露壓花蕙園氣」，「蕙蘭」指仲春時開花玉蘭之類的香花，此句應是「薄露壓蕙蘭花，蕙蘭花散香氣」的錯綜節略文。（趙路得，2006：138）薄露的重量其實不足以「壓」花，李賀應是以「壓」來指涉蕙蘭花上的大量露水，露珠的數目及所處位置在李賀眼底中似乎有些沉重，觸覺向嗅覺挪移，沉重到讓蕙蘭花一夜間散發馨香。釋志南〈絕句〉：「沾衣欲濕杏花雨，吹面不寒楊柳風」，楊柳吐青，天氣轉暖，春風拂面，嗅覺補充觸覺，春風彷彿也伴著楊柳的清香，醉人宜人。張繼〈楓橋夜泊〉：「月落烏啼霜滿天，江楓漁火對愁眠」，第一句說明了季候，霜，不可能滿天，這個「霜」字應當體會作嚴寒，「霜滿天」——用視覺來形容觸覺，是空氣極冷的形象語，第二句點出了自己羈旅之愁的睡眠；霜根本不可能滿天飄舞，作者之所以會有這種感覺，是因為自己的愁太過深，加上外面的冷，才會將愁顯得更加愁悵，霜天的「觸覺」也用來烘托「孤寂」。

　　觸覺中的主動觸覺以肢體主動接觸物體所產生，那麼同一主體間肢體和肢體互相接觸也宜包含於主動觸覺的範疇之中。同一主體間的肢體常發生互相接觸的情形，例如握拳、抿唇、眨眼、抱胸、搓手、彈指、皺眉、拭淚……等，不勝枚舉，其中以皺眉最常出現於古典詩詞中。據《莊子‧天運篇》載，春秋時代越國有個美女名叫西施，向來犯有心痛的毛病，每次心痛時，她總是輕輕地按住胸口，微微地皺著眉頭。西施是美人，所以雖撫胸蹙眉，仍不減美色，且更惹人憐香惜玉。（黃錦鋐註譯，1997：182）中國古典詩詞中「蹙眉」常伴隨著女性的形象出現，例如李白〈怨情〉：「美人捲珠簾，深坐蹙蛾眉，但見淚痕濕，不知心恨誰。」；顧敻〈訴衷情〉：「永夜拋人何處去？絕來音。香閣掩，眉斂，月將沉，爭忍不相尋……」；柳永〈雪梅香〉：「……臨風想佳麗，別後愁顏，鎮斂眉峰」；王平子〈謁金門〉：「書一紙，小研吳箋香細。讀到別來心下事，蹙殘眉上翠」。李後主第三期詞作大多以女性的角度發話，思婦閨情在〈長相思〉、〈采桑子〉二闋和〈擣練子〉這四闋詞作中更是有十分細膩的刻劃，四闋詞作均出現了「蹙眉」意象，它是作者心境的最佳寫照；另外詞本是歌筵酒席間，填給歌女所唱的曲子，而歌伎面對聽唱大眾時，顯然要以第一人稱的「我」發話，因此，「蹙眉」就創作主體而言，是一種觸覺意象，用雙眉緊蹙表現出心中的憂愁；「蹙眉」成為一種符號，一種表徵。茲探析以下四闋詞作中的蹙眉意象：

　　〈長相思〉：

　　雲一緺，玉一梭，澹澹衫兒，薄薄羅，輕顰雙黛螺。
　　秋風多，雨相和，簾外芭蕉三兩窠，夜長人奈何？

　　〈采桑子〉二闋：

　　亭前春逐紅英盡，舞態徘徊；細雨霏微，不放雙眉時暫開。
　　綠窗冷靜芳音斷，香印成灰。可奈情懷，欲睡朦朧入夢來。

轆轤金井梧桐晚，幾樹驚秋，晝雨新愁，百尺蝦鬚在玉鉤。
瓊窗春斷雙蛾皺。回首邊頭，欲寄鱗遊，九曲寒波不泝流。

〈搗練子〉：

雲鬢亂，晚妝殘，帶恨眉兒遠岫攢。斜托香腮春筍嫩，為誰和
淚倚闌干？

　　〈長相思〉中的「縚」是一種青色絲帶，用來結髮，「雲一縚」
指的是美髮如雲；「玉一梭」指的是插髮的玉簪，其形狀如同梭子，
可見主角是位女性。上片全為物象的描寫，透過「雲髮」、「玉簪」、「羅
衫」、「黛螺」等專屬女性物品的堆疊，呈現出女性的形象，完全是圖
畫的呈現，彷彿是電影的鏡頭，最後聚焦在女子的表情上，「輕顰」
是唯一暗示主角心理活動的意象，然而並無說明皺眉的原因；下片前
三句為景物的堆疊，呈現清涼冷清的畫面，最後「夜長人奈何」則為
整闋詞的警句，寫出女主角內心深處長長的嘆息，更提供了「輕顰雙
黛螺」一個切合的解釋。〈采桑子〉（亭前春逐紅英盡）和〈長相思〉
一樣，上片多為景物的描寫，只有在「不放雙眉」稍稍透露出內心的
活動，然而景物的描寫早已鋪墊出黯淡的氛圍；下片「綠窗冷靜芳音
斷」、「香印成灰」這兩句為寫景，呼應上片的「亭前春逐紅英盡」、「舞
態徘徊」，在花朵的凋零飄落中，在花朵的化泥成灰中，只能「可奈
情懷」──傷春情懷無從排解，難怪女主角「不放雙眉」了。另外一
闋〈采桑子〉（轆轤金井梧桐晚），舊情如今由於秋風秋雨的催化已變
作新愁，因此「雙蛾皺」是無可避免的，因愁思而皺眉，又是將心覺
融入觸覺，「春斷」、「雙蛾皺」具體可感的意象，讓人有種隱隱被拉
扯的觸覺。所歡者舊情已斷，「春斷」指的是美好愛情不再，心覺向
觸覺挪移的通感類型，情感是抽象的，怎麼會斷？此處便產生了虛實
之美。「晝雨新愁」的「新愁」為下片「欲寄鱗遊，九曲寒波不泝流」
的結果，女主角想將相思之情寄給所歡之人，然而道路曲折遙遠，書

信無法寄達，只能滿懷愁思，而所有的愁思全凝結在眉間，「雙蛾皺」
成了「新愁」的結果。〈擣練子〉：「帶恨眉兒遠岫攢」，「岫」為峰巒，
「遠岫」就是遠峰，在這用來形容女子美麗的眉毛，「攢」是聚攏的
意思，整句的意思就是帶著幽怨深恨的雙眉，就像遠遠的峰巒緊緊聚
攏著，由於眉間的擠壓而聯想到山和山峰峰相連，由觸覺聯想到視
覺，也因為心緒不寧，因為憂愁，所以無心理妝，任由殘亂。

　　一個足以傾國傾城的美人，她所具備的能耐，絕對不僅是甜美的
笑靨，如果美麗的女人成天都在笑，就不會發生「烽火戲諸侯」的歷
史事件；西施的動人之處除了美色，更在於她的捧心蹙眉，兩眉間的
皮膚微微擠壓，折疊出深層的嫵媚，和令人心醉的一面。因此一個光
懂得笑的美女，她只能令人乏味。蹙眉者通常是緘默、沉靜的，然而
刻鏤在額前的線條則毫無隱諱地透露了他的心思，思索的崎嶇、情感
的曲折和心靈的焦灼全凝結在眉心間。這種內心的狀態轉化為皮膚和
皮膚之間的扭結，是一種心覺和觸覺融合的通感美，而且最能展現女
性嫵媚動人的姿態，呈現的是一種纖小柔弱的美感，令人產生憐愛之
情，屬於秀美的範疇。另外，透過蹙眉雖然可知創作主體正在進行著
心理活動，然而卻是隱隱約約的，沒有說得非常清楚，也沒有說得非
常直接，無限的相思，全部在細細的眉間纏繞糾結，給人無限的聯想，
呈現出含蓄婉約的秀美特徵。

　　除了皺眉，「淚痕」也常出現於古典詩詞中，淚痕和拭淚不一樣，
拭淚為肢體和臉部皮膚的接觸，是一種主動觸覺；淚痕為眼淚停留於
皮膚，產生含有水分也就是「濕」的感覺，它是一種被動觸覺，是由
外來物體碰觸到皮膚所產生的感覺，即便眼淚來自主體本身的淚腺。
眼淚這個意象也常出現於古典詩詞，例如杜甫〈聞官軍收河南河北〉：
「劍外忽傳收薊北，初聞涕淚滿衣裳」；白居易〈琵琶行〉：「夜深忽
夢少年事，夢啼妝淚紅闌干」；范仲淹〈蘇幕遮〉：「明月樓高休獨倚，
酒入愁腸化作相思淚」；張籍〈節婦吟〉：「還君明珠雙淚垂，恨不相
逢未嫁時」；納蘭性德〈采桑子〉：「舞□鏡匣開頻掩，檀粉慵調。朝

淚如潮」；柳永〈雨霖鈴〉：「留戀處，蘭舟催發。執手相看淚眼，竟無語凝噎」。由上述的詩句可知，流淚的主體並不限於女性，男子也會流淚，雖然「淚」並不是專屬於女性的意象，然而，眼淚常伴隨皺眉出現於同一篇作品中，此時的行為主體通常為女性，例如上述李白〈怨情〉便同時出現「蹙蛾眉」和「淚痕濕」這兩個觸覺意象；李後主〈擣練子〉也同時出現「眉兒遠岫攢」和「和淚」。流淚和皺眉一樣，都是一種符號，作為一種反映內心活動的表徵，然而，流淚所能反應的情緒卻比皺眉廣一些，如杜甫〈聞官軍收河南河北〉中「初聞涕淚滿衣裳」便是喜極而泣的淚水。在李後主第三期和第四期的詞作中屢次出現「眼淚」意象，流淚的主體不限於女性，但是眼淚所承載的心理意緒多為愁和恨，以下茲探析〈擣練子〉、〈謝新恩〉（櫻花落盡階前月）、〈破陣子〉、〈望江梅〉（多少淚）以及〈子夜歌〉等詞作中所出現的眼淚意象。

〈擣練子〉：

雲鬢亂，晚妝殘，帶恨眉兒遠岫攢。斜托香腮春筍嫩，為誰和淚倚闌干？

〈謝新恩〉：

櫻花落盡階前月，象床愁倚熏籠。遠是去年今日，恨還同。
雙鬟不整雲顦悴，淚沾紅抹胸。何處相思苦？紗窗醉夢中。

〈破陣子〉：

四十年來家國，三千里地山河。鳳閣龍樓連霄漢，玉樹瓊枝作烟蘿，幾曾識干戈？

一旦歸為臣虜，沈腰潘鬢銷磨。最是倉皇辭廟日，教坊猶奏別離歌，揮淚對宮娥。

〈望江梅〉：

　　多少淚！斷臉復橫頤。心事莫將和淚說，鳳笙休向淚時吹，腸斷更無疑。

〈子夜歌〉：

　　人生愁恨何能免，銷魂獨我情何限。故國夢重歸，覺來雙淚垂。高樓誰與上？長記秋晴望。往事已成空，還如一夢中。

　　〈擣練子〉：「為誰和淚倚闌干」，表面上是一個問句，其實這是一種作者內心已有定見的設問，為激發本意而問。和淚倚闌干為的是女主角所思之人，把心中的幽思化作一串相思淚。〈謝新恩〉：「雙鬟不整雲顦顇，淚沾紅抹胸，何處相思苦」，這裡的淚水比「和淚」多了一些，沾濕了女主角胸前的肚兜，傷心之情可想而知，為的也是苦楚難耐的相思。接下來的〈破陣子〉：「最是倉皇辭廟日，教坊猶奏別離歌，揮淚對宮娥」，由「揮淚」可知淚如雨下，淚流不止，甚至到了用手才能揮去的程度，所反映的情緒是澎湃洶湧的，國破家亡，辭別太廟匆忙且難堪之際的悲憤，淪為階下之囚的痛苦，已經不再是男女的相思之情可以比擬。〈望江梅〉：「多少淚，斷臉復橫頤」，淚流滿面，淚水遮斷了臉龐，橫流在面頰上，乃因胸中積鬱，胸中堆積著無限的哀傷和無窮的心事；這闋詞以「多少淚」開始，而後緊接連用「斷臉復橫頤」、「和淚說」、「淚時吹」，作者彷彿被一大片淚水所瀰漫，不論如何排解，也逃脫不了淚水的大陣，無邊無際的淚水就是永無止境的愁恨，也就是家破之愁，亡國之恨了。〈子夜歌〉「人生愁恨何能免，銷魂獨我情何限，故國夢重歸，覺來雙淚垂」，前三句為後一句的原因。常人的愁恨還可以忍受，作者的痛苦令人精神恍惚，魂欲解體，然而真正讓作者淚水潰堤的導火線是夢見重歸故國，自己還是一國之君，多麼的尊嚴，醒來後變成亡國之囚，多麼的卑賤，由最頂端一下跌到最底層，如此強烈的對比，使他心碎腸裂，淚流不止，「雙

淚垂」的「雙」強調了淚水之多。據王銍〈默記〉載，李後主入宋後寄給金陵舊宮人的書信中，提到自己「此中日夕，只以眼淚洗面」。（王銍，1991：353～354）無時無刻不在思念故國的亡國之君，從內到外，從心裡滾滾滔滔的悲恨，到顯現於外的「揮淚」、「斷臉復橫頤」到「雙淚垂」，整個人幾乎被淚水給淹沒，從心到靈，心境的悲痛可想而知。

「流淚」讓水分停留於皮膚上，是一種觸覺感受，它反映出主體的心理活動，可以是正向的情緒，也可以是負向的情緒。在李後主的詞作中，眼淚所反映的情緒多為負面的，而且隨著他身世際遇的轉變，眼淚所承載的情緒由幽微隱約到澎湃劇烈。第三期詞作〈擣練子〉和〈謝新恩〉（櫻花落盡階前月）情感較為蘊藉婉轉，究竟所愁何事，是為情所困，還是間接以思婦為題材，表達他在家難國危時期憂愁的心態，作者並沒有道破，讓詞作蒙上一層朦朧的面紗，進而呈現出一種欲言又止的美感，這種美感是細微的，是精約的，是秀美的。至於第四期詞作〈破陣子〉、〈望江梅〉（多少淚）以及〈子夜歌〉中的淚水是滔滔不竭，情感十分開放，不加掩飾，「一旦歸為臣虜」、「最是倉皇辭廟日」、「故國夢重歸」──直接呼喊出無盡無休的亡國之恨，波瀾壯闊，情緒極為激動，自情緒曲線而言是向上的，展現崇高美感。眼淚是眼內淚腺分泌的無色透明液體，自眼眶漫延到臉頰，產生一種潮溼的觸覺感受，它更是一種情感的表徵，人們在喜悅、激動、悲傷、憂愁時，藉由淚來宣洩內心的情感，內在的心理活動由外顯的觸覺活動來表現，心覺和觸覺交融，讓「眼淚」蘊藉的情思，綿綿不絕，它已經不是一種單純為濕掉的感覺，儼然成為一種永生不死的多情意象。

# 第八章　結論

## 第一節　主要內容回顧

　　李後主如流星短暫而璀璨的一生，是一齣以喜劇始，以悲劇終的跌宕起伏悲喜劇。李後主最初只想作一個逍遙的隱逸之士，然而命運將他推向皇帝的寶座。他在北方勢力壓迫下，小心翼翼地作了十五年的江南國主，對於宋朝，不僅輸幣進貢，更自我取消政體的獨立性，然而還是難逃國破的命運。被俘後的第三年李後主死於幽禁之所，得年四十二。

　　南唐是一個文化風氣興盛的國家，中主李璟文學藝術造詣頗高，李後主更是工書法，善繪畫，能詩擅詞，精通音樂。他的生命中最重要的兩位女子，分別是大周后和小周后。儘管偏安於江南，李後主還是享盡奢華富貴，追歡取樂，無心振作，也讓他在政治上留下負面評價。

　　李後主是才子，是詞人，是帝王。作為詞人，他是成功的；作為帝王，卻是失敗的。然而，正是失敗的帝王成全了詞人的成就，如果不曾經歷從帝王到臣虜的人生巨變，他的詞作就無法存在那種深刻沉重的人生體味。不過，無論是亡國前的「快樂頌」，還是亡國後的生命哀歌，都是他的人生自傳。第一期——少年優游期，詞作是他曠遠胸懷的載體，呈現詩質的美感；第二期——壯年酣樂期，詞作成了歌舞宴樂，調情幽會的現場直播，洋溢著戲劇性的色彩；第三期——中年憂傷時期，詞作描寫思婦心境，隱藏了個人寫照，增添歌辭性的朦朧美；第四期——晚年哀苦期，用詞作道盡人生的深刻體驗，用血與淚綴成一頁頁的詩篇。

　　李後主的詞，是自述自己的經歷和哀樂，從詞風的嬗變，可以把握其命運變化、情感律動，以及人生態度和價值取向。第一期展現自由高韜，無欲無求的胸懷，第二期則充滿貪歡逐色的滿足和暢快；第三期較為蘊藉婉約，有別於第二期和第四期的直抒胸臆；第四期則負載著永無止境的疾痛慘怛。

　　李後主填詞貼近白描手法，感官意象真切地呈現，同時感官間也重疊、互通，散發著一種貫通感覺世界的獨特魅力。這種感覺相通的獨特魅力，不僅是一種語言的表達，本質上是一種認知模式，它的生成具有生理與心理基礎。雖然人體感知器官各司其職，但是大腦皮層各區域並非互相隔絕，邊緣地帶有許多「疊合區」，在「興奮分化」的同時，也產生「興奮泛化」，引起「感覺挪移」，也就是通感。因此「通感」並非文學語詞，也不是通過語言技巧，用某一感官語詞去表達另一感官；而是具有深層的生理和心理機制，它是人類共有的認知模式，並為修辭格提供心理基礎，語言只是表達通感的方式之一。

　　通感也出現在道家與佛教的思想中，有所謂「耳視目聽」、「耳中見色」、「諸根互用」和「眼裡聞聲」等，而宗教哲學和文學藝術的關係又十分密切，通感也就自然且普遍地出現在文學作品中。李後主篤信禪宗，禪宗受到莊子學說影響，除了集印度唯識論大成，更特別強化了「六根相互為用」的觀念，「通感」可以說是禪宗的一項基本主張，是中國傳統哲學與美學的最高境界。李後主除了深受莊子主張心靈自由的啟發之外，詞作也融入佛教、道家的通感觀，多處呈現通感意象的美感特徵。

　　大部分的學者都同意，通感是一種感覺引發出另一種或多種感覺的心理現象，也就是人各種感覺器官間的溝通和感應，並沒有限定在一種感覺被另一種感覺取代或向其挪移。本論文綜合諸多學者看法，將通感作如下界定：第一種為一個感覺向另一個感覺移動，或是一個感覺引起另一個感覺；第二種為一種客觀對象引起多種感覺，也就是所謂「綜合感覺的意象」；第三種為綜合多種感覺的描寫直指心覺或

某一種感覺，也可說是將一個感覺轉化成其他多種感覺，或是在一個主題下的綜合感覺摹寫。另外，通感意象的審美特徵，可分為四大範疇，分別為新奇之美、深曲之美、虛實之美以及整體之美。通感是以感覺為起點，人的感覺器官接受外物刺激時，由於大腦神經分析器不同，對其形狀、色彩、聲音、氣味、滋味、質地等分別作出相應的反應，產生視覺、聽覺、嗅覺、味覺、觸覺等感受。這種反應是直接的、實在的、原發性的感覺，就是所謂的「興奮分化」；同時，還會引起「興奮泛化」，「興奮泛化」是間接的、想像的、繼發性的感覺，上述兩種反應相輔相成而產生通感。由此可知通感是以原發性的感覺為基礎，所以研究李後主詞作通感意象須先找出作為李後主創作靈感最初、最原始的感覺材料。本論文以李後主為感覺主體，考量其感知的方位和取得刺激的角度；並釐清他的發話立場，最後將李後主詞作的感官意象整理為視覺、聽覺、嗅覺、味覺和觸覺五大類型，這五大類型中並不包含心覺，因為各種感覺材料都必須通過情感的作用，才能構成意象，所以心覺早已融入各種感官知覺當中。

　　李後主詞作以視覺意象居冠，聽覺意象亞之，觸覺和嗅覺出現的頻率不如前二者，而最少出現的是味覺。詩文中的物體形貌，由主觀心意和眼睛所見的客觀物象融會而具現於文字中，即所謂的視覺意象；而視覺通感意象是以視覺為「原發性感覺」，並作為主導，再經由聯想而延伸出視覺以外的「派生感覺」，因此，視覺通感意象比視覺意象豐富。本論文將李後主視覺通感意象分為自然風光、人文物貌和女性態貌三種類型。自然之物能使人產生讚嘆之心，引發振奮高揚的崇高美感，李後主第四期的作品，〈虞美人〉（春花秋月何時了）、〈相見歡〉（林花謝了春紅）和〈清平樂〉，這三闋詞作中出現了「月」、「江」、「水」、「雪」等，這些自然景觀都是屬於「綜合感覺」的通感意象，因為它們除了能刺激視覺以外，還喚起觸覺、聽覺，而且象徵無始無終，周而復始的規律。這些自然風景形象化了李後主的亡國之恨，通過視覺、觸覺、聽覺和心覺──「愁」意象互通，產生深曲之美。另

外，一個人如果內在道德的自由性強，達到超乎一般人的程度，也能產生崇高的美感。〈漁父〉二闋的「浪花」從自然界的波瀾壯闊，變成人精神上自由馳騁，展現另一種崇高的審美特徵。相較於自然風景，出現在李後主詞作的人文物貌，少了壯闊雄偉，呈現的是雅致、秀美的特質。形成秀美的基本原則是勻稱、細緻或弱小，因此秀美所引致的情緒為寧靜、妥貼。〈采桑子〉（轆轤金井梧桐晚）、〈謝新恩〉（秦樓不見吹簫女）、〈謝新恩〉（庭空客散人歸後）這三闋詞出現許多精美的人文物貌，如「轆轤」、「金井」、「蝦鬚」、「玉鉤」、「瓊窗」、「麟游」，所帶出的情感是一種幽微的閨怨，只能淺唱低酌，其朦朧幽約正好呼應秀美藝術的審美觀點——自外形的纖小到情感的柔順。綜觀這幾闋詞，以淡淡的相思和美人遲暮為主題，而視覺、聽覺、嗅覺和觸覺被統整於這個主題之下，也就是和心覺交融，意境蘊藉秀美。除了精緻纖小的人工物外，女性的身體最符合秀美成立的基本要件，然而女性外形的可愛難免引起對其精神上的依戀，進而產生占有慾，因而超出純粹秀美特徵，增添香豔之情。〈一斛珠〉中，顏色、香味、聲音等交相呼應，刻劃出美人含情脈脈的一張小嘴，並從外在的形容帶入女子內心的情意；〈菩薩蠻〉（花明月黯飛輕霧）動用多重感官烘托纖細柔軟的小腳，進而引發作者的占有慾。〈菩薩蠻〉（蓬萊院閉天臺女）視覺、觸覺、嗅覺和聽覺同時轉為心覺，催化出作者「潛來」一親芳澤的的欲念。

李後主詞作中出現頻率亞於視覺意象的是聽覺意象，聽覺意象是一種與詩人情感相連的聽覺體驗重現，加上中國文字本身有許多描聲字和狀聲詞，因此古典詩詞中聽覺意象十分豐富；而所謂聽覺通感意象是以聽覺為「原發性的感覺」，再經由聯想而延伸出聽覺以外的「派生感覺」。本論文依據莊子的概念，將聲音分為「人籟」、「地籟」和「天籟」三類。自古人們對於天存在敬畏之心，個體與之相較顯得微不足道，但卻激發其自身的無限性，進而為之高揚奮發。〈烏夜啼〉、〈浪淘沙〉和〈浪淘沙令〉用視覺、觸覺補充風聲和雨聲，並和心覺

交融，讓從天而降的「天籟」來勢洶洶，產生崇高美感。所謂「地籟」是指依靠土地生存之物所發出的聲音，除了人類以外，就是蟲魚鳥獸植物，李後主詞作地籟意象並不多見，僅四處，而且都是鳥叫聲。鳥類，大多外型玲瓏花彩；鳴叫聲大多圓潤婉轉，不論外型和聲音皆展現秀美特徵，使人情緒軟化。〈喜遷鶯〉中，「雁聲稀」和「鶯啼散」聽覺向視覺挪移，聲音從細小到消失，幽微婉轉；〈謝新恩〉（冉冉秋光留不住）雁子的叫聲經過感覺挪移，先轉為觸覺，再引發心覺；〈臨江仙〉中，「子規啼月」用朦朧的月光來形容聽覺，讓子規哀啼顯得隱隱約約，沖淡其淒厲叫聲。這三闋詞中的聽覺通感意象伴隨而來的情緒是下降的，流露著幽微的相思。至於「人籟」，筆者將其定義為：人體以及所有人工物所發出的聲音，而其中最常出現為樂器類。音樂以聲音呈現，本質是抽象的，透過詩人感知想像，創造出以耳為目，聽音類形的聽覺通感意象。李後主個人音樂素養極高，出現於其詞作中的「人籟」，以樂器所發出的聲音最為頻繁，並以當時流行的燕樂為主。燕樂具有強烈的抒情性，加上人們偏愛「女音」，女音使人舒適柔和，呈現秀美特徵；然而燕樂通常伴隨歌、舞、酒、色，因此增添側豔的美學特徵。例如〈玉樓春〉透過音樂的流動，作者動用多重通感，疊合視覺、觸覺、嗅覺和味覺，交互為用，表現出聽覺的沉溺。〈浣溪沙〉充滿豐富的視覺、嗅覺、觸覺及味覺意象，然而最後一句才出現的聽覺意象，卻是整闋詞重點所在，由詞意可知簫鼓、笙歌自頭到尾都流動著，視覺、嗅覺、觸覺及味覺意象都是為簫鼓、笙歌而存在。〈菩薩蠻〉作者也是動用所有感官欣賞樂伎演奏，音樂使其心神蕩漾，進而產生性幻想（心覺）。這三闋詞作透過聽覺通感，將音樂和活色生香的美女作連結，女性的面貌柔合，肌肉纖細，最適合呈現秀美美感，令人產生依戀之情，然而若是摻雜了情慾的成分，便向側豔靠攏了。另外〈擣練子令〉的「砧聲」轉化為觸覺和視覺，〈謝新恩〉中「更漏聲」轉化為視覺。作者的愛戀和寂寞，訴諸隱隱約約的砧聲、更漏聲，呈現含蓄秀美特徵。

　　視覺與聽覺在美學上是所謂的高級感覺；嗅覺、味覺和觸覺，則被稱為低級感覺，然而它們對於審美也能產生作用，因為各個感官不是孤立的。嗅覺缺乏字彙描述，只能用視覺、味覺等來形容，例如：煙味、花香味、水果味等字彙；有時味覺向心覺挪移，例如某物聞起來「令人噁心」、「使人愉快」等，這些日常所使用的嗅覺詞彙早已蘊含通感在其中。李後主十分重視物質享受，照理說諸如嗅覺、味覺和觸覺的描述應該很多，因為它們最能誘發「快感」，滿足生理性的需求；然而，李後主三十七闋詞作，以嗅覺、味覺和觸覺為主導感覺的意象並不多，可見低級感覺在審美上位居輔佐作用，絕非主導的功能。〈菩薩蠻〉（蓬萊院閉天臺女）中「繡衣聞異香」，由飄散出來的體香，聯想到美麗多情的少女，且嗅覺向視覺及心覺（性幻想）挪移，充滿香豔之情，但卻保持一分深曲的美感。而〈望江南〉（閒夢遠，南國正芳春），所呈現的美感異於〈菩薩蠻〉，屬於精神層次的，詞作中的視覺和聽覺效果均在記憶裡，是現實中不存在的。

　　味覺本是咀嚼食物的感受，然而中國將「味」的使用由感覺認知轉入審美理念的探索，例如喝酒飲茶也可以成為一種藝術。藝術的滋味，在於把實際人生距離推遠。亡國後的李後主，酒讓他處於半夢半醒的狀態，為他拉開人生的真相，以美感觀照的心靈自由，面對痛苦。這個時期的詞作相較於第一、二期，反而沒有出現「酒」這個字眼，然而推敲詞意，不難發現酒的意象隱藏其中。〈烏夜啼〉中，「醉鄉路穩宜頻到」，味覺經過心覺的作用再向觸覺挪移，虛實相生。〈望江梅〉（多少恨）、〈子夜歌〉和〈浪淘沙令〉的李後主藉酒壯膽，酒精的作用讓他產生幻覺，幻覺是味覺所喚起的，非實際發生。另外味覺也被轉為審美的術語，藉由感官「感通」與包容，將其他視、聽、嗅、觸等感官知覺，融注其中。〈玉樓春〉和〈相見歡〉（無言獨上西樓）的「味」已超越本身辭義，反映的是文化表徵。〈玉樓春〉極盡描繪感官上的享受，乍看之下似乎這些都只是生理快感，然而藉由感官包容性，所寫出的「滋味」，並不僅止於味覺，而是具有高度的統合作用。

〈相見歡〉相較於〈玉樓春〉是屬於精神層次的美感，聽覺、視覺和觸覺全指向一種脫離感官的「味」，進入審美的意識中。

　　觸覺是屬於皮膚感覺的一種，肌膚接觸常伴隨情感信息的傳遞，例如觸摸絲質的綢緞，給人細膩的生理感受，心理上產生一種舒適如意的感覺；語言中充滿觸覺比喻，例如我們深受「感動」；問題很「棘手」，或燙手等。這些都是觸覺和心覺互相交融的結果，是一種通感的表現。屬於皮膚的感覺有很多，其中包含蹙眉，〈長相思〉、〈采桑子〉二闋和〈擣練子〉，這些詞作均出現「蹙眉」意象，作者將內心狀態轉化為皮膚和皮膚之間的扭結，呈現心覺和觸覺融合的通感美。除了蹙眉，常出現於李後主詞作的觸覺意象還有「眼淚」，眼淚帶來「濕」的感覺，同樣屬於觸覺範疇。李後主第三期和第四期詞作屢次出現「眼淚」意象，眼淚所承載的心理意緒多為愁和恨，〈擣練子〉、〈謝新恩〉（櫻花落盡階前月）的淚是相思之淚，所蘊含的情緒是幽微的；〈破陣子〉、〈望江梅〉（多少淚）以及〈子夜歌〉的淚所承載的是亡國之恨，相較之下則波瀾壯闊。眼淚從眼眶漫延到臉頰，產生潮溼的觸覺感受，它更是一種情感表徵，人們在喜悅、激動、悲傷、憂愁時，藉由淚來宣洩內心情感，內在心理活動由外顯觸覺活動表現，心覺和觸覺交融，讓「眼淚」蘊藉的情思，綿綿不絕，它已經不是一種單純為濕掉的感覺，儼然成為一種永生不死的多情意象。

　　晚唐五代的詞人中，唯有李後主，用詞來歌唱自己的歡樂，詠嘆自我的悲哀，不論哪一個時期的詞作都是自我最真實的表現，和他的生命融合為一，沒有一絲虛偽，欣賞他的詞作，能深切的感受到那顆任真純全的心。因此每一闋詞作的通感意象都無法將「心覺」排除在外，每一闋都是意象互通，以心覺作為中心命題。而所謂心覺就是作者的情感、思想、意志等，它正是文學作品的精髓，有了它作品才能夠發光、發熱，才能打動人心。李後主的詞作如同他的個性，沒有華麗的雕琢，沒有矯揉造作，更不玩文字遊戲，乍看之下，通感手法並不明顯，但卻是隱藏在詞境當中。最能呈現通感的手法其實是刻意倒

裝、錯置地堆砌意象,例如李賀的「魚沫吹秦橋」、「涼曠吹浮媚」,通感魅力足以令人眼花撩亂,但是很明顯地是在文字遊戲;李後主填詞手法樸素自然,詞作中很難看到上述意象,因此探析李後主通感意象必須把握整闋詞詞意及意境,細細咀嚼,慢慢品嚐,反覆吟詠,並和其生活背景作一番對照,才能發現其中的通感之美是曲徑通幽,非即賞即盡,一覽無餘。因此本論文從事探析是以整闋詞作為單位,而非作出現通感意象之片段句子的節選;同時在此也為第二章大篇幅整理李後主生平提供了說明。

## 第二節　未來的展望

李後主有一句詞:「暫時相見,如夢懶思量。」顯然思量之情已達臨界點,只能反過來說「懶思量」了。他思量的對象,也許是他的故國,也許是他的往事,也許是他的愛人;而他本人則讓千年以來的讀者費盡思量,多少詞評家、研究者思量著他戲劇性的一生,思量著他真摯多情的詞作,思量著他文學藝術成就。要加入這樣的行列,就必須從新的面向出發,以不同於前人的視野思量他那縱橫千古的璀璨詞作。凡是動人心弦的不朽名篇,能夠化解讀者的主知意識,使其在賞讀的過程中似乎騰空自我,認同作者,忘記自我在旁觀賞的位置,融入作品中,以「他」代「我」,「我」即是「他」,以作者的感受為自己的感受,李後主的詞作正充滿著如此魅力。筆者跟著李後主,重回千年前的金陵,歷經一趟豐富的感官之旅。然而從感官出發探析李後主詞作除了滿足美感的渴望,還得到什麼呢?在這些虛實相生、交叉錯置的通感意象中,給予筆者最大的啟迪是──除了運用通感來賞析前人名篇佳作外,我們應該學習的是創造精神,善加運用通感的藝術手法,表達自己對生命、對情感更深一層的體悟,畢竟通感是在生

理與心理機制下產生的，大部分的人皆有之，不然我們也不會看見紅色引起熱覺，看見檸檬就感到酸了。

　　唐代詩人李賀曾創造了「涼月」，李商隱有「寒空」，張繼更是以「寒山寺」著名，「涼月」、「寒月」、「寒空」、「寒露」、「寒山」這類視覺兼觸覺的詞彙，大家耳熟能詳，剛開始接觸這些通感意象時，可能還會產生涼意；但是若是不求創新只是一味的模仿，那麼真是創作者和欣賞者的悲哀了。在李後主樸素自然，沒有刻意錯置的語言特色下有「新雁咽寒聲」，將觸覺融入聽覺，產生新的「涼意」。無可諱言，模仿是人類與生俱來的能力，也是成長、進步不可或缺的因素。但如果一味只從事表面文字的替換，或只是單純作文字的操弄，肯定索然無味；唯有以生理和心理機制為基礎，從本質上去製造差異。畢竟我們是用身體各種感官和世界作溝通，畢竟通感也不是通過語言技巧，用某一感官語詞去表達另一感官，它是人類共有的認知模式，語言只是表達通感的方式之一；若是只把眼光放在通感詞彙諸如「涼月」、「寒碧」、「寒聲」、「煙啼」等，從事字面上的討論，那未免太小看通感的影響力了。筆者認為在字面上看不出通感手法的詩句，若是將其外部語境和內部語境連絡起來，其實更值得反覆摸索、再三玩味，也不必擔心像「涼（寒）月」那般被人「濫用」。這也就證明了一件事：「整體比個別部份總和為大」；更說明了各種感官互相移轉只是藝術創作的手段，最終的價值還是整體的精神意涵。

　　老子云：「天大，地大，人亦大。」；莊子有所謂：「牛馬四足，是謂天；落馬首，穿牛鼻，是謂人。」存在於大千世界之物，大略可歸納為天然物和人工物兩類，這兩大類還可以再作細分，本論文將視覺意象分為自然風景、人文物貌和女性態貌三類；聽覺意象分為天籟、地籟和人籟三類。自然風景類的視覺通感意象以具壯闊浩瀚特質為主要選材，並探析其中的崇高美感，但是並不代表李後主詞作中的自然風景全部壯麗的，更不代表自然界的一切都是高聳遼闊的；自然界中多得是秀美之物，李後主詞作中也多得是秀美的自然物象，例如

「曉月」、「金蕊」、「蝶飜」、「櫻桃」等。分析詞作美感特徵並非單靠物象，而是以整闋詞作的風格為主要考量，因此所謂崇高美感，是整闋詞所呈現出來的；若是從秀美特徵出發，賞析李後主詞作中自然物象所營造出的美感，亦能從中得到審美的樂趣。自然風景中存在許多壯麗之物，也有秀美之物；人文物貌中也有著雄壯之物，不過在李後主詞中比較少出現。同樣的，不論是天籟、地籟還是人籟，任何類別的聲音也可能會呈現兩種以上的美感。例如本論文以崇高美欣賞李後主詞作中的天籟通感意象，但並不表示所有來自天的聲音都只能呈現崇高美感。另外本論文從感官出發，運用意象理論、通感理論及美學方法賞析李後主詞作，提供的是一個不同於以往的賞析途徑，一種原則與方法，也是一個開端，期盼往後的研究者將意象作不同的分類，從不同的審美特徵切入，賞析更多的文學作品。

本論文將李後主三十七闋詞中的感官意象歸納為視覺、聽覺、嗅覺、味覺和觸覺，並分析各種感官意象所派生出來的感覺。然而，人是用全身心來感受、體驗世界的，尤其是詩人；一闋詞作、一首詩歌中，不可能只動用同一種感官，而本論文又是以整闋作品為單位來作賞析，不著眼於片段式的句子，因此在分析一種感官的通感意象時，會提及到以他種感官為主導的通感（例如在視覺通感意象章節提及以觸覺為主導的觸覺通感意象），因為人的感性，所以無法將感官做機械化的分類。同樣的，在作意象分類時也一樣（例如人文物貌通感意象章節提及自然風景意象），這個世界本來就是各種物象自然並存的，而詩人又是開放全部的感官在體驗世界。

第七章第四節觸覺通感意象及其美感，本應以觸覺為主導感覺，分析由它所派生出來的感覺，該節所提出來「蹙眉」和「眼淚」卻屬於意通於象，都是由心理意緒所引起的，然而通感只是賞析文學作品的一個管道，從感官出發，讓我們更具體的把握作品的審美趣味，最終要看的還是整體的藝術價值，以及對人心的洗滌作用，對情感的昇

華。無論哪一種賞析方法本質上應為作品服務，因作品而存在，若是過於拘泥方法，缺乏靈活運用，反而削足適履，畫地自限。

通感是以感覺為起點，因著所處立場不同，得到的感覺也跟著改變。閱讀文學作品，所獲得的感受有以下三種，分別是作者的感受、角色的感受和讀者的感受。本論文盡量和作者趨至一體，以李後主的感受為感受；然而李後主不少詞作帶有戲劇色彩，以全知的敘述觀點，讓一場舞樂愛情劇碼在詞作中上演，若是研究者化身為詞作中的角色，例如大、小周后，從詞作角色的感官出發，來賞析詞作，未嘗不是一項新的嘗試。

最後，要說明的是，本論文運用通感探析李後主詞作，難免讓詞作的賞析在眼、耳、鼻、舌、膚等感官中打轉，彷彿落入套用公式的框架中。通感是一種複雜的生理、心理及語言現象，涉及生理學、心理學、語意學、修辭學、意象理論與美學等，本論文從生理學、心理學、語意學、修辭學、意象理論與美學等面向，探討通感的生成機制及理論基礎，然而僅透過意象理論及美學特徵從事詞作賞析，較少涉及生理學、心理學、語意學與修辭學，可說是本論文不足之處。因此期許自己或是有興趣的研究者，在未來能夠以跨學科的方法，更加深入、多元地進行探究。

要再次重申的是，通感並非一種語言現象，它具有生理和心理的認知基礎，因此除了文學作品以外，舉凡音樂、繪畫、建築、書法、舞蹈等藝術活動，都能呈現通感之美，它在人類認識和掌握世界的歷程中，不斷地豐碩、進步和提高。在當今時代，人類活動領域日益擴大，人類的感覺能力多面向發展，各種藝術互相滲透、融合，通感在培養和激發想像力、創造力和審美能力等方面，扮演極重要的角色，發揮更為積極的作用，尤其以美感鑑賞和藝術活動表現得更加鮮明、顯著，因此對其生成結構和規律的研究，應該更加受到各類學科的關注和重視。

# 參考文獻

丁成泉注譯、黃志民校閱（1996），《公孫龍子》，臺北：三民。

千千岩英彰（2002），《不可思議的心理與色彩》，臺北：新潮社。

小川環樹（1986），《論中國詩》，香港：中文大學。

仇小屏（2004），〈論「心覺」在通感中的作用〉，《中國語文》，563，14～19。

仇小屏（2004），〈論移覺格中的「主要知覺」與「輔助知覺」〉，《中國語文》，562，22～27。

仇小屏（2006），《篇章意象論：以古典詩詞為考察範圍》，臺北：萬卷樓。

元鍾實（2002），〈略談莊子無為說與慧能禪宗三無論〉，《中華佛學研究》，6，235～261。

毛先舒（1985），《南唐拾遺記》，收錄於《叢書集成新編一一五》，臺北：新文豐。

王力堅（1996），〈王力堅（1996），〈亡國之君的淒惶——試析李煜詞「虞美人」〉，《中國語文》，470，59～66。

王力堅（1996），〈痛定思痛的懺悔--李煜後期詞「浪淘沙」解析〉，《工會論壇》，466，25～28。

王世貞（1988），《藝苑卮語‧弇州山人四部搞》，收錄於唐圭璋編《詞話叢編一》，臺北：新文豐。

王立（1999），《心靈的圖景——文學意象的主題史研究》，上海：學林。

王宇弘（2008），〈通感修辭的心理美學闡釋〉，《社會科學輯刊》，178，205～207。

王灼（1971），《碧雞漫志》，收錄於《百部叢書集成》，臺北：藝文。

王彩麗（2004），〈通感現象的理據及功能特點分析〉，《外語教學》，25（1），35～37。

王萬象（2009），《中西詩學的對話——北美華裔學者中國古典詩研究》，臺北：里仁。

王夢鷗（1976），《文學概論》，臺北：藝文。

王夢鷗註譯（2009），《禮記今註今譯上》，臺北：商務。

王銍（1991），《默記》，收錄於《四庫筆記小說叢書》，上海：古籍。

王廣琪（2008），《動亂中的詞人──李煜李清照詞比較研究》，國立彰化師範大學國文學系碩士班碩士論文，未出版，彰化。

古遠清（1997），《留得枯荷聽雨聲：詩詞的魅力》，北京：三聯。

玄奘譯、韓廷傑校釋（1998），《成唯識論校釋》，北京：中華。

田居儉（1995），《李煜傳》，北京：當代中國。

白靈（1996），《一首詩的誕生》，臺北：九歌。

伊莉莎白‧佛洛恩德著、陳燕谷譯（1994），《讀者反應理論批評》，臺北：駱駝。

任爽（1995），《南唐史》，長春：東北師範大學。

成偉鈞等主編（1996），《修辭通鑑》，臺北：建宏。

朱令譽編注（1992），《詩經讀本》，臺南：大夏。

朱永嘉注譯（1995），《新譯呂氏春秋》，臺北：三民。

朱光潛（1998），《談美》，臺中：晨星。

朱光潛（2008），《文藝心理學》，臺北：頂淵。

朱恆夫注譯（1998），《新譯花間集》，臺北：三民。

朱智賢（1989），《心理學大詞典》，北京：北京師範大學。

江建高（2005），〈哀猿子規啼不住，一聲聲似怨春風──唐詩聲音意象初論〉，《中國文學研究》，2，31～33、40。

艾石模著、狄朝明譯（1971），《聲音與聽覺》，臺北：廣文。

何敏華（1997），〈李煜詞風的探討〉，《中國語文》，483，92～99。

余我（1998），〈李後主的「破陣子」析語〉，《中國語文》，496，42～44。

余雪曼編（1984），《李後主與李清照》，臺南：大夏。

吳功正（2001），《中國文學美學》，南京：江蘇教育。

吳喬（1996），《圍爐詩話》，收錄於《清詩話續編上》，上海：古籍。

吳惠娟（1999），《唐宋詞審美觀照》，上海：學林。

吳曉（1990），《意象符號與情感空間──詩學新解》，北京：中國社會科學。

吳戰壘（1993），《中國詩學》，臺北：五南。

吳禮權（2002），《修辭心理學》，昆明：雲南人民。

李中華（1996），《李後主的人生哲學》，臺北：揚智。

李元洛（1990），《詩美學》，臺北：東大。

李李（2002），〈李後主「菩薩蠻」詞賞析〉，《國文天地》，539，73～75。

李孟君（2008），《唐詩中的女性形象研究》，臺北：花木蘭。

李金芳（2006），《李後主文學研究》，國立高雄師範大學回流中文碩士班碩士論文，未出版，高雄。

李炳海（1994），《道家與道家文學》，高雄：麗文。

李時銘（2004），《詩歌與音樂論稿》，臺北：里仁。

李慕如（1986），〈詞中帝王李後主〉，《屏東師專學報》，4，1～77。

李澤厚（1999），《中國美學史》，合肥：安徽文藝。

李麗娟（2003），《造形與嗅覺意象之關聯性研究──以香水為例》，私立大同大學工業設計研究所碩士論文，未出版，臺北。

杜文玉（2007），《夜宴圖──浮華背後的五代十國》，臺北：聯經。

杜維運（2008），《史學方法論》，臺北：杜維運。

沈謙（1998），〈李煜前期的詞〉，《中國語文》，492，23～28。

沈謙（1998），〈李煜後期的詞〉，《中國語文》，493，24～30。

肖馳（1986），《中國詩歌美學》，北京：北京大學。

亞里斯多德（1983），《形而上學》北京：商務。

亞理斯多德著、吳壽彭譯（2009），《靈魂論及其他》，北京：商務。

亞瑟·藍波著、武井誠譯（1977），《地獄的季節》，臺北：伙伴。

周慶華（2004），《語文研究法》，臺北：洪葉。

周濟著、唐圭璋編（1988），《介存齋論詞雜著》，收錄於《詞話叢編二》，臺北：新文豐。

帕克（1995），《美學原理》，北京：商務。

拉馬錢德朗、哈柏德著、潘震澤譯（2003），〈你可以聽見顏色嗎？〉，《科學人》，16，100～108。

林成（2003），《新譯詩品讀本》，臺北：三民。

林書堯（1983），《色彩學》，臺北：三民。

武井誠譯（1977），《地獄的季節：藍波散文詩》，臺北：伙伴。

邵毅平（1993），《詩歌：智慧的水珠》，臺北：國際村。

邱國榮（2009），《李後主前期詞作中的修辭格及其藝術作用之研究》，國立臺中教育大學語文教育學系碩士班碩士論文，未出版，臺中。

金開誠（2004），《文藝心理學概論》，北京：北京大學。

姜岱東（1996），《文學風格概論》，濟南：山東教育。

姚一葦（1997），《美的範疇論》，臺北：開明。

姚一葦（1993），《審美三論》，臺北：開明。

姚敏（2008），《獨自莫憑欄：詞話南唐後主李煜》，天津：天津教育。

星雲大師（2009），《舍得》，南京：江蘇文藝。

柯慶明（2000），《文學美綜論》，臺北：大安。

段振離（1997），〈南唐後主李煜之死〉，《健康世界》，263，70～72。

洪玉鳳（2011），〈酒與詩：陶淵明與李白精神內涵之異同〉，《陝西理工學院學報・社會科學板》，29（1），60～64。

胡有清（1992），《文藝學論綱》，南京：南京大學。

胡雅雯（2008），《李煜詞篇章意象探析》，國立臺灣師範大學國文學系在職進修碩士班碩士論文，未出版，臺北。

胡經之、王岳川主編（2001），《文藝學美學方法論》，北京：北京大學。

胡遂（1998），《中國佛學與文學》，長沙：岳麓書社。

范純甫（1983），《帝王詞人李後主》，臺北：莊嚴。

革奴（2009），〈王維詩歌中的聲音意象〉，《作家雜誌》，8，145～146。

唐文德（1981），《李後主詞創作藝術的研究》，臺中：光啟。

唐文德（1994），《詩詞中的美學與意境》，臺中：國彰。

唐文德（2000），《詩詞情境欣賞》，臺中：國彰。

唐圭璋（1970），《南唐二主詞彙箋》，臺北：正中。

唐圭璋主編（1988），《唐宋詞鑑賞辭典》：上海：上海辭書。

夏承燾（1970），《唐宋詞人年譜》，臺北：明倫。

孫康宜著、李奭學譯（1991），〈李煜與小令的全盛期〉，《中外文學》，227，75～115。

孫康宜著、李奭學譯（1994），《晚唐迄北宋詞體演進與詞人風格》，臺北：聯經。

徐復觀（1974），《中國藝術精神》，臺北：學生。

徐楓（1994），《李後主》，臺北：知書房。

桑塔耶那著、杜若洲譯（1972），《美感》，臺北：晨鐘。

海德倫・梅克勒著、胡忠利譯（2007），《饗宴的歷史》，太原：希望。

海德倫・梅克勒著、薛文瑜譯（2004），《饗宴的歷史》，臺北：左岸。

袁行霈（1989），《中國詩歌藝術研究》，臺北：五南。

馬千（2010），〈論佛道觀念中的通感〉，《工會論壇》，16（1），147～149。

馬令（1985），《南唐書》，收錄於《叢書集成新編一一五》，臺北：新文豐。

張利群（2000），《辨味批評論》，廣西，廣西師範大學。

張明主編（2007），《解讀繽紛的色彩世界——色彩心理》，北京：科學。

張法（1994），《中西美學與文化精神》，北京：北京大學。

張春榮（1992），〈紅杏枝頭春意鬧──談移覺移覺〉，《明道文藝》，197，24
　　～28。

張春榮（2005），《修辭新思維》，臺北：萬卷樓。

張春興（2002），《心理學原理》，臺北：東華。

張春興（2002），《張氏心理學辭典》，臺北：東華。

張淑瓊主編（1991），《李煜》，臺北：地球。

張夢機（2008），《詞箋》，臺北：三民。

張漢良（1977），《現代詩論衡》，臺北：幼獅。

張錦瑤（2007），〈論李煜「相見歡」〉，《中國語文》，596，57～67。

張麗珠（2001），《袖珍詞學》，臺北：里仁。

曹杏一（2009），《張愛玲小說通感藝術手法之研究》，國立臺灣師範大學國
　　文學系教學碩士班碩士論文，未出版，臺北。

曹長青、謝文利（1996），《詩的技巧》，臺北：洪葉。

曹寅編（1974），《全唐詩一》，臺北：復興。

梁宗岱（1998），《梁宗岱批評論文集》，珠海：珠海。

梁啟雄（1980），《荀子簡釋》，臺北：華正。

笠原仲二著、魏常海譯（1987），《古代中國人的美意識》，北京：北京大學。

莫麗芸（2009），《宋詞裡的食衣住行》，北京，新世界。

莊淑如（2004），《李煜詞的鑑賞與研究》，國立彰化師範大學國文學系碩士
　　班碩士論文，未出版，彰化。

莊萬壽導讀、翁寧娜主編（1998），《列子》，臺北：金楓。

許天治（1987），《藝術感通之研究》，臺北：臺灣省立博物館。

許作新注釋（1981），《老子讀本》，臺南：新世紀。

郭宏安編（1987），《波特萊爾美學論文選》，北京：人民文學。

郭尊仁（2003），《台灣當代傳記文學研究》，臺北：秀威。

陳汝東（2006），《當代漢語修辭學》，北京：北京大學。

陳育德（2000），〈靈心妙悟感而遂通──論藝術通感〉，《安徽師範大學學報·
　　人文社會科學版》，28（3），384～388。

陳育德（2005），《靈心妙悟──藝術通感論》，安徽：安徽教育。

陳芊梅（1972），《李後主研究》，國立臺灣大學中國文學系研究所碩士論文，
　　未出版，臺北。

陳佳君（2004），《辭章意象形成論》，臺北：萬卷樓。

陳宜政（2008），〈從人間詞話論李煜「擔荷人類罪惡」之意涵〉，《實踐博雅學報》，9，65～84。

陳昌明（2005），《沈迷與超越：六朝文學之感官辯證》，臺北：里仁。

陳杰（2009），〈通感隱喻的認知理據與認知實現〉，《黑龍江史志》，208，147、149。

陳紀蘭（1983），〈由「一江春水」到李後主的「愁」〉，《中國語文》，312，48～50。

陳望道（1980），《陳望道文集》，上海：人民。

陳望衡（2007），《當代美學原理》，湖北：武漢大學。

陳彭年（1985），《江南別錄》，收錄於《叢書集成新編一一五》，臺北：新文豐。

陳葆真（1997），〈藝術帝王李後主（一）〉，《國立臺灣大學美術史研究集刊》，4，43～58。

陳葆真（1998），〈藝術帝王李後主（二）〉，《國立臺灣大學美術史研究集刊》，5，41～76。

陳葆真（1999），〈藝術帝王李後主（三）〉，《國立臺灣大學美術史研究集刊》，6，71～130、242。

陳葆真（2009），《李後主和他的時代——南唐藝術與歷史》，北京：北京大學。

陳滿銘（1998），〈李煜「清平樂」詞賞析〉，《國文天地》，157，70～73。

陳滿銘（1998），〈李煜的「相見歡」〉，《國文天地》，156，26～28。

陳滿銘（1999），〈李煜「相見歡」（二）〉，《國文天地》，164，53～56。

陳滿銘（1999），〈李煜的「浪淘沙」〉，《國文天地》，167，50～53。

陳滿銘（2000），《詞林散步》，臺北：萬卷樓。

陳滿銘（2001），《章法學新裁》，臺北：萬卷樓。

陳滿銘（2006），《意象學廣論》，臺北：萬卷樓。

陳銘（2004），《說詩——中國古典詩詞美學三昧》，臺北：未來書城。

陳慶輝（1994），《中國詩學》，臺北：文史哲。

陳錦榮（2000），《李煜李清照詞注》，臺北：遠流。

陸游（1985），《南唐書》，收錄於《叢書集成新編一一五》，臺北：新文豐。

陶穀（1991），《清異錄》，收錄於《四庫筆記小說叢書》，上海：古籍。

章可敦（2003），〈論李清照李煜詞風格的異同〉，《北京科技大學學報・社會科學版》，19（4）46。

章崇義（1969），《李後主詩詞年譜》，香港：龍門。

勝守堯、滕滕（1987），《審美心理描述》，臺北：漢京。

普濟（1997），《五燈會元》，重慶：西南師範大學。

曾柏勛（2003），〈閉鎖與延續——李煜詞的文學現象學考察〉，《文學前瞻》，4，109～121。

曾慥（1993），《類說》，收錄於《四庫筆記小說叢書》，上海：古籍。

童慶炳（1994），《中國古代心理詩學與美學》，台北：萬卷樓。

童穗雯（2005），《南唐二主詞研究》，私立中國文化大學中國文學研究所碩士論文，未出版，臺北。

費歇爾（1964），《美的主觀印象》，收錄於《古典文藝理論譯叢‧第八冊》，北京：人民文學。

黃永武（1976），《中國詩學‧設計篇》，臺北：巨流。

黃永武（1984），《詩與美》，臺北：洪範。

黃立己（2005），《顏色詞的語言符號及其美學意蘊——以「詩經」顏色詞為例》，私立玄奘大學中國語文研究所碩士論文，未出版，新竹。

黃雅莉（2000），〈論李煜詞的精神內涵及開拓表現〉，《國立編譯館館刊》，29（1），101～120。

黃錦鋐注譯（1997），《新譯莊子讀本》，臺北：三民。

黃慶萱（2005），《修辭學》，臺北：三民。

黃麗貞（2004），《實用修辭學》，臺北：國家。

楊昌年（1998），〈詞國君王李後主〉，《歷史月刊》，130，39～45。

楊波（2003c），〈文學接受活動中的藝術通感特徵解說——藝術通感研究系列之三〉，《喀什師範學院學報》，24（5），76～79

楊波（2003a），〈對通感作為修辭的閾限質疑——藝術通感研究系列之一〉，《喀什師範學院學報》，24（2），60～62、74。

楊波（2003b），〈藝術通感的生理——心理學發生探源——藝術通感研究系列之二〉，《喀什師範學院學報》，24（4），62～66、79。

楊波（2004d），〈闡釋涉險：以審美統覺破譯藝術通感的密碼——藝術通感研究系列之四〉，《喀什師範學院學報》，25（1），68～70

楊家駱主編（1997），《王氏輯注南來堂詩集》，臺北：鼎文。

楊海明（1987），《唐宋詞的風格學》，臺北：木鐸。

楊海明（2002），《唐宋詞與人生》，石家莊：河北人民。

楊純婷（2000），《中文裡的聯覺詞：知覺隱喻與隱喻延伸》，國立中正大學語言學研究所碩士論文，未出版，嘉義。

楊鴻銘（2008），〈移覺〉，《孔孟月刊》，549，56～57。

溫世頌（2006），《心理學辭典》，臺北：三民。

葉重新（2006），《心理學‧簡明版》，臺北：心理。

葉嘉瑩（1970），《迦陵談詞》，臺北：純文學。

葉嘉瑩（1990），《唐宋詞名家論集》，臺北：正中。

葉嘉瑩（1992），《溫庭筠‧韋莊‧馮延巳‧李煜》，臺北：大安。

葉嘉瑩（2000），《詞學新詮》，臺北：桂冠。

葉嘉瑩（2003），《詩詞的美感》，臺北：中央研究院。

葉嘉瑩（2006），《詞之美感特徵的形成與演進》，北京：北京大學。

葉嘉瑩（2007），《詞之美感特質的形成與演進》，新竹：清華大學。

董誥等編、孫映達點校（2002），《全唐文二》，山西：山西教育。

詹幼馨（1992），《南唐二主詞研究》，武漢：武漢。

詹安泰（1991），《南唐二主詞》，臺北：天工。

詹伯慧編（1997），《詹安泰詞學論集》，汕頭：汕頭大學。

雷淑娟（2010），〈唐詩通感投射方向及其心理動因〉，《齊齊哈爾大學學報‧
　　哲學社會科學板》，，19～21。

廖育菁（2007），〈李煜詞中色彩之變化與情感之表現〉，《人文社會學報》，3，
　　23～43。

廖國偉（1999），〈試論中國古典詩詞中的聽覺意象〉，《東岳論叢》，20（6），
　　113～116。

趙滋蕃（1988），《文學原理》，臺北：東大。

趙愛萍（2005），〈通感過程中的隱喻思維〉，《牡丹江師範學院學報哲學社會
　　科學版》，5，37～38、50。

趙路得（2006），《李賀與李商隱詩歌中的通感表現手法研究》，私立東吳大
　　學中國文學系碩士在職專班碩士論文，未出版，臺北。

趙靜（2008），《修辭學視閾下的古代判詞研究》，成都：巴蜀書社。

劉大杰（2002），《中國文學發展史》，臺北：華正。

劉宇紅（2005），〈通感現象的身體化特徵〉，《文史博覽》，12，28～30。

劉春玉（2008），《李後主詞研究》，私立玄奘大學中國語文學系碩士在職專
　　班碩士論文，未出版，新竹。

劉若愚（1977），《中國詩學》，臺北：幼獅。

劉若愚（1989），《中國文學藝術精華》，合肥：黃山。

劉維崇（1978），《李後主評傳》，臺北：黎明。

劉勰著、周振輔注（1984），《文心雕龍》，臺北：里仁。

劉鶚（1990），《老殘遊記》，臺北：桂冠。

撰人不詳（1985），《五國故事》，收錄於《叢書集成新編一一五》，臺北：新
　　文豐。

潘麗珠（2008），《如何閱讀一首詞》，臺北：商周。

滕咸惠校注（1994），《人間詞話新注》，臺北：里仁。

蔣孔陽（1997），《美在創造中》，廣西：廣西師範大學。

蔣孔陽（2006），《美學新論》，北京：人民文學。

蔣南華等譯注（1996），《荀子》，臺北：古籍。

蔣勵材（1978），《李後主詞傳總集》，臺北：國立編譯館。

蔡縧著、張伯偉編校（2002），《西清詩話》，收錄於《稀見本宋人詩話四種》，
　　南京：江蘇古籍。

鄭文寶（1985），《江表志》，收錄於《叢書集成新編一一五》，臺北：新文豐

鄭日奎（1997），《鄭靜菴先生詩集》，臺南：莊嚴。

鄭玄（2001），《毛詩鄭箋》，臺北：學海。

鄭淳云（2005），《人與自然的對話——陶詩自然意象研究》，國立臺灣師範
　　大學國文學系在職進修碩士班碩士論文，未出版，臺北。

魯樞元（2001），《文藝心理學大辭典》，武漢：湖北人民教育。

黎運漢、張維耿（2001），《現代漢語修辭學》，臺北：書林。

錢鍾書（1990），《管錐編》，臺北：書林。

錢鍾書（1993），《談藝錄》，北京：中華。

錢鍾書（2001），《七綴集》，北京：三聯。

龍協濤（1997），《讀者反應理論》，臺北：揚智。

龍袞（1985），《江南野史》，收錄於《叢書集成新編一一五》，臺北：新文豐。

繆鉞、葉嘉瑩（1993），《靈谿詞說》，臺北：正中。

謝世涯（1994），《南唐李後主詞研究》，上海：學林。

謝冰瑩注譯（1991），《新譯四書讀本》，臺北：三民。

謝美瑩（2008），《王維山水詩意象探析》，國立臺灣師範大學國文學系碩士
　　論文，未出版，臺北。

黛安娜·艾克曼著、莊安祺譯（1993），《感官之旅》，臺北：時報。

羅立乾注譯（1996），《新譯文心雕龍》，臺北：三民。

羅悅玲（1973），〈讀李後主晚期的詞〉，《中國語文》，194，99～112。

譚獻（1984），《復堂詞話》，收錄於郭紹虞、羅根澤編，《中國古典文學理論
　　批評專著選輯》，北京：人民文學。

釋惠洪（1989），《石門文字禪》，收錄於《叢書集成續編》，臺北：新文豐。

釋曉瑩（1965），《羅湖野錄》，收錄於《百部叢書集成寶顏堂祕笈》，臺北：
　　藝文。

嚴云爱（2003），《詩詞意象的魅力》，合肥：安徽教育。

語言文學類　PG0640　東大學術 48

# 李後主詞的通感意象

作　　者 / 李心銘
責任編輯 / 林千惠
圖文排版 / 王思敏
封面設計 / 蔡瑋中

發 行 人 / 宋政坤
法律顧問 / 毛國樑　律師
印製出版 / 秀威資訊科技股份有限公司
　　　　　114 台北市內湖區瑞光路 76 巷 65 號 1 樓
　　　　　電話：+886-2-2796-3638　傳真：+886-2-2796-1377
　　　　　http://www.showwe.com.tw
劃撥帳號 / 19563868　戶名：秀威資訊科技股份有限公司
　　　　　讀者服務信箱：service@showwe.com.tw
展售門市 / 國家書店（松江門市）
　　　　　104 台北市中山區松江路 209 號 1 樓
　　　　　電話：+886-2-2518-0207　傳真：+886-2-2518-0778
網路訂購 / 秀威網路書店：http://www.bodbooks.com.tw
　　　　　國家網路書店：http://www.govbooks.com.tw
圖書經銷 / 紅螞蟻圖書有限公司
　　　　　114 台北市內湖區舊宗路二段 121 巷 28、32 號 4 樓
　　　　　電話：+886-2-2795-3656　傳真：+886-2-2795-4100

2012 年 7 月 BOD 一版
定價：270 元

國家圖書館出版品預行編目

李後主詞的通感意象 / 李心銘作. -- 一版. -- 臺北市：秀
　威資訊科技, 2012.07
　　面 ； 　公分. -- (語言文學類)
　BOD 版
　ISBN 978-986-221-891-4(平裝)


　1. (五代)李煜　　2. 唐五代詞　　3. 詞論

852.448　　　　　　　　　　　　　　　　　　　100025539

# 讀者回函卡

感謝您購買本書，為提升服務品質，請填妥以下資料，將讀者回函卡直接寄回或傳真本公司，收到您的寶貴意見後，我們會收藏記錄及檢討，謝謝！
如您需要了解本公司最新出版書目、購書優惠或企劃活動，歡迎您上網查詢或下載相關資料：http:// www.showwe.com.tw

您購買的書名：＿＿＿＿＿＿＿＿＿＿＿＿＿＿＿＿＿＿＿＿＿＿＿

出生日期：＿＿＿＿＿年＿＿＿＿＿月＿＿＿＿＿日

學歷：□高中 (含) 以下　　□大專　　□研究所 (含) 以上

職業：□製造業　□金融業　□資訊業　□軍警　□傳播業　□自由業
　　　□服務業　□公務員　□教職　　□學生　□家管　　□其它＿＿＿

購書地點：□網路書店　□實體書店　□書展　□郵購　□贈閱　□其他

您從何得知本書的消息？

　□網路書店　□實體書店　□網路搜尋　□電子報　□書訊　□雜誌
　□傳播媒體　□親友推薦　□網站推薦　□部落格　□其他＿＿＿＿＿

您對本書的評價：(請填代號　1.非常滿意　2.滿意　3.尚可　4.再改進)

　封面設計＿＿＿　版面編排＿＿＿　內容＿＿＿　文／譯筆＿＿＿　價格＿＿＿

讀完書後您覺得：

　□很有收穫　□有收穫　□收穫不多　□沒收穫

對我們的建議：＿＿＿＿＿＿＿＿＿＿＿＿＿＿＿＿＿＿＿＿＿＿＿

＿＿＿＿＿＿＿＿＿＿＿＿＿＿＿＿＿＿＿＿＿＿＿＿＿＿＿＿＿＿＿

＿＿＿＿＿＿＿＿＿＿＿＿＿＿＿＿＿＿＿＿＿＿＿＿＿＿＿＿＿＿＿

＿＿＿＿＿＿＿＿＿＿＿＿＿＿＿＿＿＿＿＿＿＿＿＿＿＿＿＿＿＿＿

11466
台北市內湖區瑞光路 76 巷 65 號 1 樓

**秀威資訊科技股份有限公司**　　　收

BOD 數位出版事業部

........................................................................

（請沿線對折寄回，謝謝！）

姓　　名：_____　年齡：_____　性別：□女　□男

郵遞區號：□□□□□

地　　址：_____

聯絡電話：(日) _____　(夜) _____

E-mail：_____